陈万里———

著

江山万里

中国文史出版社

图书在版编目（CIP）数据

江山万里／陈万里著．－－北京：中国文史出版社，
2020.11

（名家游记）

ISBN 978-7-5205-2356-1

Ⅰ. ①江… Ⅱ. ①陈… Ⅲ. ①游记－作品集－中国－
当代 Ⅳ. ①I267.4

中国版本图书馆 CIP 数据核字（2020）第 190267 号

责任编辑：孙　裕

出版发行：**中国文史出版社**

社　　址：北京市海淀区西八里庄路 69 号　　　邮编：100142

电　　话：010 - 81136606　81136602　81136603　81136605（发行部）

传　　真：010 - 81136655

印　　装：北京新华印刷有限公司

经　　销：全国新华书店

开　　本：720 × 1020　1/16

印　　张：20.25

字　　数：192 千字

版　　次：2021 年 1 月北京第 1 版

印　　次：2021 年 1 月第 1 次印刷

定　　价：58.00 元

目录

西行日记

西行日记

民国十四年二月十五日①，星期日，早起即往第三院，希渊、兼士、叔平三先生已先在，会谈颇久。十时，国学门研究所欢送会开会，到会者有沈兼士、马叔平、袁希渊、胡适之、叶浩吾、林玉堂、陈援庵、张凤举、沈尹默、黄仲良、李玄伯、徐旭生、常维钧、容希白、朱骝先、钱稻孙诸先生。先由叔平先生致欢送辞，次为余之答辞。兼士、适之、希渊、玉堂、浩吾诸先生均有赠言。会散，请吴郁周先生合摄一影，复在国学门，与郁周、隅卿、梅庄、文玉诸君商谈清室善后委员会摄影一部分事务。

十二时，赴公园水榭南社雅集。二时，往门框胡同及琉璃厂各处取件。五时三十分，赴大陆应凤鸣、乐之、伯夔、梅庄诸老友之约。晤赵君，谈甘肃情形甚详，并为介绍兰州熟友多

---

① 本书因作于民国年间，行文大量使用了形如"民国 XX 年"或简写为"XX 年"的民国纪年，因此我们在书后附上民国纪年与公元纪年对照表，以方便读者查阅。

人。九时，归寓，整理行装。十时，郁周来，同往东四头条晤华尔讷、时达、汤姆生三君，悉行期已改明晚。十时，遂辞出，回寓。

十六日，午前十时，往平大，晤红叶，商量所任学科事。十一时，到三院，取得西行参考书数种；悉兼士、叔平、仲良、希白诸公今早均到车站相送，可感也。晤仲良，邀至森隆午饭。二时，往访子元，晤之，并至夷师处告辞。六时三十分，赶回寓所，收拾行装，即往头条，而同行诸人已出发矣，遂急赴西车站，晤华尔讷、翟荫、汤姆生、时达、溥爱伦、石天生诸人，及王君近仁。兼士、叔平、维钧、仲良诸先生均来站相送，并晤振玉。十时启行，过卢沟桥，风大作，车行顿缓，予与翟荫君同寓一房，夜半过保定，风声犹未息也。

十七日，昨晚以风大，遂致误点；八时三十分到石家庄，即赶乘九时十二分之正太车。六时四十分，到太原。车中无聊，披阅《河海昆仑录》，为之神往。进城，以正大已无余屋，改寓金谷香。晚饭后，发信数封，即睡。

十八日，十时，同翟王二君赴督军署，见伯川督办于客室。阎御黑布棉袍，已破旧，状类乡曲，然两目炯炯，神采焕发，谈论极和平真挚。约三十分间，始兴辞而出。下午，去晤叔平乡人徐旭瀛先生于高等法院，徐固山西高等审判厅长也。归寓未久，徐遣陆君来谈长途汽车事。陆君，予乡人，来此已四年，并悉乡先辈王翼海先生尚在太原，任高等检察长，已十余年矣。晚饭，寓中仍备中菜，石时诸君以笋炒羊肉片，洋葱炒牛肉丝，满堆碗上，复益以莲子羹，鸡片汤数匙，其味可想。

十九日，早起，拟赴傅公祠，一见班禅丰采，翟荫诸君愿同往，遂偕行焉。先在客室，由翻译某持片通报，约候半小时乃得见于楼上经室。班禅衣黄缎袍褂，穿黄缎靴，中坐。余辈向之一鞠躬，彼亦答礼，状极和蔼。翻译面班禅立，译时常屈其身以表恭敬。班禅则时时点首微笑，最后各赠一哈达，同行咸欣然受之，复一鞠躬而退。院中存积行李甚多，支帐篷十余，喇嘛数十蹀躞其间。闻数日后班禅须赴京面合肥；随晤旧友李君即代表蒙藏院来欢迎者也，并识道尹孙君，系直隶玉田人。

出傅公祠，同至学兵团访荣旅长，适因公出未晤，遂归寓午饭。下午，徐先生来寓，始悉汽车大者仅有一辆，自太原赴运城须洋七百九十元，亦只能尽装行李。翟王二君复至学兵团看车，余赴桥头街摄取市招数片归寓，就旅馆仆役抄录太原歌谣数首。徐厅长遣陆君来，后同翟王二君去晤山西大学王君接洽汽车事，一如徐厅长之所告。王君夫人为美国人，亦出见；

女公子二，一八九岁，一十一二，均明秀可爱。五时，回寓，写信，饭后，阅《河海昆仑录》，几尽一卷。

二十日，早起，黄沙蔽日，狂风怒号。翟王二君去至南城，接洽大车，余赴文庙参观教育图书馆博物馆。时适午饭，停止阅览，乃先就外观记其大概焉。棂星门内南屋，东为阅报室，西为阅书室，东部自南至北为动物标本室、儿童玩具室、菲律宾各种出产陈列室、植物标本室、矿物标本室，西部为图书室、生理标本室、事务室，及藏书室。北面中央大成门已改为教育成绩及土产陈列室，东侧尚无布置，西侧为来宾接待室、经理室。大成门两侧，均有通道。自此往北，南廊陈列佛像十余，有一铜弥勒像，标为六朝铸，旧在三皇庙，前年始移陈于此云。东配殿为妇女及儿童阅书报室，西殿南部为古物陈列室，北部为藏书室。

古物陈列室已封闭，暂停展览，予投刺谒主事者，幸得许可，特派庶务侯君为导。先参观生理标本室，计有玻璃柜十一，陈列品除各种脏器标本外，复有蝇害说明、胎儿发育顺序、绦虫寄生状态等模型，皆购自日本山越工作所者。次至古物陈列室，有汉夔纹鼎一，出土于离安邑一里之古城中，地系汉韩信虏魏豹处，故亦名魏豹城。此鼎出土后，为河东道尹所得，即送馆陈列。北面玻璃柜中出土宋瓷器二十余件，有黑瓷枕、岗瓦罐、茶色罐、白瓷盖罐、白瓷黑花盖罐等，酷似巨鹿出土之物，询之侯君，始悉去年榆次开天一渠时所得。并有六朝造像四石，其一约高尺许，上方刻有小飞天二。此外有开元七年，咸亨二年，武定元年，垂拱元年，永平元年、三年，建义三年等造像，间有精者。崇善寺捐赠洪武年造铜瓶八、铜香炉三、铜狮二，及圣母庙捐赠崇祯二年造铜塔一座，均陈列于此，蟠虺钟一，围径约四尺余，极完好，与新郑出土者相似，据侯君云，系商器，昔在荥河县后土祠中，民国十年省长移文饬县知事解省送馆。闻尚有数钟，现仍存在荥河，并云，南廊北齐天保十年四面造像一石，民国十二年介休史村所出，曾经涉讼，去年始移送来馆，参观毕，憩息于来宾接待室，与侯君杂谈馆事。

侯君云馆长为政务厅长及教育厅长兼任。馆长下有经理三人，一正二副，管理数人，庶务、会计、文牍各一人，指示员、司书、书记、收发各若干人，经费每月购书费一百四十元，杂支一百元，薪水二百元。图书编目方法，仿张氏《书目答问》体例。现有藏书，计中文十二万余册，西文二千余册，英文为多，日文九千余册。创办年月，为八年十月。最后侯君以山西圣庙教育图书博物馆简章及一览表见赐。并赠大学国学门山西图书馆藏石四种拓片一份：（一）魏延和二年郭令妃造像；（二）隋《华严经》摩崖残石；（三）唐神龙二年刘仁墓志铭；（四）唐太和四年女道士能师铭志。遂辞侯君出馆归寓。

饭后，驱车赴傅公祠，观碑林。嵌于壁者，有《宝贤堂集古法帖》及傅青主先生所书帖，石刻之可贵者，有魏故谯那太守□恪碑，武定八年及大统十三年四面造像各一石，约高五尺，天平元年程哲碑，碑阴造像一躯，作趺坐式，外衣蔽台座，两侧及下方均有浅雕。保定二年祁令和造等身像一躯，像座四周有题铭。观毕，为班禅随从邀去寓所闲谈，室中三面连炕，中置方桌，喇嘛四正在斗牌，视之即三十二张牌也，唯数目较多，斗法亦奇。桌前火炉一、炭盆两，其不加入战团者，则围火取暖，喇嘛中亦有甘肃人，生长后藏能操京话。晤班禅佛前"裁康鉴萨哲布夏"（官名）宠把巴桑，赠我名片一，并亲书藏文其上，可留作纪念也。后为喇嘛数人摄一片，复在帐篷中略坐片刻，辞出。方至省议会前，一喇嘛手提油瓶，自街市购物归，邀余立谈，然不能作汉语，仅能说"红花"二字，窥其意，似询余需红花否也。却之，遂登车，回旅社，取衣件浴于华园，甚适。归寓，得车站来电，悉先发行李已到站，启行有期，为之忻然。

二十一日，午前赴邮局寄信件毕，折入帽儿巷，首饰店会聚于此，经鼓楼街，杂摄市招数片。太原药铺门前中央大都悬一木制涂金葫芦，其茶叶店杂货店海味铺之出卖元宵者，必悬一多角形之纸灯，上书"桂花元宵"四字。至柳巷北口，遇军队约三营，据闻开赴晋南运城方面者，阎亦思逐鹿中原，放弃十年来之门罗主义欤？至中华书局识金君，悉吴县同乡之在太原者有数十人，惜匆匆作客，未能一一握谈耳。遂在桥头街杂购零星物件数种归寓。

饭后略事休息，步行至开化市场游览一周，即赴新化舞台观剧。太原剧场现时演唱者有二，一为二黄班坤角，此则本地梆子男班也。楼上包厢散座为甲等，每座四角三分，戏票较北京染票稍小，上贴一分印花。池子中间为乙等，两廊为丙等，兵士居十之八九。时台上田淑贞《祭江》将毕，田淑凤全本《双玉镯》继之。拾镯时旦角想系灵卿，仅十二三岁，可造材也，刘媒婆为自来香微嫌过火。梆班演剧，大率如此。郿邬县十二红嗓已干枯，做派类刘景然，饰刘瑾者，甚平庸。四时十五分，即散戏，归寓休息。回忆郭宝臣演剧广和楼时，余方习乱弹，以为秦腔戏不值一顾，后荣儿在同乐，夔公极称之，予始赴秦腔班观剧，但终嫌管弦嘈杂，梆鼓喧聒，是以琴去楼空（同乐停演甚久），兴尽意消，歌台舞榭间不复见予踪迹者久矣，今来太原，忽已数日，他乡作客，顿感岑寂，欲借一时声歌之乐，稍破数日离群之苦，始只身赴剧场枯坐两小时之久，然所赢得者，唯此连绵不已之旧感而已，噫！

七时，赴东校尉营，应旭瀛厅长之招，在座均系高等审检厅推检，晤翼海乡丈，不相见已十六年矣。是晚，主人设筵甚丰，并推予为首座，席间，又殷勤劝酒，盛情可感。十时，撤席，客均散去，主人复坚留予在内室闲谈，直至十一时，始归旅社。悉翼老来访，余来太原已数日，乡老前尚未专诚拜谒，今于旭瀛厅长席上晤之，已觉惭悚无地，又蒙辱临，惶恐万状，然前辈典型，足资后生矜式已。

二十二日，早七时，赴东校尉营及典膳所翼丈处辞行。八时到开化寺街三合店，行李已装就，即驱车就道。三十里，小店村尖，五十里，徐沟北关宿，是日予步行二十里。

予等同行七人，仆役三人，晋谷香住五晚，膳宿赏号及另垫，共洋一百三十六元。三合店车价，大车每辆六十三元，计三辆；双套车八辆，每辆三十一元。自太原赴潼关，预计日程十三日可到。

出南门后，一路平原；唯车道以旱久，积土甚厚，故车过尘起逾丈，迷目触鼻，令人难堪。在小店村尖时，时达君坐小桌上假寐，稍不慎，遽扑于地，伤及颊部，一时颜面苍白，现失神状态。石天生君，外科医生也，为之处置，良久始愈。处处经意，步步留心，此八字真是旅行要诀。

二十三日，七时起程，二十里尧城，有尧庙，庙前一坊，曰"古帝尧都"，二十里，贾令镇，过此，道多细沙，车行颇缓。如是者又二十里，祁县西关尖，尖后五十里平遥县，进东门至西街宿，时已深夜，是日步行廿五里。所过市镇铺户，间有画杂剧于外壁者。贾令祁县则斋供太阳甚盛，盖是日为阴历二月初一，山西风俗然也，供牌上刻"供奉太阳老爷之神位"，其前果匣一，茶碗三，供菜供饭供面食均五，鲜果一盘，干果倍之，茶食面食均四大盘，其前复接一方桌，有香炉蜡台花插等物。最前香斗一，着地，设一小几，两侧藤篓，插以翠柏，上覆白幕。其前张一红呢横披，剪黑绒大字曰"报神德"。两侧挂以纸灯，斋供之陈设大率如是。

二十四日，早起启行，三十五里，过张兰镇。市廛稠密，晋南一雄镇也。与郝家堡紧接，中连石桥。四十五里，介休县，城东北二里有郭有道祠，祠之前一汉槐，大可数围。旁有一三贤故里之碑，三贤者，介之推、郭有道、文彦博也。过关城，尖于西关，同行者均愿暂歇，遂宿焉，是日步行二十里。饭后已四时，即进城游览一周而出。至北门外胜因院，院有史公塔，明时所建。回至西关火神庙，正在演剧。庙前悬一木牌曰："民国十四年二月初一二三四日，敬献马王老爷尊前盘炷，演戏四天，阖社全叩。"台前黏一红纸，书伶名十余，今照录之："汾阳西南乡叔和村乐意园"，大花脸"滚地雷小狮刘黑"，正红"满天红"，二红"十七红"，正旦"万人香"，正生"乐意生"，小旦"自来酥"，三花脸"乾翠丑"，老旦"自来旦"，坤角"贺桂兰"。时台上正演《四郎探母》，已至见四夫人一场，余直看到交令完。歌唱音节与梆子相似，亦用梆胡，唯不急促，大锣气味似高腔，实为本地梆子之一种，此间人名之为乱弹，从此"乱弹"二字我又得一新诠释矣。

二十五日，八时发介休，二十里义棠镇，三十里两度镇尖，三十里灵石南关宿，是日步行五十里。

昨今两日途中所见可记者，如某村国民学校之门联："穿军衣，戴制帽，文明气象；习经学，授算术，大有儒风。"至堪喷饭。张兰镇西关铜烟管铺有七八家，市招即挂一二三尺锡制之烟管，此与靴袜店之挂一木靴袜同一用意。棺材铺则在门之左端悬一约长二尺余之木片棺材市招，此在他处所未见者。客店饭铺高挂"招篱"（捞面用）于门外，所以表明有面食可供客也。

午前大风，颇寒，尘土飞扬，几不能张目。离介休约十里即沿山南行，汾水夹流于两山间，两渡镇南有石桥跨汾水上，东山麓高等小学校在焉。一小学生甚俊秀，询其姓名，为陈士聪。自此趋灵石，车路随山曲折，极其荦确，余与石天生君舍车，沿汾河河床步行，较为安适。灵石县北约半里，为水头镇，有英雄祠，悬"英雄卓识"匾额，相传李卫公遇虬髯于此。县城极小，繁盛尚不及一镇，客店亦甚狭隘。凭几曲身，补录日记，至十一时始睡。

二十六日，七时发灵石，以韩侯岭山石倾圮塞路，改就汾河河床行，致未能一谒淮阴侯祠，深以为憾。《度陇记》云，祠壁石刻甚多，曾记杨霖川、吴逢圣七律各一首。予最爱杨诗"亭长八年成帝业，将军三族弃人间"、吴诗"十年成败一知己，七尺存亡两妇人"两联。

自过介休后，即见汾河夹山南流，汽车路沿东岸山麓修筑，路极平坦，二十里内，经张家庄、梁家疙瘩、许家店三处，过此便无村落矣。又四十里，始至南关，尖于汾河西岸之道梅村外，饭铺就河床搭一席，棚为之；车则穿行桥孔，盖久旱之后已无滴水，仅沙石与车辙耳。又四十里，霍县北关宿，时已昏夜，是日步行七十里。

霍山即太岳，随开皇十四年诏封中镇，历代因之，在县东南三十里。北接灵石，南连赵城，绵亘几百数十里，中镇祠即在山麓。惜行色匆匆，不及登临矣。

二十七日，七时，发霍县，进北门，出南门。五十里赵城县城内尖，四十里洪洞北门内宿，是日步行二十五里。

出霍县南门五里，为台底镇。两山夹峙，狭处仅容一车。如两车相遇，其一必先在宽处让道，彼此始得过。此种情景，或与函谷道中相仿佛耶？如是约十五里，出口，大车道与汽车道相并驰者约里许，后者复绕山坡，向东南沿汾河行。汾河自过霍县后，以受霍泉故，不复如昨日之无滴水矣。余得一回程之人力车，以铜圆六十枚，自辛集雇至赵城。沿途风景，至堪悦目。飞鸟回翔天空，汾河随山蜿蜒似曲带，远山迷离缥渺，若隐若现，固极好一幅南宗山水画也。茶尖于离城十五里之石塘村，村店以小米汤炸油条饷客，甚适口。溥爱伦、石天生、汤姆生三君亦相继来憩于此。店主年逾六旬，欣然操弦，少主人歌韩湘子龙虎山修行之曲，惜词句冗长，不及录出，即匆匆就道。赵城北关外，有赵上卿蔺相如故里之碑一。全城极小，二十分钟可以游览一周。

予于石塘村茶尖时已知赵城有木板小曲及剧本可购，即趋赴南街书肆，果获《破温县》、《洪羊洞》、《徐杨叮本》、《三上轿》（同意堂本）、《三娘教子》、《单刀赴会》（同义堂本）、《断桥》、《三疑》、《绣白鹅》、《绣八仙》、《当皮袄》（荣意堂本）、《审玉堂春》、《人之初借钱》、《寡妇做春梦》（洪洞同意堂本）、《伯牙奏琴》、《李渊辞朝》、《二进宫》、《血手印》、《女儿经》、《十月怀胎》、《二姐做梦》、《放牛》（洪洞同义堂本）、《骂金殿》（洪洞荣意堂本）、《药王卷》（洪洞荣仪堂本）、《马芳困城》（无刻处）等二十五种，有单人独唱者，有类于评话者，有为迷糊调或乱弹梆子之能爨演登场者。所谓迷糊调者，乐器亦用梆胡，辅以三弦，大半为男女言情之剧，盛行于平阳、闻喜间。其性质与北京徐狗子之化装小戏相类似。并于纸铺得来自曲沃之门神纸数种，预备分寄北京大学歌谣研究会及风俗调查会，以备参考。

离洪洞县约十五里，有国士桥，牌楼题曰"豫让遗迹"。晚饭后，挽店役为导，往东街购曲本。时已深夜，铺户悉闭，觅同意同义二肆不得，乃至荣仪堂。叩至再三，始启门，购得《醒世戒烟文》、《崔连下河南》（同意堂本）、《放风筝》（荣意堂本）、《鞭打芦花》、《三字经告状》、《三字经讨账》、《彦贵卖水》、《吃洋烟全回》、《大破逆贼》、《牧羊卷》（洪洞同意堂本）、《双官诰》、《香山还愿》、《少华山》、《访苏州》、《下河东》、《起解刘彪》、《双灵牌》、《贤王讲情》、《爱吃烟》、《庆顶珠》、《宋江杀院》、《五郎出家》、《康熙游陕西》、《诸葛吊孝》、《走雪山》、《春秋配》、《捡柴》、《梁山杯》（洪洞同义堂本）、《伍员逃国》、《雪梅吊孝》（洪洞同仪堂本）、《走南阳》、《耍陪送》、《秦琼起解》、《四贝上工》、《万人迷》（荣兴书社本）、《刘玉郎思家》（无刻处）、《火焰驹》（广兴德本）等三十七种。其中仅《火焰驹》一本为河南怀庆府书肆所刻。

二十八日，平明即起，发洪洞，五十里临汾尖，四十里赵曲镇宿，终日兀坐车中，殊觉闷损。

洪洞南门外约一里，为安乐坂，有叔向食邑及师旷故里两碑。临汾昔为府治，然城中极荒凉，仅东街市肆稍多，县公署、第六师范学校在焉。予在东街，购得曲本《沙陀国》、《渭水河》（绛州文兴堂本）、《梅降雪》、《汾河打雁》、《放风筝》、《探情郎》、《三老婆打灶》（绛州同义书局本）等七种。饭后就道，出南门，门楼有"陶唐故都"匾额。十里，见鸿雁数行自北而南。车中岑寂，不觉冥想入梦。二十里，大韩铺，仅有矮屋两所，有韩康子食邑碑。将至赵曲，行土峡中，适遇来车，不及让道，纷扰半小时，始得通过。赵曲属襄陵，离县治二十里，一小镇也。翟荫君以连日赶道甚疲惫，嘱明日十时启行，得饱睡数小时矣。

三月一日，十一时发赵曲，四十里蒙城尖，五十里侯马驿宿，是日步行三十五里。离赵曲二十里为史村，有县佐公署，邮寄代办所等。蒙城属曲沃，繁盛远不如史村；其南二十里为高显镇，比到侯马驿已三更时矣。

二日，早发侯马四十里问店尖，又四十里闻喜宿，是日步行二十里。

出侯马西门，往西南十五里，入山，道极崎岖，所谓隘口是也。中途金沟桥，桥石高出于道路者约五寸余，东侧直下土坡，西侧稍倾斜，行李车在前，以所载过重，不得过，遂覆于斜坡。同行者均下车相助推挽，费时颇久。其地有光明洞，昔有寺院，今已无一椽矣。出山口，离问店约十里，为兰德镇，即梨园村《度陇记》谓唐太平乐府教坊故址。

晚八时，到闻喜，寓西关之三合店，予即进城，拟购曲本，不得，仅获绛州所印之门神纸十种，审之，与曲沃印件迥异，财马（约二寸见方之画片，新正黏贴神龛两侧）春牛

（画一牛，上附简单之月历）此间已不复用，可见此区区新岁所用之印片亦随地而异也。方言亦显有不同，"书"念为"夫"，"春"读若"喷"。据问店饭铺伙友云，旧治霍州平阳绛州等属方言成一系统，与太原府属迥异，潞安则差别更甚，姑记之，以资研究方言者之参证。

三日，十时始发闻喜，遥望中条，山色苍翠可爱。四十里，涑水镇，水头其俗称也，属夏县，离县治三十里。翟荫君以同行数日来饱经风尘，决在此勾留一宵，借资休养。于是支帆布安乐椅，开留声机，歌意大利某名伶之曲。厨役备食，鸡也，肉也，水菜也，可可也，居然于尘土生活中求得半日间之安乐，亦足稍慰行旅之苦。

四日，平明发涑水镇，五十里北相镇尖，三十里牛杜镇宿，是日步行仅十里。

离涑水十里，为岔口，南往运城，西赴蒲州。北相镇，属安邑，西距县治三十里，繁庶过涑水。杂货铺之卖糕点者，即以茶食一包为市招。居户门外高悬草束者甚多，编制纵横各五束，或六束，复以二束相向交互，交叉点上有一贴红纸之小木片，以泥土黏之，上书"长命百岁"四字，上方草束成一三角形，四周插小纸旗十数面，并以红纸束之。余见而异焉，爰询诸市人，据云，一家添丁则戚属故交于第三日即为之张草束于外墙，名曰编草。主人必以酒肉相享，犹京俗之喜三也。此风不独涑水附近为然，即曲沃所属亦盛行之，此则据赶车小刘所述如此云。当时并见有娶亲者，新郎坐骡车先导，帽披红绸，车帘上方亦缀以红绸一长条，上有"定良缘"三字，后随乐手及红布轿一乘，即新妇所坐者也。

傍晚到牛杜镇，牛杜属猗氏，北离县治仅八里。是日关帝庙适有会集演剧，观者塞途，其盛况远胜介休，而所居客店又适在戏台后院，当热闹之冲。并有唱秧歌小儿一群，载歌载舞，活泼可爱；所用乐器，有大小锣钹摇鼓等种种。戏台上有匾额二，一曰"活画图"，一曰"飂衍楼"，予以台前观众拥挤甚，乃至后台，晤班主某甲。据云，该班有五十余人，为本地乱弹班之一，兼演迷糊，此次在牛杜庙戏，计四日，第一二日在关帝庙，第三四日在火神庙，今日其第一日也，计此四日戏资约五十余元云云。后以彼须登场，饰《辕门斩子》之佘太君，不及详谈。余即在下场门前观剧，所演《辕门斩子》，与皮黄秦腔均有差别。第一场杨宗保上念白唱下，第二场杨延昭缓步升帐，见宗保时出帐疾批其颊，并举足蹴之，宗保被缚辕门，面向下场门坐。佘太君出场，见宗保则与之对坐对唱，唱毕进帐，杨延昭以尚方宝剑交焦赞高举之，太君即下跪，杨延昭亦下冠相向跪唱。其见八贤王一场，以用晚饭故未及观其究竟。

饭毕，复去，穆桂英正在场上，与杨延昭纠缠颇久。释放时，佘太君八贤王俱登场，八贤王上坐，宗保先下，桂英太君继之，延昭与八贤王同下，大略情形如此。第二出《藏舟》，饰旦角者年约二十左右，该班之台柱子也，然嗓已喑哑，细音已不成声，阳调则粗阔干沙，了无可取。饰小生者扮相与故伶李鑫甫有二三分似处，念白酷肖《参议院》陕西议员某甲口吻，土气甚足。第三出《渑池会》，上场即回旅次。终以锣鼓喧嚷过甚，不能成寐，颇觉其苦。

五日，七时发牛杜，四十里，樊桥驿尖，三十二里白堡头宿。是日在车中阅《河海昆仑录》，以解岑寂。昨今两日所经均系平原，麦秀青青，时见鸿雁数行飞过，饶有诗趣。村肆则黏贴门神纸者较少，大半以五彩纸条上书吉祥语连串悬于屋内。樊桥驿，属临晋，县治在西北十五里。白堡头镇东门额所书，实为"古东信吕镇"，属永济。

六日，八时发白堡头，三十五里吕芝镇尖，三十二里韩阳镇宿。车中阅《河海昆仑录》及《新疆游记》。尖时，见官厅布告两纸，今录其原文如下：

（一）山西陆军第八旅旅长丰为布告事，照得征募乡军曾由军署令饬各县遵办，并颁发布告在案。兹奉督军电开，以本旅应募乡军，亟宜乘此农暇，径向各县开始征募，以期早日训练等因奉此，查征募乡军，系为人民增长军事智识，震慑地方，以及生命财产庐墓田地，皆可自为保护，并可收长治久安之效，法良意美，莫过于此。除函达县公署分令各区照办外，合行布告，凡有身家职业以及年龄在十八岁以上三十岁以下之壮丁，愿充此项在乡军人者，速赴该管区公所报名，由县转报本旅，以俟派员检验；一经合格即归本旅训练连教育。每名月给饷铜圆七吊五百文，以示体恤。候届三个月期满，仍令归乡，各安生业。幸勿失此机会，意存观望！仰各周知，毋违此布。中华民国十三年，十二月，三十日实贴吕芝街。

（二）永济县知事赵示：寡妇坐堂招夫，最为恶俗。嗣后寡妇如不能守节，只准再醮，不准招夫；违则从重惩办。房族及村长闾长不为禁止，一并处分，特示。

尖后，十五里坡底镇，亦名寺坡底，以坡上有普救寺故，蒲州即在其西五里。将近坡底镇时，在土峡中约里许，过此仍复坦途。离韩阳约十里，有盐池，野鸭甚多。中条历山峭立云表，停车凝视，为之神往。韩阳有花行十余家，市肆尚盛，即投宿乾盛客店。明早行四十里，风陵渡便可渡河进关矣。

七日，未明即起，六时启程，三十五里匼河镇，十里赵村，四里风陵渡，过河，宿潼关，是日步行十里。自太原启程以来，费时十三又半日，计行一千一百〇八里，步行计二百七十五里。

出韩阳镇，柿树夹道，蔚然成林。土人以之酿酒及醋，极著名。匼河一带，西侧地极低洼，是即盐滩。自此趋赵村，须过一坡，行土峡中，尘沙迷目。风陵渡沙岸，深几没胫，极难行。对岸，潼关巍然在望；秦岭诸山屹立天际，若屏障；黄河则屈曲东流，诚哉为天堑也！河面阔约半里，三十分间即登彼岸。翟荫君及王君去寻客店，觅脚夫起运行李；余辈候之。去约两小时，尚未回，只见运输军队之船陆续东下往陕州者十余艘，其尚在运输中者，犹有数十也。三时，翟荫君来告，全城旅店均为军队占去，特由县长介绍一乾丰转运行暂住。行李中之笨重者，另雇小船靠近东关，以便搬运；其轻者由脚夫负之，先到寓所，余遂与溥爱伦君各挈零星物件往。

比至东关市街，则蹀躞往来于全市者，均镇嵩军也，其步队马队之陆续来者尚众，乾丰行仅能匀出小房间居住，草草铺陈毕，出至市街闲步。贴邻有一小杂货铺，炉灶上公然煎鸦片烟；询之，月纳"罚款"拾圆者也。据云：东关如此者有三四家，城内则有四五十家左右。铺号之大者，月纳罚款至二百元，若彼每日门市售数两，故罚款只有此数。烟之来源，在营业小者，向大铺匀之，大者则自向西省购运。呜呼！潼关现象竟如斯耶？此非身历其境者不能知。每一小苇叶，售铜圆拾枚，一钱板上，约有百余摊，予亦购一小叶，藏之。铺主笑谓余曰"汝亦吸烟耶？"余笑应之。彼亦无暇再问余，盖照顾买卖，固较闲谈为重要也。余所见来购者，十之八九为镇嵩军之兵士；其一马弁，出牛角小匣，购一元匆匆去，谓即登船开拔云。一状似输送卒者，穿破旧之灰布军服，污黄腿布，黑帆布旧鞋，腰间悬一灰布袋，一水壶，头戴玄色瓜皮小帽，面色瘦黄，一望而知为黑籍中人，竟助铺主扇风箱，此则欲讨小便宜者也。间有兵士来购烟卷或纸者，铺主恒推却之使赴别处；唯有来购此"福寿膏"者，则欢迎之不暇。小杂货铺耶？实一"冷笼清膏"之烟馆耳！

镇嵩军中兵士，有年仅十六七岁者，混混沌沌，亦居然过此生活。嗟夫！此幼年军队也。始作俑者，其无后乎！马队中，有仍穿青布制服者；另有一人御寻常毛呢外氅，毛绳帽，而亦背负一枪。此为何种军队耶？余向兵士刺探前方消息，欲解十余日来沉闷之苦，始悉刘督已出关旬日，现居洛阳。镇嵩军全部开回河南，曾在灞桥渭南与陕军冲突两次，代督为吴新田，所闻仅此而已。

晚饭啜白米稀饭两碗，佐以潼关酱菜，甚安适。饭后，补录日记。叩门者约二十分钟必有一次，均为军队之来要求寄宿者。旅店后院平台下即河岸，封船颇多，亦复喧嚷不已。汴洛风云，京中想早已喧传，余则自太原启程后，每日于尘土中讨生活，政局消息无由闻知；况山西表面固极安靖，乡村旅居欲求一新闻纸不可得，固不啻一世外桃源也。孰知渡河以后，情况剧变如斯？回首风陵渡，不胜"天上人间"之感！

箱件明日或可设法运来，今晚须有人在彼，翟荫、石天生及王君赴河岸露宿看守。因此，留在旅店中者，为溥爱伦、汤姆生、时达，及余四人，并仆役三名。睡至十二时，掌柜某来叩余门，急披衣起，某附耳曰："镇嵩军变矣！隔院掌柜某已为一兵士所殴，越院来此报告云。"余即往告溥爱伦诸君，未几，果有人来叩门，甚急；不之应，叩门者恨恨而去。是晚月明如画，店中伙友及余等均在院中窃窃私语，不敢燃蜡。如是静坐约一小时余，无动静，始各归房。余初起床时冷极，至此脑部充血，辗转不能成寐，已过十余日内，亦失眠数次；拟俟到潼关后，趱程赴临潼，浴于华清池，换衣理发，当可得一酣睡。今西行，遍地荆棘，殊可恨也！

八日，早起，至河岸，运输军队船只仅余数艘，大多数悉于夜半下驶矣，市街亦较平静。翟荫君及王君往县公署接洽车辆，余在旅社补录日记。一时翟荫君归，悉县长极力设法，得大车一，轿车五，赶即收拾行囊，相助装车。王君极干练，煞费苦心。三时出发，进潼关东门，门额为"屏藩两陕"，门甬极深，门楼两重，整齐宏伟。至西街县署前，以所有车辆均已满装，不能坐人，复雇长途洋车七乘（每乘洋五元），相将出西门；大车以负载重，且又疲骡瘦马，遂落后洋车先行。

离关仅三里，忽迎面来穿灰色布制服而无领章肩章之类似兵士甲乙二人，喝止车，声称以急于东行，盘川不敷，拟假若干，翟荫君询其数，甲谓一二十元，相持约五分间，乙趋甲速行，甲犹迟迟。汤姆生溥爱伦二君下车去招呼落后之车辆，乙以为回潼关也，遂挽甲去，其实贾仆在余等洋车之前行，甲乙已先搜索之矣，搜索未毕，余等适至，遂舍仆而趋止余等之车。甲袖中藏一刺刀，乙徒手，去离潼关仅三里，行路之难已如此，真可虑也！自此余等所乘之车，势非与负重车辆同行不可；而负重之车，又不良于行，赶车者鞭挞之，骡马一步一喘，惨不忍睹。

五里新满城，为前清驻防军所在。五里，吊桥，即杨桥铺。将至吊桥时，有汉太尉杨震祠墓，并有关西夫子碑。翟荫君以车行缓，即停宿于此，再想补救方法。潼关城中，关于税捐机关，就余所见者，有棉花收捐公所、车捐局、百货统捐局、厘金分所、常关、畜屠斗捐杂税局等等；即在吊桥，亦有税捐机关数处。军队来查夜，旅店女主人手执鸦片烟灯引导，对屋为洋车夫所寓，数人聚炕上，一灯相对，查夜者固视若无睹也。

九日，早起发吊桥，二十五里太华镇，五里华阴县，三十里，敷水铺尖，二十里柳子里宿，是日步行十里。

今日骡车七乘，每辆洋六元；大车五乘，每辆洋八元，遂将洋车辞去。出发后，昨日所落后之车仍不能行，复匀出若干件，驱之；不及一里又落后，不得已将余件悉分载各车，遣之去。共十一车衔接而行，溥爱伦君前导，石天生君殿后，汤姆生时达及予为中坚，翟荫君并王君指挥一切，部勒井然，所以防意外也。一路均坦途，麦秀油碧，柳芽嫩绿，春景可爱。至太华镇，岳庙军队驻焉，兼以趱程赶尖敷水镇，不及一游岳庙，况华山乎！东归若经此路，当在华阴勾留数日，独上落雁峰，一偿平生夙愿。抵华阴县，绕北城而过，西关外有神医华佗墓碑，渡敷水，至敷水镇，适遇市集，极热闹。六时，到柳子里，客店正对少华。山上野火熊熊，入夜尤可观。汤姆生君坐大车上吹箫，予于月下静对少华，久之，始睡。

十日，早发柳子里，二十里华县，五十里渭南县西关尖，十五里良田坡宿。是日步行十里。

柳子里西行五里莲花寺，左沿华麓，右则平原一片，弥望无际，柳树夹道，白杨成行，村落中杂树尤多。将近华县有敕建汾阳王祠牌坊及故里碑。二时到渭南，东门有军士十余人守焉，候久始得进。全城已无商业可言，大商铺尽驻军队，通俗图书馆门外高张兵站发馒处红条，其他可想。城中驻军有镇嵩军及吴新田之第七师，闻三日前尚在河北十余里处与陕军开火云。西关外稍有市集，均系零星地摊及面食小铺而已。尖后，西行十五里内遇见往东运输子弹车约数十辆，未悉何往。

两日内关于社会方面观察所得可以记述者，即鸦片烟之公然贩卖尤甚于潼关附近也。余在岳镇所见市招有戒烟药膏分局、公记公膏局等数种，华县更多，有官膏分售处、官烟分售处、戒烟药膏分售处、销售净烟、销售清烟、棒子分售处、棒子发庄，及销售戒烟官膏等种种，可谓五光十色矣。其无市招者，则于户外放一小桌，桌上置天秤一，及烟卷空匣三四。尖时，客店西邻即一棒子发庄；所谓棒子者，鸦片烟膏，卷以苇片，呈小杆状，外以红纸卷之，其大小如纸烟，故名。闻渭南城内外公然售烟膏及棒子者约有二三十家，月纳罚款自二三元至七八元不等。发庄店主系山西人，余询其吸烟否？彼答以有瘾如何回家，谈未竟，二兵士持筛篓小面盆来，要求熬烟，店主告以所在，遂他去。回至客店，一车夫侧卧炕上，正在吞云吐雾之际，余为之摄一影，彼犹欣欣然有得色。呜呼！是可哀也！

十一日，平明即发良田坡，二十五里零口镇，二十里新丰镇，二十里海家庄尖，十里斜口镇，二十里灞桥，二十里西安城内宿。

过零口十里戏河铺，戏水所经，周幽王与褒姒戏游于此，因名。闻新丰镇西有鸿门亭，东有鸿门坂，因镇内驻兵，特绕城而过。西关有市集尚热闹，过此西南行为临潼，以趱程赴省，不及浴于温泉；车夫遂改道海家庄，谓可稍近数里云。灞桥古名销魂桥，离浐桥约五里。到省，东关及东门尽闭，交涉后始开。

十二日，早起洗浴理发。十时往西北大学，佩青校长已出关北上，晤莘田老友，悉抚五先生已来信介绍程铸新先生，程自佩青校长去后代理校长职务；并由莘田兄介绍识吴小朋先生。得由西北大学转来教育部虞电命余赴“甘肃调查历史博物事宜”，兼士先生来信，并附甘肃陆兼省长欢迎赴甘调查敦煌古迹来电，家书，系二月十九日所发者。遂同莘田、小朋二公去游碑林。其地保存唐宋以来石刻，约在五百种以上，沿革详见于道光二十二年《复修碑林记》。兹为摘录如下：

关中碑林之建，自宋龙图阁学士吕大忠移置石经始。石经由汉迄唐，凡六刻。其开成以前石，均已荡为寒烟，渺无见者。而碑林独如鲁灵光，巍然具存。书贾日毡椎诸帖，以饷遗天下。士非有神力为呵，守护之不及此。我朝天章炳焕，疆臣恭逢列圣宸翰，摹刻尊藏于敬一亭之北。盖自康熙七年巡抚贾汉复补刻孟子七篇后，至康熙庚子，县令徐朱爀葺之；乾隆壬辰，巡抚毕沅再修之；嘉庆乙丑，知府盛惇崇续葺之。逮今已三十余年矣。臣富呢扬阿，来抚是邦，仰瞻御墨，并旁览汉唐以下各家书，愘然思所以垂示万世者，唯庭楹廊庑，日就摧落，爰商司道诸君亟捐赀新之，三阅月工毕。窃唯关中为金石薮，而图经载宋姜遵知永兴军，取汉碑代砖甓以建浮屠，是碑林未建时，碑版已多散佚；况其爬搜扶剔于元明兵燹之后者，其珍惜更当奚若也，昔昌黎公作石鼓歌，患其销铄埋没，至欲移之太学。论者谓公三为国子博士，一为祭酒；卒不得取岐阳旧刻安置妥帖于深檐大厦之间，以实其言。于中朝大官又何责焉？不知公当德宗朝，政出多门，方摈斥佛老异端不暇，何暇讲求石墨？今海内承平久，好古之士日益。众居是邦者，与二三同志，从容访古于公退之余，又幸值年丰、民乐、政平、讼理得。乘农隙，以修举废坠，一复开成旧规。固非躬逢重熙累洽之日不能也；视昌黎之西望，吟哦蹉跎。自慨者，相越岂不远哉？惟时，布政使为黔阳陶廷杰，按察使为宝应朱士达，督粮道为安化罗绕典，署潼关道为那丹珠，署凤邠道为贵麟。例得备书。

返校，莘田留同午饭。饭后博古堂李君携拓片来，选购三十余种，魏碑为《吴氏锜马仁张僧妙姚伯多造像》四种，十二年出土，原石现存渭北耀县某学校内，《七十人魏善兴冯育造像》三种及《温泉颂碑》，原石均存临潼县公署，渭北澄县《晖福寺碑》，出土后，土人涂以黑漆，拒绝抚拓，此则去漆后之拓本也，并现存山西潹氏之《霍阳碑》及在泾州之《嵩显寺碑》等十一种，苻秦《广武将军碑》出土于白水，为某团长所得，后复因事重埋土中，因此拓本较贵。唐《颜勤礼碑》十一年出土，石存省公署，有宋伯鲁跋，此外苻秦隋唐等拓片约十余种，目不尽录。

二时同莘田兄往游南苑门，遂到图书馆，参观古物陈列室，陈列品中有释迦降伏外道立像石刻一，颇精，无年号，此外有北周天和夏侯纯弛造像及隋开皇钳铒神猛造像，后院北廊有昭陵余剩四骏石刻，并破碎造像，委弃于地。南廊有唐代造像，璎珞雕刻甚美，惜均无头；景云二年大钟一题铭字体颇似房山雷音洞之《莲华经》。南屋为植物标本室，劝工陈列室等，未及一一参观；最后为公园，结构虽小，颇具园亭之胜。桃花已盛开，榆叶梅亦已含苞欲放，间有翠竹数丛，旅人睹此，尘襟一洗。

出馆就文明堂购秦腔剧本及小曲，计：《乾隆王让位》、《香山还愿》、《牧羊放饭》、《蛟龙驹观表》、《冯员外娶小》、《阴阳盒卖水》、《男寡夫上坟》、《孔明祭灯》、《王大娘钉缸》、《金沙滩》、《五郎出家》、《玉莲走雪》、《苟家滩》、《铁角坟》、《十张纸》、《出口外歌》、《二度梅重台》、《雪梅劝夫》、《雪梅观文》、《雁塔寺祭灵》、《大报仇》、《伍员别妻》、《逃国》、《麻子红拆书》、《乾坤带》、《王连哭五更》、《李渊辞朝》、《李渊劝军》、《临潼山》、《劝戒洋烟歌》、《老凹山》、《八郎捎书》、《西城弄险》、《张琏卖布》、《赵德胜带箭》、《女寡妇验田》、《莺莺害病》、《铁兽图》、《黄河阵》全本、《回龙阁》全本、《汾河打雁》全本、《苦节图》全本、《忠孝贤》全本、《昭君和番》全本、《铡陈世美》全本、《夜打登州》、《云南上寿》、《桂英诉恩》、《八王讲情》、《升官图》、《徐杨叮本》、《血手拍门》、《合凤裙》、《雪梅教子》、《下河东》、《南阳关》、《于让斫袍》、《古城聚义》、《挞銮驾》、《表八杰》、《双凤钗哭楼》（以上文明堂本）、《西城弄险》、《诸葛撑船》、《李翠莲上吊》、《道央歌》、《墩台挡将》、《打灶神》、《小曲相面》、《刘爷祭灵》、《观春秋》、《雪梅吊孝》、《花亭相会》、《裙边扫雪》、《姜维观阵》、《陈姑赶船》、《烟鬼显魂》、《起解秦琼》、《下南唐》（以上无刊处）、《五丈原》全本、《子期论琴》（德兴堂本）、《王桂英哭杀场》全本、《二进宫》全本（万世堂本）、《金陵讨封》、《湘子卖道袍》（恒兴堂本）、《送女》（泉省堂本）、《观星一大回》（永福堂本）、《陕西十大劫》（敦原堂本）、《赖猫斩单同》（照丰斋本）、《绣荷包》（福盛堂本）、《火烧棉山》、《德娃走雪》、《荐诸葛》、《铡陈世美》（义兴堂本）、《凤凰岭》、《镇台念书》、《杨氏婢》、《春闱考试》、《小姑贤》、《软玉屏替婚》、《惜花记》、《蝴蝶杯》（易俗社编）等数十种。

四时同赴铸新先生之邀，小朋先生亦在座，饮西凤酒，主人并治徽菜相饷。六时同到易俗社，观全本《飞虹桥》新剧。易俗社在关中颇有声誉，民国初元开演实至今日，所编剧本有数十种，营业亦极发达。秦腔以二黄胡琴辅之，过门有时类广东戏，无繁弦急管之弊。演员中闻颇有出色者，今晚所见小生某，表情极佳，使饰周公瑾排演《三气》必能惬意。旦角刘箴俗已于数月前故世，当时有陕西梅兰芳之称，其负盛名可想。晚场下午六时开演，九时半即散，其时间颇似演电影，不若京师演剧动辄至夜深二三时始散，使观众神疲力竭，非休养数日不能恢复可比。至于戏剧内容，就《飞虹桥》一剧言之，编制时确曾煞费一番苦心，穿插亦颇能引人入胜，唯前半出微嫌平淡耳。演员身段并不过火，雅有二黄戏神情。总之易俗社新剧之于秦腔，犹上海新舞台新戏之于皮黄，同为一种所谓改良戏剧；唯易俗颇注意于社会教育四字，新舞台专以《就是我济颠活佛》等一类戏剧惑人，此其大较也。

剧将散，忽宪兵座左右发生事故，手枪砰砰数响，座客大半登戏台，走避之唯恐或后，一时全场起大纷扰。一宪兵执手枪趋来，安慰观众曰："无事！速坐！谁出剧园及登台走避者即枪击谁！"于是观众有勉强坐下者，有倚墙不敢移步者，然宪兵座左右喧嚷如故也。台上演员均呆立若木鸡，移时稍静，始勉强终场。余与莘田同出，茫然不知其起因何在，只见兵士三三四四群赴易俗社而去。莘田云去年亦曾遇见一次，至东大街别去，余返旅社。

十三日，午前往竞爽医院访蓝田胡子恒华县王勉之二同学，王君他出，与胡君晤谈良久，归寓。饭后去访莘田，同至卧龙寺，寺建于汉灵帝时，名福应禅院，宋太祖常幸此，明英宗赐藏经一部，即前年康圣人欲据为私有者也。后殿一佛像，约高六七尺，据闻全体藤制。出寺至下马陵董子祠，谒董仲舒墓。祠极破旧，污秽满地。到文庙看《千字文》《孔子庙堂》及《皇甫府君》三碑；后至碑林，并在博古选得新疆巴里坤《汉敦煌太守碑》，泾州《魏南石窟寺碑》，图书馆所藏大钟题铭及魏造像拓片数种。回到西北大学，莘田所约也，在座有程吴二公。饭后，至三意社，欲一观王文鹏之《葫芦峪》，以座满恐再受虚惊作罢。莘田告我：王文鹏秦腔班中之谭鑫培也，《葫芦峪》为其唯一得意之作，十日内必演两三次云。

十四日，午前子恒、勉之二君来访，去后，余即往游南院门，一时归寓。饭后，与同来诸人往游大雁塔，出南门约七八里即慈恩寺。唐贞观二十二年建，为玄奘法师译经之所。塔七层，当时玄奘所以藏西游所得经像者，最初五级，后复增修为七。南面有唐碑二，即褚河南所书之大唐三藏圣教序碑及序记碑，碑额上方螭首，极飞舞。上下均有释迦及天人雕像，左右缘花纹颇细致。殿前有牡丹十余株，闻花时常有显者宴集于此。游毕，即匆匆进城，以南门闭城较早故也，不及一游小雁塔，至为遗憾。进城即去访莘田，饭于宿舍，识丰润王桐伯君，闲谈直至十时始归寓。

十五日，早去访莘田，同至水利局，晤李宜之局长，并识其令兄李约之君，君为陕西省立第一女子初级中学校校长，易俗社即其所创立者也。约后早同去参观，遂辞出，与莘田往游南院门，饭于莘田宿舍，识谦和公司经理章君。二时回旅社，同寓蔡君来访，同至圣公会观刘君所藏古物，零件为多。五时回社，小朋、莘田二公来，同至长乐亭，小朋兄所约也。在座有邮务局局长刘君并宜之、铸新二公，菜用西式，在西安仅此一家。餐毕，莘田邀往易俗社观剧，铸新先生同去。新编全本《紫碧鱼》已演其半，坐久仍不得剧中要领，且所演两场甚形松懈，不待终剧，即出戏园，归寓，整理行装。

十六日，十时乘车出西门，往寻汉未央宫遗址，其地名央城，亦称央角城，离城约十三四里。出城往西北四五里，远见一土阜甚高，若小山然，其上有一碑矗立者，即未央宫遗址也。及近，麦田中散瓦错落，悉为汉制。碑刻"当今皇帝万岁万岁万万岁"，想系庚子清帝来长安时，乡民所竖立者。乱堆中有一石甚巨，或为宫之遗迹欤？土阜南有村曰马家寨，村民耕种挖地，时能掘得古物，瓦当完善者极少。三时进城，以拓片书籍送莘田兄处，晤小朋闲谈许久，归寓。同王君至善乐亭饭。傅校长有信致莘田云："自西安往潼关一路，每日辄数遇土匪，护兵开枪射击者亦两次"余侪仅一遇于潼关附近。亦幸矣哉！

十七日，早起甚寒，七时见小雹，莘田、小朋来送行。九时出西门，计雇双套骡车十四辆，送到兰州，每辆洋五十一元，在秦太旅社住六日，共计洋四十余元。过三桥镇丰桥，渡渭河，五十里到咸阳，宿西门内。渭河春冬搭小桥，仅容一车，夏秋则以舟渡。城东北十余里有周文武成康陵及周太公墓。出咸阳西门有二大道，西北入甘，西南入蜀，东则紧邻长安，洵为冲要之区矣。

十八日，早发咸阳出小南门。咸阳南门有三，北门亦有三，小南门者，右侧之南门也。西北高原上，荒冢累累，悉为汉唐将相陪葬之墓。四十里店张驿，属兴平，县治在驿南四十里，以驻军队绕道而过。沿途播种罂粟不少。三十里醴泉西关宿，是日步行二十里。

到醴泉时仅三钟，遂进城一览，陕西第五混成旅驻此。城中市面极萧条，铺户之开张者，仅去中门数扇，余悉关闭，有官膏总局一处。每家门外均供"五湖四海龙君神位"一，以黄纸书之，其前置一小香炉，询之，因久旱祈雨数日矣，为麦田欤？为罂粟欤？唐太宗昭陵在县城东北五十里九嵏山下，陪葬者诸王七，嫔妃八，公主二十有二，丞郎三品五十有三，功臣九，将军以下六十有四；肃宗建陵在县东北十八里武将山下，陪葬者有郭汾阳。

十九日，黎明即发，六十里丰市镇尖，又六十里永寿县南关宿，是日步行二十里。

自醴泉出发后，即偏向西北，不经乾县，是为新道。斜至监军镇，（离醴泉八十里）始与旧驿道合。乾县城西北有梁山，秦始皇建宫城其上；唐高宗武后乾陵则在其巅，闻壮丽为唐诸陵冠，温韬所未发者也。监军镇唐九节度会兵，鱼朝恩为观军容使，监军于此，故名。沿途所行自杨家庄入山后，数十里内，有登无降。土人均窑居，山田鳞次类层梯。永寿城适当隘口缺处，颇擅形势。旅店中居室无板门，土炕无铺席；晚饭后，寒气袭人，似有雪意。

二十日，发永寿，四十里太峪镇尖，三十里彬县城内宿，是日步行三十里。

永寿环城不及二里，居民约百户，山城荒凉如此，西来所仅见也。出北门后，浓雾迷漫山谷，一望无际，道左时见雾树。粉白之枝条，摇曳风前，弄姿取媚，如此荒山中，行人左右顾盼，顿不寂寞。登太峪岭，二十里徐家车圈，以绕行山坡故名。下岭数渡涧水，车甚颠簸，是名地窖沟。过沟即太峪镇，属彬县，有陇东军队一连驻此。无制服，披青布棉袍一袭，肩枪杂人丛中，翟荫君以为匪也，嘱严防之。尖后，即越大岭，十里升其巅，平原一片，极好之山田也。约行十里，两壁复削立，中陷深沟，是为太峪胡同。将近彬县，适遇来车十余辆，因负载重，驾九骡尚不能行，遂挤塞沟中，约一小时，始设法通过焉。进城，宿西门内。去店数十家，有开元塔一，唐塔也，其前竖一造像，约高四尺，断系唐制，唯白衣大士四字后刻耳。

二十一日，早发彬县，四十里停口镇尖，又四十里长武县西关宿。

夜半天雨，至晓稍止，遂起身治装，就道后又雨。车经范公祠前，因之未能下车瞻谒，心甚怅怅，西门外有范文正公旧治碑，五里水帘洞，山半洞穴密若蜂房，远望之，颇似云冈西部诸窟。彬县城外多植梨柿及枣树，至此益茂密成林。泾水流于南北两山之间，迂回曲折，驿路随之。所谓明岨山者，亦复蜿蜒起伏，愈转愈胜。山麓石骨峻嶒，备诸形态，揭帘饱看，衣襟尽湿，车夫告余，始知之也。十里大佛寺，旧称应福，亦名庆寿，唐尉迟敬德监修。大佛高八丈余，胁侍亦有六丈，外建护楼，涉磴登之，可以眺远。大佛殿西侧石洞造像颇多，其完整而姿态足以代表唐代艺术者亦不少。壁间多宋人题名，惜匆匆一览，不及细审也。东侧山崖凿洞，亦有数十，是否尽系窟洞，未敢臆断。今日一因天雨，不便登涉，二以团体旅行颇多牵制，不能尽兴搜寻，倘欲细考，当俟异日。

尖后升坂甚峻，其上则旷野一片，田畴弥望，是为泾原。到长武经宜山门外，止于西关，旅店数处，已患人满，不得已遂分宿三家。市有卖熏鸡者尚佳，佐以柿酒，亦旅中乐事也。

二十二日，平明即发长武，六十里高家坳尖，四十里泾川县宿，是日步行二十里。

自西安启程以后，即阴，前日大雾，昨日乃雨，今日始晴明见日，不惟心目为之一畅，到省日期庶无稽延，为可喜也。德人福克《西行琐录》所记，雨时每日仅走四五里，不能到站时，即宿窑洞，自兰州至西安行五十日方到云云。虽当时大道未尽填筑，车行更费推挽，然亦可见雨行之不易矣。三十里窑店镇，陕甘二省所分治，东属长武，西属泾川，有秦陇交界处碑。自西安至此计行五日又半日，共四百二十里步行仅九十里。自窑店西行，驿树夹道，悉系左相所植。其在陕西境内者，仅见于潼关至西安道中，亦复零落将尽，西安至窑店则已斩伐无余株矣。陇东军用汽车路，去年筑成极苟且。途中见驮运兰州水烟大车，往东者络绎不绝，当归亦不少，西去者仅遇邮政大车四，骆驼七十匹而已。窑店妇女假髻高耸，余以为驻防所遗，车夫云自窑店镇往西至平凉一带，风尚悉如此云。

七时到泾川县东关，客店中之稍能居住者，已被人先占，遂在出口车夫捐局东，得一客店停留焉。客店无牌号，店役亦仅有一人。上房三间，中间系走道无门，偏北一大炕，为余等司炊所在，西侧向南有四尺见方之明窗一，亦无木板遮蔽。其在东者，南北各一炕，薄爱伦、时达、汤姆生三君居之。在西者，西墙有破矮锅灶，壁均熏染发光似黑漆，南墙角马粪草料灰土堆积甚多，北墙略空，稍稍整理后，遂支行床于此。并向车夫假得破旧麻袋一，铺于床前，书籍及一切零件悉置其上，以行床为书案，跌坐握管而录日记写函件焉；又以行床为餐桌，沽柿酒饮之，亦觉别有乐趣。翟荫与石天生二君则在厩中，安设行床，畜粪遍地，践之甚软，似铺地毯。余等西行已月余矣，客店无门窗，晚间风起，则拥被而卧，亦寻常事；然从未有如今日状况之可笑者，特不嫌琐碎而详记之如此。向店役索水不得，久之来热水一小铅桶，须纸票五百文（银圆换商办陇东银行纸票四千四百文），是否因外人而居奇，我不敢知。

二十三日，早起天阴，随翟荫君等进南门，至文庙参观魏南石窟寺碑原石（民国六年自王家沟移存于此），嵩显寺碑亦保存在内。壁间嵌前任泾州县知事桂林廖元佶之《南石窟寺碑题词》，谓其书法瘦硬通神，风采奕奕，郑文公碑系永平四年，此则三年，足以奴视张黑女弟蓄郑文公云云。十时出北门，往游回中山，亦名宫山，在城西北二里，泾绕其左，汭环其右，志称山麓有大佛洞，中架飞阁，凭空凌虚，群卉绚烂如锦，上有王母宫、文昌阁、三清楼，相传为周穆汉武游幸处云。余等先至大佛洞；寺殿仅存破屋数间，已无僧居。洞内东西北三面均有造像。下层者悉毁损，碎石遍地，残破之造像触目皆是，殆有盗者为之毁坏欤？随拾一佛头，拟带还北京，以证盗者所为，固有意也。中心塔前面，大佛像尚存背光火焰及飞天种种雕刻，西侧较为完整。有石象及浅雕石刻绝美；同行者遂名此洞为象洞。余即择要赶摄数片，以翟荫君命十二时回店，午饭一时即须启程，无暇作详细记录矣。

总之此洞结构，颇似云冈中央第二窟，规模虽远逊，固北魏之作品也。大佛前有一约高一尺二寸见方之石柱，四面造像并飞天等雕刻极精。溥爱伦君爱之，就余商，拟向县署索之以畀北京华语学校或吾校，余深感其诚，遂同赴县署访知事郎君，晤焉。结果，郎君即饬王警佐去取，暂先保存署中，以待省命。余复以王家沟所在，并附近有无石窟询之，郎君接任未久，不能答，王警佐告我约略，并命一衙役导往，谢之出。回店以告翟荫君决定停留一日，明日西发。匆匆用午饭毕，同翟荫、溥爱伦、石天生及王君等五人出东门，三十里到罗汉洞，远望石窟颇多，以为必有可观，所谓南石窟寺其在此欤？即之，佛像悉新塑，且有道家神像，颇为失望。唯洞外一像，约高丈余，自是唐制。东侧一洞有等身佛像二，其一头部外廓，已去其半，再剥离之，雕刻原状可见，固一极优美之佛像也。与云冈中央第二窟第三层楼上弧门东西两侧佛像面部相似。

罗汉洞西部岩石断面，圆孔散在颇多，洞窟形廓，尚能想象得之。其有完整者，同人悉探之，亦空无所有，途相将就道回城，途经王家沟，余以南石窟寺碑石移置事，询之乡导某甲，甲遥指隔岸窑洞之一曰，是即碑石所在之原址也，且有佛像远胜罗汉洞云。余闻之狂喜，即以此意告翟荫君。翟荫君亦愿停车少待，一探究竟，遂雇得农民一，负我渡河焉。既济，石窟外之力士神，赫然在望，狂奔就之，果极精美，窟内三面均有巨丈立像，余见之，唯有瞠目结舌而已。溥爱伦君则跳跃欢呼，如获巨宝。翟荫君亦以如此石窟，岂能匆匆放过，相约明早来此，尽竟日之力，从事查考，遂折回南岸，欣然回城。特遣专人向郎知事假得《泾州志》，就灯翻阅，于回中山见有大佛洞三字，寺观门得罗汉洞在太安里，至治三十里，及石窟寺在永宁里，至治五里两则，此外即别无叙述。按之方位，太安里在城南与今日所游途径适合，永宁里在城北，其非指城东南之王家沟，可以概见，是则县志因明明无王家沟石窟寺之记载矣。此层姑先不论，兹先述我事前所推想者：

（一）在西安购得南石窟寺碑拓片时，即以为此石既在泾州，为近年所发现，则泾州境内必有一南石窟寺。

（二）凡称为石窟寺者，为就山凿洞造像供奉之寺，则此所谓南石窟寺，其情形亦不能独外。

（三）来泾州后，见桂林廖知事之题词，始悉此石自王家沟移至城内文庙，则在王家沟附近，必可得南石窟寺之踪迹。

（四）赴县公署接洽后，以为罗汉洞尚在王家沟东南十里，其为另一石窟寺又属毫无疑义。

今此事前所大胆假定者，竟一一见诸实现，此实西来第一得意之事。但连带而发生之疑问有四：（一）既有所谓南石窟寺则必有一北石窟寺与之相对。（二）《志》称之宫山大佛洞及永宁里之石窟寺，一耶？二耶？（三）如其为二，则宫山之大佛洞为北石窟寺耶？抑永宁里之石窟寺为北石窟寺耶？（四）永宁里之石窟寺是否尚在？凡此种种，均非实地考察后不敢解答；顷以时间关系，急欲西行，当函托郎知事先为调查之。

南石窟寺在泾州北岸，土人云从未有人专去游览，如余辈之好事者，因此求之《志》乘，宜《志》乘之无记载也。

二十四日，午前九时，同出东门，渡泾川至南石窟寺。余与溥爱伦君在西窟，翟荫诸君在东窟。西窟之大，仅有东窟六分之一。东西壁造像下层各八，上层各四，高约一尺二寸，北壁大像三，窟外两侧有等身高之力士像各一。余先就窟内各壁原状，摄取十数片；然后溥爱伦君开始剥离东侧诸像，外廓去后，当时雕刻真相毕露。及至上层，往往于揭去外层泥土之后，发见重要图案装饰雕刻；余亦助之工作。东西壁各像，剥离工作既竣，溥爱伦君复举巨斧斫大像泥胎，惜所剥离者头部悉缺损。剥离后，余又一一为之摄影，借资比较。东窟则汤姆生君绘画，时达君摄影，翟荫君记录，石天生君测量。一时休息，即在东窟外支桌露餐，聚谈造像雕刻之美，如是约一小时。

西窟工作已毕，余亦加入东窟，北壁说法姿立像三，女相胁侍四，东西壁说法姿立像各二，女相胁侍各三，南壁东侧交膝说法坐像一，西侧椅坐像一，两侧各有女相胁侍二，中央有乱石一堆，翟荫君指为中心塔之遗址。余以石窟情形度之，恐未必然，盖窟内造像完好无缺者，几有十之七八，岂有中心塔独全毁者乎？再退一步言，既毁损矣，底部必有塔座遗留，何以仅有乱石而无雕刻碎片，此为极明显之事实。不知翟荫君之所指，有何依据也？立像面部之神情，外服之衣折，以及全体之姿态、丰度，与云冈中央第二窟所见，竟无所异，交膝坐像及椅坐像之姿势，亦复相同。窟外力士像二，已稍风化，然精神饱满，见之，犹能令人低回而不忍去。天井北缘，刻佛传图，东侧为后宫嬉游图，屋后有宝塔，次为太子出城，西侧及东西缘中央部，均已缺损。总之此窟结构整齐，规模恢宏，且处处可见造像时精神之一贯，此又与云冈中央第二窟情形相同者也。

余正在凝视出神之际，忽有乡民二十余，蜂拥而至，群起诘问。余等遂未便再事工作，拟即收拾一切登车还城。乡民则强拉骡马不令走，余婉曲言之，许久，势稍缓和。复来十余人咆哮更甚，其中之一诘责翟荫君毁坏佛像之罪。翟荫君不谙华语，未能答，彼即牵其袖曰，同到庙里去，非俟佛像修复不能任汝行。十余人和之，亦有数人谓非先搜检外人，解除凶器不可。余目睹此状，颇为忧惧，以为群众行动，最易逸出范围，设有不幸，孰任其咎。遂极力为之疏解，顾反复譬喻，终无结果。南石窟寺为附近六村所管，村民鸣锣传知，势非俟六村村众来齐，不能解决。余亦只得唯唯听之，乘间向各个人剀切譬解。其有年老者，复劝其作和平主张，公推代表一同进城，商量修复云云。颇有数人，力赞余说，愿为尽力者，余心稍慰。

未几，村众集者愈多，声势汹汹者亦不少。若辈即就地开会，拒绝旁听；久之，始有结果，居然能推出数人，随同进城，商量重修办法。自此余等始解围，计被困于泾川之北者，约二小时，余亦唇敝唇焦矣。

比到旅店，时已昏夜，余以此事宜先求和平方法，如彼此所谈不能谐，始偕赴县署，求最后解决；否则似可无须重烦官厅。此种办法，自信对于村众，亦已顾到。翟荫君深以余说为然，即邀集乡民代表于东屋，磋商重修款项数目。最终决定，给予六十六元之重修费（十八小佛像每像两元，大像系三十元），乡民代表认可，当即交付了结而去。此事余始终居间调停，虽不敢自居有功，然能如此和平解决，实属万幸。乡民去后，始用晚饭。未毕，郎公来访，欢谈片时而去。未几，郎公又遣王警佐来告，乡民代表受人恫吓，重修费不敢收受，特赴县署报告此事，郎公以事实不明，特嘱王君来询，以祛双方误会云。余即以日间所经过者，为之详述一遍。复告以所以不愿重烦官厅之故，王君乃去。

西窟剥离佛像外廓之事，溥爱伦君主之，自是正当研究方法，余深然之，且为之助。但在内地旅行，为求安全起见，不能不有相当之顾虑。余以初次作西北之行，毫无经验，致事前未能见到及此，遂致发生此不幸之事实，重累友邦人士以数小时之恐怖，至为遗憾。唯最后获得一绝大之教训者，以为主张是一事，错用手段则纠纷可立见，此种情形，后日大可引以为戒。

复次，尚有一事足以记录者，当余昨日之到东窟也，于北侧台座下见有长方形之石一，横覆于地。翻阅之，雕刻极精，唯上方造像稍有缺损耳。归寓思之，断为南石窟寺碑头之一部。乡人不知爱惜，固无足怪，何以官厅当时能移碑石于文庙者，独不能并移此碑头耶？思之重思之，当时移置之动机，确非由于保存古物，殆无疑义矣（据闻乡民因寺基涉讼所致）。因此决定拟将此残石带还北京，实诸吾校考古学室。盖不如是，残石之命运，非至破碎而不止，即不然，据以告知事，知事亦不过饬警移存县署而已。此后残石之命运如何，岂吾等所能知耶？今早到石窟寺，即以此残石示翟荫君，不知溥爱伦君固已于昨日见告矣。复以携归吾校之说告之，翟荫君极力赞成焉。余遂以毛毡覆之，迨剥离事竣，休息露餐，翟荫君已为我装入布袋，安置一侧，余即裹以毛毡防损坏也。纠纷事起，在东窟中已有村民十余，监督吾等行动。此残石其留之耶？抑携之耶？此时诚踌躇矣。留之，固已包裹完好，当然不能于环伺者之前，解囊舍去，携之，设为村民阻拦，坚欲启视者，则纠纷将益甚。余于此时，卒毅然命车夫肩之实余车，而此十余监督之村民，竟未一加干涉也。亦幸矣哉！从此，约重四五十斤之残石，将日夕伴我西行，或至兰州而止。俟余敦煌回省后，复携之东归。能否安然到校，尚未可知！顾此一段因缘，不能不详记之也。

二十五日，早发泾川，三十里王村铺尖，四十里白水驿宿，出发后，即渡汭水，沿回山麓折西，有古瑶池降王母处碑。一路杨树夹道，泾水流南北两山间。过王村铺后，驿路更宽，植树益密。时有小沟自南山流出注于泾川。今日所行只七十里，实有九十里云。

二十六日，拂晓，发白水驿，七十里平凉县东关宿，是日步行四十里。昨夜微雪，早起阴云四散，转晴，九时后，忽起风颇寒。过四十里铺后（三十余里），驿道宽约三十余丈，植树五重，间杂白杨，直至平凉县城。进东关，市肆颇多，为陇东第一繁庶之区。平凉在前清，本系府治，民国后陇东镇守使及泾原道尹皆驻于此，俨然为一方重镇矣。

饭后，进北门至西街电报局发电，后到邮务局发信，遂出东门，过清平桥回店。晚饭后，忽有一形似马弁者来店，向掌柜索余等来车一乘，云有公干。余与王君告以此来任务，彼亦无词可答，遂去。

二十七日，发平凉，四十里安国镇尖，三十里蒿店宿。

昨日询店役，悉崆峒山在县西四十里，上山又二十里，无车路，或乘骑，或坐轿。山上寺观甚多，来往须三日，翟荫君极愿去游，后以来车十四辆，停留平凉一日，每辆须洋二元，以三日计之，须洋八十四元，似乎太费，遂决定俟回来时，设法停留云。

自平凉西发，泾川沙滩甚碍车行，七十里内或升坡，或涉水，或行土峡中，尘土甚大。余在车中阅《甘肃新通志》祠祀志及兵防志数册。将到蒿店，时达君猎得六雉，可佐酒也。到客店，土炕烧牛马粪，眯目触鼻，颇难堪，但亦只得安之。

二十八日，拂晓，发蒿店，四十里和尚铺尖，二十五里杨家店宿，是日步行四十五里。

天未明即起，微雪，出发时更大，心甚忧之，以今日须过六盘山也。离蒿店二里，山势遽紧，大道在南山麓，仅容车轨。两山间涧流甚急，北山有庙，供杨延昭像，相传杨曾驻兵于此，土人遂呼此处为三关口，其实为瓦亭峡，即古之弹筝峡也。石壁有"峭壁奔波"四大字，甚遒劲。余西行已月余矣，途中风景无有胜于此者，惜阻于雪，未能下车浏览，仅于车中拥被窥视一二而已。行五六里雪渐止，有晴意，急下车步行，登坡，望东来诸山，便觉气象万千，如展瑞士雪山图画。凝望许久，去时犹频频回顾，不忍遽舍也。

到瓦亭（离蒿店二十五里），车行石滩上，余进镇一览，仅见破屋数十家，萧条已极；然形势颇胜。后汉隗嚣使牛邯军瓦亭以拒援军，晋符登与姚苌相持于瓦亭，宋金人陷泾原，刘锜退屯瓦亭，吴玠与金兵战瓦亭皆此。即出镇北门上车，仰面数峰突起，极高峻者，即六盘山也。山中积雪甚于东来诸山，气候亦较寒冷，到和尚铺时，天已放晴，匆匆尖后，即启程西发。余仍舍车而步，初进山时，虽路有积雪，车尚可行。一二里后，渐行渐高，而积雪亦渐溶，车行极艰。翟荫诸君以猎雉为乐，余则搜寻风景成我画幅。约四五里后，始盘旋曲折而升，路更泥泞难走，山半庙儿坪有武庙，登山者恒憩息于此。坪后车道复盘曲上，余则别趋小道，泥泞更甚，比至山巅，失足已两次，幸恃昨日所购之车杖，否则步行将愈见困难矣。山巅仅有破屋数椽，客店一家，汤姆生君索水不得，索火亦不得，遂拾取柴草少许，益以破屋中旧窗格，就客店外屋破灶燃之取暖。

未几王君来，未坐定即先走，余等在外屋内候车，约两小时，仍无消息。以重载之车，须用数车骒马拽之，先到庙儿坪，然后复去骒马，返拽别车，如此反复，颇费时间也。山顶寒气加甚，不能耐，余亦下山到杨家店，晤王君，遂同在小店中候车，直至七时，各车始陆续到店。然有一行李车，侧轮陷水沟中，不能出，复命赶车多人往助之，亦可谓多事矣。六盘山自东来登山者，山麓到顶有十五里，下岭仅有五里，山路险仄，古谓络盘道，唐玄宗时破吐蕃于此，宋韩琦置砦戍守，元世祖恒屯兵避暑山上，明徐达定关中，屡于此败元兵，其险要可知。

二十九日，七时发杨家店，五十五里神林堡宿，到时正午后一时。

离杨家店十里隆德县，起风天阴，气候转冷。然村中小儿仅御单布衣一袭，而赤足无裤者比比皆是；甚者并此上衣而无之，露立风中，齿寒战作声，全身颤动，犹作微笑，盖陇东各县去年以天旱歉收，已成灾象，面每斤纸票五百文，鸡子每枚百文，花生每两百文，煤油每斤一元，各物昂贵称是。以故平民生活，极为艰窘；兼之尚有其他痛心之原因在，其影响于人民道德、社会经济、国际地位尤甚于天灾也。哀哉！

三十日，七时发神林堡，四十五里静宁县尖，又四十五里高家堡宿，是日步行二十里。

离神林堡三十里后，驿路沿北岭山腰行，迂回萦曲，所谓九里十三湾者是也。静宁县东关有三忠祠，旁峙宋吴玠故里碑，县城虽非繁盛，然街市宽广，屋宇整洁，实较隆德为胜，城楼亦新葺。余于西街小摊得乾隆三十二年元和宋宗元所刊之《网师园唐诗笺六册》，自西来后，途经西安曾得康熙年刊《虎丘山志》四册，故乡文献，连得两种，为之色喜。出静宁西门渡河，十里即登大岭，赶车者告我为七甲山，稽诸《志乘》似为西岩山，按诸图记，又为祁家大山，未知孰是。山高峻，不逮六盘而纡远过之，自东往西者，上坡路短，坦途较多，自西往东者，则反是。过岭后远望池水一泓，色绿若翡翠，闻系前年地震后方如此云。山坡时见龟裂颇深，此震后所遗留之现象也。下岭十五里到高家堡。

三十一日，六时发高家堡，五十里青家驿尖，四十里翟家所宿，是日步行二十里。

出发后，未几即循山麓行，路尚平坦，后升山腰间，缺口甚多，时虞倾覆。将近青家驿，涧水油绿似碧玉，微风拂之，作小皱纹，清洁可爱，是为响水，路侧有《甘肃震灾会修路疏河碑记》。过青家驿，行乱山中，一路逾坡登岭，或上或下，或升或降，几无坦途可言。俯瞰绝涧，约深百余丈，洵足惊心骇目。山间坡际，皑皑耀目似雪者，均盐硝也。途中尘土甚大，气候亦亢旱枯燥，令人鼻塞唇裂，喉干头痛，至为不适。车中闷坐，又不敢阅书假寐，以赶车某甲颇贪睡，恒虞车覆也。果然，行李车覆一乘。此次西安雇来之车，赶车者悉系洛阳人，同行中好以骂人为谑，否则倚车瞌睡，到店则相聚赌纸牌。自潼关到西安之赶车者，多为陕西西部人，十之八九隶黑籍，打尖时牲口置不问，先去开灯过瘾，因此牲口所得饲料至少，不能负重，到宿店，则终夜横卧破席上，除与一灯相对外，别无动作矣。一日某赶车者，以倚车瞌睡故，由车上跌下，伤足。将怨天乎？抑尤人乎？可恨亦可笑也！山西赶车者极勤恳，诚实者多，间有一二到客店时，沽酒饮之，自得其乐。途中歌迷胡调，甲唱乙和，使旅人在车中，不致有寂寞之苦，我甚感之。

四月一日，早发翟家所，四十五里会宁县南关尖，二十里西巩驿宿，是日步行十五里。

出发后，行乱山中，时或升坡，唯不若昨日之陡峻耳。二十五里张成堡，自此两山夹峙，一涧中流，车行涧底，随水左右萦回，所谓七十二道脚不干者是也。山则耸峭者有之，蜿蜒者有之，有时突起一壁，若石笋然，可谓诡变万状矣。如此约行十里，始出沟，五里会宁县南关。道旁有大明麒麟冢碑，尖后，进南门出北门，一路上下坡极陡，十里后始行坦途，计十里，复行涧底，一如午前。过张成堡后，道中情形唯山势稍平，涧路亦较短耳。出沟后，升高原，直至西巩驿。

数日来饮水黄浊，味盐而苦，颇感苦痛。今日会宁客店，出所贮冰块，煮之稍胜。道旁杨柳，则自蒿店后，即疏落不复成行，有时十余里内竟不得一株。邮递于将近西巩驿时见往西者，计有百十八驮之多，豫西交通已恢复耶？月余不得消息，沉闷已极！

二日，发西巩驿，三十里青岚山村尖，四十八里十八里铺宿。是日步行十里。

发西巩驿后五里，下坡极陡，既降，渡王公桥复升，更陡，自此上青岚山，五里至其巅。过此，盘旋数岭，至青岚村，尖后下坡，险仄处甚多，约二十五里定西县，未及进城，即偏行西北，虽大道，车行仍极颠簸。

三日，早发十八里铺，四十二里秤钩驿尖，五十里甘草店宿，是日步行十五里。

早起微雪，后又转雨，一路多坦途，唯有数处稍难行耳。至秤钩驿，雨止放晴。尖时，食篦形锅块，外黄内软，颇似面包。饮锡兰茶，加糖屑，以茶叶稍多，味嫌涩，兼以盐而且苦之水泡之，其味可想。尖后启程，即盘曲下坡，此秤钩驿命名之所由来也。约五里升坡，登车道岭，即俗称之二凉山，十里达第三岭，是为山之最高处。有山店数家，以候车故，遂茶尖于此。水极清冽，饮之亦甘，询其源，则云南山有一泉，往返须十五里，定西唯此泉可饮云。有小杂货铺一，与铺伙某闲谈前岁地震情形。当时以固原海城一带为最烈，山崩时，有全村被覆者。古物凡地震剧烈处，均有发现，一铜炉约售一二元不等，可谓贱矣。未几，车齐，就道，虽坡坨较平衍，然时有升降，如是旋盘于山脊者近三十里，始渐次下坡，其纡远实过于青岚山。下坡后，路多深陷，车常倾侧，唯驿树甚密，此数日来所仅见也。约五里，到甘草店，市廛尚多，若谓其几埒泾州，则又过誉矣。

四日，早发甘草店，四十里下关营尖，四十五里响水子宿。

出发后尚多坦途，过下关营则车行河道中，小石颇多，故极颠簸。南北山势平迤，河面颇宽，二十里后山势渐紧，河流亦急，适值阴雨，处处见山水下注于河，悬崖绝壁上，时见羊群，河中水凫浮泳，一路左右顾盼，几乎目不暇接。将到响水子，水为山束，流益驶，声益大，夏秋水涨时车马不及避，恒有被冲之虞。华洋赈灾会特建一利济桥以便行旅，市镇则在坡上。安置行装讫，余冒雨一至利济桥边，河于此处为众流所归，因此水势颇大，闻五里后即流入黄河云。顺道并一看土人利用水力磨面工作，因雨大，即匆匆回寓。

五日，早发响水子，四十里兰州，宿南门内马坊街福兴旅馆。

天未明，翟荫君与王君先行，余等则六时出发。十里后入山，上下坡以尽系石块，颠簸颇剧。黄河即在山下，望之极狭。约十里东岗镇，始见坦途，五里空心墩有营房，十五里东关门，经东关大街，进南门至马坊街华兴旅馆住。自窑店镇至此，计行十四日又半日，共行甘肃境内九百八十五里，步行一百八十五里。饭后到电报局，北京并无来电，至邮务局，亦无信札，殊出意外。至省长署，访谢厅长悉办公处在督署。比至督署始知今日为植树节，放假，遂出南门至南关大街谦和公司，晤文君亦无信件，怏怏而出。往游南门外兰山市场，仅见金县河州等处出土之陶器可购，惜携带不便。有一铺云有敦煌经二丈余一卷，以有人持去未见，给价四百元尚未肯脱手云。回进南门，购买零件，一洋瓷饭碗须洋四角五分，顺便问得几种物品价目，老炮台烟每罐银一两，前门牌一元，罐头水果银五钱，鹰牌牛奶六钱，罐头鲍鱼七钱五分，三星斧头牌白兰地酒五元（曾买过十二元）。此间购物，往往先说银两，再折合铜圆。通用银圆为民国三年袁头；民国九年十年袁头，北洋及站人，较诸本地银圆票价约低数分至一钱。大清银币及造币厂竟不能用，其他更可想见矣。每元换铜圆一百六十枚，铜圆票并无折扣，从前之五枚拾枚现均收还，不复流通。酱园杂货海味茶食合并一家，间有并卖布匹者。饮料水则水夫肩挑两担，沿街叫卖。杂货铺前陈列纸钱锭袋颇多，以今日系旧历清明节也。回寓得昌德二儿三月十日所发之信，适于今日到兰，悉家中尚安，唯伟子身体仍多病，为可念耳。晚饭后，即同王君至雅园，浴后，如释重负，精神一振。

六日，早起大雪，十时往督署见谢次洲厅长，晤谈颇久。回寓，兰州谦和公司经理吴君来访，饭后，同翟荫君及王君去见省长，传达处号房，酷似戏剧上之门官，接片在手，即以己意回复，及闻早有电来，并接得大帅（此间如此称呼）去电，始入内递片。省长因病，由谢厅长代见，谈颇久。辞出，余往财厅访陆叔明先生，陆以第一科长代理厅长，适因事出，未晤。归寓，写详函寄京，夜与时达君洗片，以黄河水混浊，结果至劣，明日当设法滤过用之。

七日，午前仍雪，同王君至邮局，复往中外药房购应用物品。主人浙江鄞县人，招待颇周到，并识溧阳王君，邀至寓所，出示秦州出土宋瓷碗，及零件数种。稍谈辞出，归寓悉陆叔明先生见访。饭后，即至财厅晤之，陆虽生长成都，唯籍隶吴县，固同乡也。辞出，往游庄严寺，寺在鼓楼西，唐初建，元至正间重修，相传为薛举故宅。寺有三绝，《志》称佛像停匀生动，衣褶细叠，迎风欲举，塑绝也；元李溥光所书《敕大庄严禅院》，字体遒劲，直逼颜鲁公，写绝也；壁上观音既端好，而所披白衣覆首至足，俨然纱縠，柳枝翠色如新，画绝也。相传为吴道子所为，纵未必然，当亦出自宋元高手，惜乎渐就剥落云。至寺，寺僧方出城，仅于大殿内见塑像，画像以绸幔覆之，未能细观，拟明日复来摄影。遂出西门，往观黄河铁桥，桥南有升允《创建兰州黄河铁桥碑记》，升虽以顽固及宗社党称，然其力排众议，集款建桥，其功诚不可没。河北为北塔山，顶有北塔寺，明景泰中内监刘永成建，康熙五十四年巡抚绰奇增建梵刹颜曰慈恩寺。寺之南偏西为三官殿，于此俯瞰城郭，山环河绕，如列指掌，盘桓移时下山。适北关关岳庙酬神演剧，遂杂人丛中，立观片时归寓。

八日，早起天阴极寒，往庄严寺摄片既竟，复至嘉福寺。寺贞观九年高昌王建，有木塔一，高十三层，故亦名宝塔寺，俗名木塔寺，今名则元至元间重修时所赐名者也。明肃藩屡加修葺，康熙间塔毁于火，重建后，已较旧制卑小，同治十三年复毁于火，此时仅存瓦砾之外形矣。归寓后，同翟荫、溥爱伦二君去看庄严寺画壁，断定为宋代名手所绘，非唐人笔也。

饭后，吴君来访，同王君出南门往游五泉山。寺宇极多，均系最近士绅刘公所督修者，山以五泉名，遂称为五泉山。三神殿，祠关帝、诸葛武侯及财神，可谓不伦已极。最高处千佛阁，壁饰佛像颇多，悉系明绘。余等在此憩息，约半小时，始缓步下山。后同吴君去游普照寺，寺在城东南隅学院街，俗名大佛寺，唐贞观间建，明永和重修之，殿宇已破败不堪，即出至中外药房小坐，归寓，悉谢厅长见访。傍晚吴君同陶君来寓谈话。

九日，午前在寓印片，王君来访，稍谈即去。饭后同近仁去见谢厅长。晤之，近仁先回旅馆复翟荫君。余至督署后花园访陶君，承其导游各处，至碑洞，登拂云楼，凭吊烈妃殉节遗址，复至烈妃祠柳庄。园中牡丹颇多，丁香已盛开。别陶公出署，至中外药房，商品陈列所等处购件。归寓，拓碑者送来拓片多种。明肃藩所刻《淳化阁帖》，每部三两，余购数部，分赠太原西安诸友。碑洞所贮董其昌临《颜鲁公赠裴将军诗帖》、米芾行书《虹桥诗帖》及怀素《自叙帖》三种，均系道光四年总督那彦成所摹刻，亦购数份，以赠友好。北周建崇寺碑拓片约高三尺，宽二尺余，上截造像，下截镌文，额建崇寺三字，连碑阴两纸。光绪戊子三月秦安县城南十里郑家川山崩，居人由土中掘出，移置村庙者。西夏天祐民安碑一石，《通志》谓在武威城内西北隅清应寺中。先是寺有碑亭，前后均砌以砖石，封闭已久，相传亭不可启，启则必有风雹之灾。嘉庆间邑人张澍呼佣人数辈启之，自此碑文始传布世间云。本日得伯夔、颉刚二兄自三月十一日所发挂号信各一，始悉中山逝世，民国元勋，又弱一个矣。

十日，早起，发谢厅长一函，旋得复。同溥爱伦君往游金天观。庙在西门外，明肃藩建。正殿为雷祖殿，雷霆将吏，风伯雨师，列侍左右，两廊尽系画壁。余等自东廊北面起，溥爱伦君记录，余司摄影。所绘为《金阙玄元太上老君应化图》，自第一化至四十一化止，中隔空廊，其南部则雷祖出巡图也。西廊南部为《雷祖回宫图》，北部自第四十二化至八十一化止，图下附写原经经文，间多剥落，壁画则完好者殆十八九。余择其重要者，如化三清、变真文、垂经教、赞元阳、治器用、住崆峒、进函关、训尹喜、升太微、演金光、训扬子、授金丹等等，均经一一摄取，费时三小时之久，遂小憩东院北屋。道士某复导游后园，苹果胡桃树颇多，牡丹有六七十株，其大者约高六尺余，不让宣南崇效寺也。垣外即见黄河，风景极佳。高坡上有混元阁，并有亭台数处，道士住院后有翠竹数十竿，令人翛然意远。出观，沿黄河岸至铁桥，进西门归寓。

金天观，《志》乘所载仅仅称述其殿宇之壮丽，道院之清幽，与夫松柏榆槐之奇古而已，于画壁无一字也。余以为佛传图刻，或石雕，或图绘，尚有遗存可见，道家老君应化事迹则未之前闻，今金天观两廊所绘，虽为时匪遥，然全部完好无缺，特郑重记之，冀研究宗教史及宗教艺术者，知兰州有此道教壁画也。拓碑人送来敦煌千佛洞《唐宗子陇西李氏再修功德碑记》、普照寺《金铁钟铭辞》及秦州出土北周《鲁恭姬造像》拓片三种。普照寺铁钟泰和二年郭镐造，高九尺，口宽六尺，计重万斤，铭辞款识共二百五十字，昨日嘱其往拓者也。

傍晚往中外药房，看出土陶器，索价颇昂，明日当往兰山市场询之。得昌儿寄来三月十日十一日十二日京报，西来将近两月，今日始见京中报纸。莘田来信悉西北受政治影响，地方政府以强力接收，莘田不日将出关回京矣。

十一日，早起至兰山市场购得陶器二十余件，识古董商鲜某，同至其家复选得数品；出城在冷摊上得《千佛洞李氏碑》及贞观十四年《姜行本纪功碑》。

《姜碑》据《甘肃新通志》卷九十二艺文志附金石第十页谓："在安西州祁连山顶碑额正书大唐左屯卫行军姜行本勒石纪文碑上衔书交河道行军总管右参卫将军上柱国（以下缺）派吴仁领右军十五万交河道行军总管左卫将军上柱国既（缺）

县开国公牛进（缺）领兵十五万碑末书大唐贞观十四年岁次庚子六月丁卯朔二十五日辛卯瓜州司法参军河内司马（缺）国朝雍正十一年大将军查郎阿命员外郎阿炳安修盘道数十折卫以栏楯下临巴尔库勒淖尔即蒲类海于山之巅得此唐碑长可八尺其形方四面有字字多残缺犹可读"云云。

《西域水道记》卷三第二十六页原文："始因水以名地曰巴尔库勒（今曰巴里坤即音之转）继因地以命水曰巴尔库勒淖尔当川西偏其东南隅山曰库舍图岭（蒙古语库舍碑也以岭有唐碑故名）山脉自乌可克岭东行三百里至此即巴尔库勒南山山巅有关壮缪祠祠东三十余步有石室庋唐姜行本碑其人言碑至神异相戒不得拓拓即致大风雪断行人余庚辰二月经祠下亲拓一通（以虑傀尺度之碑高七尺五寸宽二尺七寸一分厚七寸十八行行四十一字正书额五行行三字……）。"

第二十八页原文："入栅门东行渡招摩多河乃层折而上五里至二层台又旋折历磴道二十四级雍正十一年大将军查郎阿命兵部员外郎阿炳安所凿卫以朱栏映带流水青松白雪，自然明丽，磴道尽乃至关壮缪祠……"徐星伯氏亲历其地，并曾手拓一纸以归，则所载自可确信，唯至可笑者，《甘肃新通志》既谓在安西州祁连山顶，又谓下临巴尔库勒淖即蒲类海，其谬误固不待《西域水道记》之记载以证明，而自身叙述矛盾已若此，斯又不可深信《志》书之一证也。

归寓，卖陶器者纷至，余为翟荫君选购得数十件，价值较贱。拓碑人送来拓片购得数种。其中《敦煌千佛洞陇西李府君修功德碑记》即《李氏再修碑记》之碑阴。大中十二年《佛顶尊胜陁罗尼幢》，则原石究在甘省何处，尚待考证。

饭后，应次洲厅长之约诣督署，并识苏高等审判厅厅长张检察厅长二公。苏出示所得敦煌唐画绢本。左侧画观音坐像，左手提净瓶右手执杨枝，赤足踏莲花，其前莲花石台上有盆花一，王者跪于右，手托供物，顶上现法器，一童子倾果盘，桃数枚落空中，画极精美。线条细而劲，非唐人不能为也，造像二具亦极佳。次洲厅长则收藏丰富，入其室琳琅满目，美不胜收。陶器精品最多，有数种安特生曾出重价与之竞购，卒为谢公所得，当时陶器价值实为最昂之时期。佛像罗致亦不少，石造像二，铜者最多，有六朝像，有唐像，有来自印度者，泥者次之，然其中有敦煌庆阳寺数具，弥可宝贵。瓷器以秦州出土宋瓷为多，铜器最少，余选得十数种为之摄影，至五时始毕，复闲谈片时，始辞出归寓。

十二日，清晨尚未起，送陶器来者已有十余人。敦煌经佳者绝少，然索价颇贵，动辄二三百金，余均挥之使去。陶器花纹有假造者，以水拭之即失，翟荫君购十余件，余所欲得之品均以价昂却之。按甘肃出土陶器，当安特生调查时，广事搜罗，因之售价贵极一时。今则购者较少，价遂低落，然市侩索值仍昂，此不可不知也。陶器大小形式种类至多，花纹亦颇繁复，安特生于其《甘肃考古记》内叙述甚详。就其所见区别为六个文化期：

（一）齐家期　村落古址在宁定县齐家坪。陶器全系单色，上缀席纹，或有压花，亦有为浅灰黄色之薄肉瓶，形式极为美丽。就全体论，颇似希腊及罗马古代之 Amphora 两联底瓶。

（二）仰韶期　村落遗址及葬地遗址在宁定县半山区瓦罐嘴、碾伯县、弥勒沟、黑土庄等处，以其与河南模范址仰韶村所得相近，故名仰韶期。陶器表面花纹繁复，至为华丽，陶质亦致密，单色而粗者甚少，鬲鼎几付阙如。

（三）马厂期　葬地遗址在碾伯县马厂，多为长大之瓮。大圈之图案中，实以方格或之字条纹，并见作手指状花纹。其为小件者，则口径甚大，耳亦高耸，有纵横斜走或三角形之花纹，及有多数方格。

（四）新店期　村落遗址及葬地遗址在洮沙县新店及其南十二里会嘴地方。陶质疏松，器身高而口径均大。有作黑色条纹或细狭纵纹者，有于一横线下垂二相反之弧线如兀字形者，有小花纹作 N 字形者，亦有图形犬羊等小动物者。

（五）寺洼期　葬地遗址在狄道县之寺洼山。马鞍口之单色大陶瓮及足部肥大之陶鬲，最为特色。

（六）沙井期　村落遗址及葬地遗址在镇番县附近沙丘。陶器大半无彩文，有则为直立之三角形及为鸟形之横带纹。

前三期中绝无金属器物之存在，后三期辛店期较少，沙井期最多。因此名前者为新石器时代之末期与新石器时代及铜器时代之过渡期，简称之为石铜器时代之过渡期；后者为紫铜器时代及青铜器时代之初期。遂假定一古文化之年代：

齐家期　纪元前三五〇〇至纪元前三二〇〇，

仰韶期　纪元前三二〇〇至纪元前二九〇〇，

马厂期　纪元前二九〇〇至纪元前二六〇〇，

新店期　纪元前二六〇〇至纪元前二三〇〇，

寺洼期　纪元前二三〇〇至纪元前二〇〇〇，

沙井期　纪元前二〇〇〇至纪元前一七〇〇。

余此次为吾校考古学室所购入者，除寺洼期外各期均略备。亦有介于两个时期之中而为一种过渡时代之作品，此则尤可供专门家之参考矣。

归寓发次洲厅长一信旋得复，送来护照两纸，并为余介绍花定榷运局长潘君，嘱余于今日午后二时去访，可获见其所藏也。

饭后去访潘公于南府街，潘为次洲厅长至亲，出示敦煌泥佛像数件，并六朝造像等，择摄数片辞出。往访吴君于谦和公司不值，即进城回寓。未几，潘公来片邀去茶话，座有邮务局长波斯人杜达，法工程师某，俄人某，翟荫、溥爱伦二君，并杜达夫人（四川人）潘夫人等，闲谈至五时归寓，整理行装，预备明日西发。

十三日，早至邮局寄信，归寓，整理行囊，十一时启程。出北门过黄河铁桥，金城关，十里至十里店，枣林极盛，又十里则桃树遍野，旬后当可放花矣。自此转向西北，入丛山中，土色朱赤，其崩陷处有笔立若削成者，远望之，颇似圆明园劫后所遗留之石柱，极可观也。车行涧中，是名沙沟，如此约十里朱家井宿，是日行四十里。

西行骡车仍雇十四辆，原来车约有半数。每辆送到肃州洋六十元；在兰州华兴旅馆计住八日，房饭费及杂费共洋一百三十元，又自西安到兰州之车，每辆另赏六元共八十四元，并附记于此。

十四日，早发朱家井，七十里盐水河铺尖，三十里红城驿宿，实有一百二十里。

发朱家井后行两山间，虽有升降，路尚平坦。沿途无树木，杳无人烟，景况萧飒。五十里哈家寨，有花定榷运局分处，然民居亦仅十余家耳。遍地霜白，产盐之富，可以概见。过盐水河铺略见驿柳，仍行乱山中，尘土极大，不减晋南道也。二十五里徐家水磨，驿柳始成行，村落渐多，泉流时闻，五里至红城驿已黄昏时矣。

十五日，七时发红城驿，七十里平番县西关宿。

自红城驿起一路傍河行，驿柳甚密，窑店至平凉道中仿佛似之。村落衔接，堡寨相望，水磨浍浍，河流汹汹，道旁多沟渠，时乱水而过。所见寺宇有接引龙泉诸刹，道观亦颇多。堡关门楼上往往建魁星阁或文昌阁，其在平番城南之魁星阁尤崇高。离城三里有庄浪满城，堞垣甚整齐。城为清乾隆时所筑，毁于战乱，此则重修者也，闻尚有旗民住居。平番南关极荒凉，各种收税机关及客店咸在西关。客店颇洁净，坑铺木板，为西来仅见。余以到时甚早，安置行李讫，即进西门至庄严寺。据《通志》云，寺为唐宋时建，今驻西军已数年矣，以无可观览，遂出。至千佛寺，《志》称在县城东北，实则在县城西南，《志》书之不可信也如此。

十六日，六时发平番，三十里武胜驿尖，四十里岔口驿宿，实有九十里。

出平番往北稍偏西，仍沿庄浪河滩，时乱流过之；二十八里至小川口，以小川水西来注之，故名。过武胜桥沿左山麓而至武胜驿，驿有废堡，久无人居矣。尖后仍行河滩间，乱石梗道，车颇颠簸。岔口驿在乱山中，有堡城颇完整，居民亦较多。东北群峰岸崿，山巅积雪未溶，沿山轮廓成一白线与天分，宛似界画，是为乌鞘岭；据闻虽盛夏，亦常飞雪云。一路少树木，遍地生芨芨草，边墙断续，烽墩隐现，废堡故垒，触目皆是。回想当年帝王好武，将帅用命，壮士荷戈，书生投笔，拓疆几万里，受降数十国，丰功伟业，吾人生千载下者，于凭吊遗迹之余，唯惊骇赞叹而已。然有明一代，竭中原之财力，修城筑堡调将遣戍，卒至闭关徙民，偷安苟延，明社遂屋。兴亡之际，真间不容发哉！

连日因感受风寒，时觉发冷，一至下午则头痛欲裂，颇感不快；唯闷坐车中读《雪堂校刻群书叙录》及《观堂集林》而已。

十七日，初明即发岔口驿，四十里镇羌驿尖，五十里龙沟堡宿，是日步行二十五里。

未明即起颇寒，出店后见乌鞘岭积雪，更觉冷气袭人，一路紧沿边墙，浪河在边墙外，河面甚宽。左侧山后见有群峰峭崒者，是为马牙雪山，近人游记以为祁连山者，误也。山上积雪更多，少顷日出映之，作铜红色，阴部则深黑似墨，绝妙一幅画本也。余意习美术者，不当朝夕在城市中求生活，晚近尤堕落，奉承权要，趋附优伶，自命先进者，曰务排挤倾轧，学校士子则甘为黠者所利用，罢课也，开会也，拥戴也，驱逐也，喧嚷不已，绝不愿与自然界相接近。呜呼！是可痛也！

尖后渡庄浪河，车行冰雪上，辚辚有声。上乌鞘岭，巅有韩湘子庙，为平古分界处。迂回盘旋，约十余里，岭非陡峻者，然小石碍车，颠簸令人头痛。下岭后驿道沿古浪河，河源出乌鞘岭北，流经古浪县城，东至元墩子出边墙，入内蒙古界。又十余里安远堡，破垣颓墙，触目皆是，盖自战乱后久已不成市集矣。途中山均戴土，现朱红色。回忆幼时看着色山水画，以重染赭石为可骇，今日见此，益知国画固非全凭臆造也。十五里龙沟堡亦名龙口店，以东山名龙沟得名。过东山山沟中，即有番子居住。余于小杂货铺中见一番妇，约四十余，携一子十二岁，来堡以所制牛油易砖茶，其子貌颇聪颖，惜无人提倡番民教育，一任其自生自灭视同化外，为可悲耳。闻马牙雪山西南，番民颇多，绰尔天堂寺即在马牙雪山之后，离镇羌驿已不甚远云。

今日沿途所见，以及尖宿时所闻尚有可记者：于镇羌驿见十二年十一月二十一日平番县任知事布告，其中大意略谓土药印花税，平番应摊二万〇五百八十三元，此外赈捐（按为赈助日本震灾之款）自治经费等为数颇不赀。现为顾恤贫民起见，拟就选举人民册所载有五百元以上不动产者一万四千九百余家，值百抽一，每家缴洋五元，可得七万余元云云。龙口则有驻军某营长严禁人民勾结军士聚赌布告。其衔名为西军巡防统部护卫步一营营长某，所谓西军者，为属于凉州镇守使之军队。前昨两日途中见有着便服，荷枪骑马者，即是。番子称妇人为"阿其"，男孩"阿拉"，女孩"我模"，我要去了"冈当脚"，喝茶"家吞"，马"斯达"，此系杂货商某君所告，余不能悉忆矣。至于种植罂粟，在甘省已成公开秘密，财政上以罚款为收入大宗，且知事年有比较，即课税年有增加，亦即人民被迫不能不种之原因也。种后因课税重，不足以维持其生计，于是携家出关者纷纷，遂令膏腴之地，顿成荒废云。

夜近仁偕陆君来谈，陆君为肃州镇守使署参谋，安肃道尹公署教育科长，生长伊犁，游学北京，民国九年回省任事；近仁去岁识于肃州，刻因进省邂逅于此，遂畅谈至十时始别。

十八日，早发龙沟堡，四十五里古浪县北关尖，六十里靖边驿宿，是日步行二十里。

出龙沟堡北行五里黑松堡，即古之苍松卫，山上多松柏，战乱后斩伐殆尽，已成童山。过此山势紧迫，古浪河为山束甚狭，而流益驶，声愈汹涌，是为古浪峡。驿路沿左山麓，峻坂巉岩，相望于道。车轴为其震折者四辆，崎岖难行之情，可以想见矣。一巨石当道，甚洁白，近人游记谓为催生石者有之，谓为酿酒石者亦有之。右山山巅有寺宇一，左山麓有香林寺。进古浪南门至北关，城内颇荒凉，想战乱后元气尚未恢复欤？

尖后北行，路多小石，二十八里双塔堡，已入武威界尚有市集。自此山势展开，渐现平原，唯所过村堡往往仅有二三家者，荒凉可掬。靖边堡差胜，但餐时索鸡卵仅得二十八枚而已。是日在车中阅《西域水道记》两卷。

十九日，早发靖边驿，七十里凉州东关宿，是日步行十五里。

出靖边驿，经七里堡河东堡四十里至大河驿，一路沙滩，小石遍地，车行颇格磔。驿长二三里，然除南关稍有铺户外，堡内仅有破寺两三所，余均碎石残垣而已。兵匪蹂躏后至今未复元气，想见当时受祸之烈！沿途荒冢累累，天又微阴有风。山影模糊，日光惨淡，边关荒寒，一一在望。二十里马儿坝适演酬神戏，观者塞途。妇女小儿均坐大车上，注目戏台不少瞬，余等至，群又移其目光灼灼相视，余匆匆摄取数片，留备插画，遂行。

未几，观剧归者纷纷，骑驴掠余车而过，一妇人衣白地黑花洋布衫，青布蟆头，缓鞭得得北去，可谓别有风情。一男子尾随于后，殆为伊之终身伴侣欤？又一小儿约三四岁，着红布短褂，赤双足亦跨骑于母背后。此种情景，在国画家往往能默识之，出以写意之笔，便觉栩栩欲活。洋画家仅能出纸速写，然骑行颇速，一时把捉不易，且速写之品，粗具轮廓，稍见笔力，神情风趣则视国画远逊也。余于国画洋画习之均无所成，随即弃去，遇此等事，无已，唯有求诸摄影耳。途际小儿行乞者颇多，远远见车来即就道左拾去小石，车近，磕一头，即伸手乞钱，近仁谓其作假术工，余则以为情实可悯。凉州在甘省为繁庶之区，有金武威银张掖之称，何以小儿行乞者竟如此之多，至可异也。

至东关寓鸿新旅店，为时尚早，匆匆午饭后，即赶写数信，挽掌柜觅一导者携摄影器进东门。凉州城垣完整崇高，门洞亦深。先至安国寺，寺在城内东南隅，相传为张轨之宫，现为黄教寺宇，顺治间毁于火，藏经古碑，悉成灰烬，创始年月遂无可考证矣。往西街邮局发数函，折至北街罗什寺。寺一名塔寺，以有十三层塔故名，姚秦三藏法师鸠摩罗什译经于此，为佛教史上重要遗迹。有藏经阁，以寺僧他出，未得取观。遂出寺往东，有竹林寺者，叩之，尼庵也。即舍之往清应寺，寻西夏天祐民安碑不得，询之居民谓在大云寺，始知嘉庆间张澍氏所记在武威城内北隅清应寺者误也。其所以误大云为清应者以清应紧邻大云且均有十三层之古塔一，坐是易致错误耳。遂至大云寺，于大殿后院得见碑屋二，在左者，西夏碑赫然在焉，别有一康熙间《重修碑记》。在右者，一为天启二年之碑，一则景云二年唐碑也。特嘱看寺者为招拓碑人拓之，明日可送到寓所。此碑为甘肃《全省新通志》中所未载，是否见于别种著录，旅中苦无书册，不能考也。

二十日，午前写数信，并补录《西行日记》寄颉刚。饭后进城，先至西街邮局，折回南街得关于风俗方面之刻纸十余种。出北门至东岳庙，今日旧历二月二十八，俗称东岳帝诞日，因此一路游人甚多，戏台前尤拥挤。正面停骡车约数十辆，其在车上观剧者均妇女也。庙内两廊有十殿阴司画壁，东岳殿颇高峻，庙外桃花已盛开，游人有携酒具就林间欢饮者。归途，沿城根至东关，拓碑人送来大云寺中《唐景云二年凉州卫大云寺古刹功德碑》拓片碑文系刘秀撰前段叙大云寺开创沿革，寺为晋凉州牧张天锡所建，有七层木浮屠一，本名宏藏寺，后改大云。武后改号天赐庵，景云初重修之，此即重修时之碑记也，此外复有《大周故弘化大长公主李氏赐姓曰武改封西平大长公主墓志铭》，开元二十六年《慕容明墓志铭》及贞观四年《毛府君墓志铭》三种。细核碑文，第一种大长公主葬于凉州南阳浑谷冶城之山岗，慕容明亦葬在凉州仅云先茔，未及地处，毛系安定人，葬于凉州姑臧口方亭里，此三石均系前年出土于凉州城南五十里之上古城，原石均存文庙。

二十一日，午前九时发凉州，七十里丰乐堡宿。

进凉州东门，出北门，路中即见沙石，四十里后弥望皆是，车行较前数日尤顿撼，令人头痛。将近丰乐堡，喜见驿，柳路亦较平，闻明日尚有数十里沙石道，须至永昌始已。到店微雨，忽又大风，约十五分间即止，复晴朗见日。西来寒暖无常，瞬息即变，此旅行者所应注意者也。

二十二日，早发丰乐堡，三十里八坝堡尖，六十里永昌县东门内宿，是日步行三十里。

出丰乐堡沙石之碛路者一如昨日。二十里柔远驿，居民极稀，道左有永昌界碑。十里八坝堡，《新疆游记》所载堡东火祖楼塑像，均作瞽形，趋视之，未必然。其已改塑耶？抑记载仅凭耳食耶？二者必居其一矣。尖后，三十里通津堡，亦名三十里铺，残垣当道，杳无人烟，劫后凄凉，一至于斯，可慨也！过此，石渐少，路渐平坦，天忽阴，大风，微雨，未几又晴明。二十里东冈，即十里铺，有驿柳，道右有《明湟中祁将军孤军战胜处碑》。遥望城北武当山殿宇层叠错落者其为真武庙乎？闻与之邻接者，尚有金川寺，颇擅胜景，惜未能一游也。进东门，宿大街客店。永昌城内街道颇宽，唯店铺少，稍形萧条耳。

二十三日，早发永昌，七十里水泉驿宿，是日步行十里。

出永昌西门数里，路多小石，车行格磔，渡小沟六七，水均清驶。二十里水磨关，居户数家，荒凉满目。自此傍右山麓行，数升土坡，荒碛弥望，数十里内，杳无人居，遍地唯黄草萎萎，相接于目耳。一时天忽昏黯，狂风大作。车篷为卷，骡马驻蹄难前，声似怒涛撼山，万马腾踏。兼下雪珠，温度骤低，余披驼绒毯二，犹作寒噤，唐人诗，"蔽日卷征蓬，浮天散飞雪"，不啻为此日咏也。到水泉驿稍晴，唯风仍怒号，遂宿焉。饭后，偕店伙高某至石佛寺，有石佛一，约高四尺，背光有小佛七，碑记已磨泐不堪读，匾额所载石佛来历，已不明了。明永乐年间以蒙古人频思盗窃，遂于东关财神庙侧别立一殿置之。同治间兵匪蹂躏，水泉驿焚毁极惨，庙亦波及，乱平，堡民为置于西关之三官楼，民国七年复由三官楼而移于堡内之三圣庙，特建一接引殿云。高某并谓战乱前堡内居民有三百余户，今仅四十余户耳。乱时居民死者千余人，亦可谓一地之浩劫矣。

二十四日，早发水泉驿，五十里峡口驿尖，四十里新河驿宿，实有一百十里，是日步行二十五里。

出水泉驿西行，积雪满山，边墙断续入目，席其遍地，无林木居户，一片荒碛，几类沙漠矣。三十里定羌庙，亦名古城洼，汉日勒城故址也。十八里石峡口，乱石梗道，车颇颠顿。大黄山立于南，合黎山画于北，形势极险要。二里至石峡口堡，堡城东西较长于南北，尖后仍西行，道极平坦。十五里丰城铺，居户十余家，二十五里新河驿有堡城。

阅《河海昆仑录》关于大黄山与焉支山之是一是二，辩之甚详，其所恃为显然两山之故，析之有三：（一）《方舆纪要》谓："青松山在永昌卫南八十里，一名大黄山，一名瑞兽山，一山连跨数处。"又谓"焉支山在山丹卫东南百二十里，引《西河旧事》云，焉支山东西百余里，南北二十里，上有松柏五木，水草茂美，宜畜牧与祁连同，一名删丹山，亦名删丹岭"，《括地志》亦云，"焉支一名删丹山，在甘州删丹县东南五十里"。因此断定焉支删丹为一山，大黄与焉支则显然为两山也。（二）以焉支山必当路冲隘，故去病攻而取之，以断匈奴右臂，遂有"失我焉支山，使我妇女无颜色，失我祁连山，使我六畜不蕃息"之歌，则焉支山必为今山丹峡之北山，若大黄则在删丹山西南山丹县南相距数十里，且四面草滩，不当路冲，为匈奴所不必争，去病所不必攻之地。其为争战之冲者，实删丹也。（三）以西来山水多以其色名之，删丹色赤，大黄色黄，一览而知，此亦为显然两山之证。其说虽辩，余却未之敢信。《方舆纪要》既谓青松山在永昌卫南八十里，则今日所指之大黄山必非《纪要》所称之青松山可以按图考之，毋待词费。《方舆纪要》与《括地志》所载之焉支山一谓在山丹卫东南百二十里，余以行程核之，当在水泉驿之西，或稍偏南十里，然其地固永昌界也。一谓在删丹县东南五十里，当在新河驿之东南十里。姑不论二书所载，显有出入，而《河海昆仑录》著者以山丹峡之北，认为焉支山者亦不攻自破矣。至于山色命名，因而强指为二，殊涉附会。余考《甘肃新通志》，于永昌山川条下有青松山"在县西八十里，一名大黄山又名焉支山盖一山而连跨数处"，以行程核之，恰在水泉驿之西十里反与《纪要》所载若合符节。于山丹山川条下，有焉支山"在县东南一百二十里，一名删丹山又名大黄山"，其里数方位又恰与前条所称之青松山相合。然《通志》所载，余亦未敢信之以证《河海昆仑录》之非是，余以为欲明大黄与焉支之是一是二，当求焉支命名之由来。余以行箧携书过少，无从考证。偶忆唐人诗称焉支者，有王维《燕支行》"胭脂山下弯明月"（元稹《小胡笳》引），"燕支山下少春晖"（屈同仙《燕歌行》），"燕支山下莫经年"（杜审言《赠苏绾书记》）

诸句，以为唐时竟称燕支。比至后代以山产大黄甚丰，遂以大黄名，燕支反无闻矣。古今山名异称，此例正不少。其以古名询土人，土人茫然者尤多。余在峡口尖时，询大黄山，虽一童子亦能指之，遍询焉支无以对也。因此联想大黄焉支为古今异称，或者大黄竟一俗称，亦未可知。所谓焉支必为当路冲隘，以大黄四面草滩，不当路冲为词，其实古今争战形势，载籍所未明言者，何能加以臆断。自定羌庙至山丹向西北，峡口固所必经，然自定羌庙往西，经刘家庄老军寨至上下徐家庄，折北过二十里铺，西至山丹亦一道也。否则自上下徐家庄，复西至暖泉堡，直北至山丹又一道也。取此二道，大黄山适当其冲，又有何说耶？总之大黄焉支是一是二，非精于舆地学者不能解决此疑问。余何人，敢强辩耶？

二十五日，早发新河驿，四十里山丹县关内尖，四十里东乐县东关宿。

早起甚寒，约五里，忽起大风。将近山丹余与溥爱伦、石天生二君之车，均陷泥淖中，挽出颇费力，遂进东关。关城内街心筑渠，引山丹河水入城，渠畔植杨柳成行，风景颇佳，市肆亦多。余进南门至发塔寺，明洪武间建，先是掘土得铁佛五，石函一，内藏发，又有石炉镌字曰发塔寺，遂就地募化兴筑。寺南有白塔一，别院初级小学校在焉，仅匆匆一览而已。

尖后，出西关，渡山丹河，十里大佛寺，一名土佛寺，明正统六年太监王贵指挥杨斌建。佛像高十三丈，覆以重楼七层，以趱程故不及下车一游。过乐定堡计四十里至东乐，实有五十里，山丹附近泷树茂密，自山丹至东乐道中亦复如是，且时涉清流，村堡相望，远非前数日之荒凉景象矣。闻甘州西高台一带尤胜，宛似江南，闻之神往。

东乐在前清，为一厅治，民国三年，始改为县。县城仅有东西两门，城周尚不及山丹一关城，铺户只二十余。县公署在西街，署后紧靠城垣，署西十余家，即系西门，度其面积，差可与昨日新河驿所居客店相仿。署前悬国旗二，询之，新县长昨日方走马上任也。至邮政代办所，遇一姚姓老者，谈及东乐种植仅恃一山丹河，不若肃州附近有南山融雪，可资灌溉也。地既贫瘠，县缺因此亦极清苦，后遂杂谈他事，辞出回寓。

二十六日，微明发东乐，七十里甘州城内王府街连升店宿。

启程时微雨，未几即止。初行土沟中，旋行沙滩，道软而平。二十里古城子，即仁寿驿，近人游记谓为汉屋兰县故地。按《通志》屋兰废县在山丹县西北，今古城子地属张掖，疑为西安废县，然亦不敢决也。仁寿驿街市，几埒东乐县。出堡数里，即大沙滩，数为水阻。二十里至二十里铺，田畴纵横，烟林相望，洵称膏腴。十二里八里铺，八里进甘州南关。关外有牌坊题"张掖古郡"四字，南关内垂杨拂水，秀麦遍地，几疑身在江浙间矣。道旁有左文襄公祠，已改为国民学校，进南门至王府街，时正十二时半。稍稍铺陈毕，即出店，往北仅数十武，有一类似之古玩铺焉。见敦煌经数卷，并磁青纸银书经卷两本，均以价昂未购。遂至南街邮局，于小摊上得经卷两小册。摊主人杨姓，山西潞氏人，焦镇台在时曾任马队哨官，今弃武就商矣。邀至其家，得见金书《华严经》卷，购之出，往游弘仁寺。寺在王府街南端，旧名卧佛寺，建于西夏，明永乐九年重修，赐名宝觉寺，康熙十七年始改今名。大殿中卧佛一，卧佛口角约计之，足有四尺，全身长约十四丈，寺后有白塔，形与昨日所见发塔寺略同。今日适有戏剧，广场中观者拥挤万状，奚止千人。复往对面之木塔寺，以旧有木塔故名，实为万寿寺，永乐四年重修，前院已为同善社所占有，并附设一国学专修馆云。

饭后复至北街，折回南街，购应用零件毕；去访张知事，适往镇守使署，未晤。晤幕友某，谈及《西夏黑河建桥敕碑》一石，始悉在县南五十里，允为雇人代拓，遂兴辞而出。

二十七日，八时发甘州，七十里沙河堡宿，实有八十余里。

出甘州西门，西北行数里，即折北，行沙滩，后又折西，屈曲行黑河故道，二十里至二十里铺。过河沙阜累累，车行颇平软，仅闻车轮与流沙摩擦声及微风拂拂而已。西来流沙今日始见及之。三十里沙井驿，属抚彝县，自此村堡相望，泷树满目，直至沙河堡。

堡门遍贴抚彝县知事手谕，恍若身在山西境内矣。识章君与谈颇久，章君二十余年前即在敦煌，当时千佛洞经卷画片，充盈洞内，无人过问，至今思之，追悔无及。并杂谈关于敦煌附近各事甚多，约东归时再图良晤乃别。

二十八日，八时发沙河，三十里威狄堡尖，五十里涧泉子宿。

出沙河堡西门，往西偏南，折入南道。南道有二，其一不经抚彝县城，过威狄堡向西北，趋高台与驿道合。其一则经威狄堡西北，入高台界后（约三十里）即向西至涧泉子，往西南六十里元山子，又六十里马营堡，然后复向西北趋肃州，此路为车道所不经。今以北道须经盐滩，而车行第一南道自高台后亦须经由盐滩入肃州界，据闻盐滩多泥淖，前日在客店悉邮政驼运，陷入数骑，费时颇久，始克出险云。因此余等行程，不能不趋第二南道，此道旅程为自来游记所未载，不悉沿途作何景况，借此经行，亦一乐事。

三十里威狄堡，一路桃花盛开，足解岑寂。枣树亦多，柳条丝丝，麦秀芊芊，极似故乡风景。尖后，均行盐滩上，此处道路干燥，无泥淖以碍车行。五十里涧泉子，中途以赶车者不识路径，绕行颇多，计有七十里。

涧泉子有小川一，道旁仅有一井，均盐涩。尖铺一，仅北房二间，为翟荫君等所居。西屋二间，南北各一炕，北者铺主人所居，南者置厨房家具，餐毕，三仆即宿其上，近炕炉灶二。无柴薪，无油盐，其他更可不问。南尾一小间，杂置马粪，赶车者于此安灶焉。铺无门，只有残缺短垣围之，四周均旷野，距南山十余里耳。铺西盐滩上，支帐篷一，骆驼八九十匹，亦经行此间暂宿者。荒凉景象，为余生平所未遇。晚餐用由甘州携来之挂面，以盐涩井水煮之，佐以由沙河堡带来之头芽菜，及甘州高某所赠之洋葱，各炒一碟，余复倾剩余白兰地，踞炕上饮之。日记册置膝盖上，记录日程，而炕烟熏发，令人几不能张目。饭后，即就车中拥绒毯而卧，半夜风起甚寒，益不成寐，此种景况，亦余生平第一遭也。

二十九日，破晓发涧泉子，六十里元山子尖，又六十里马营堡宿。

早起颇寒，余以昨夜失寐，精神极不舒服。出荒店后，车往西南，寒沙莽莽，朔风猎猎，盐滩沙碛，一望无际，人烟草木俱无，荒凉已极。如是行五十里升坡，转入乱山中，五六里出山，遥见树木扶疏，村堡隐约，是即渴望之元山子也。尖时，索鸡卵仅得八枚，索锅块不得，仍以白水煮挂面食之，聊以充饥。尖后车向西北，荒凉一如午前，唯黄羊成群颇多，闻枪声即疾驰，其大者如小马，时达诸君竟未获得一头。

六十里马营堡，近村桃花数株，云蒸霞蔚，至为可观。小店虽荒陋，然较之昨夜，不啻天上矣。

三十日，早发马营堡，八十里下河清堡宿。

自马营往西，村居树木不断者几十里。道旁时有桃花，向远客迎风弄姿，荒寒之大漠中，有此点缀，足资顾盼，亦稍慰羁情已。过此，又系沙碛，一望无际，十四辆车衔接而行，寂无声息，如是几有十里。比近下河清堡，始见村舍林木。到店，村人聚观者颇多，患甲状腺肿者占十之八九。

连日气候较寒，天又阴霾，南山积雪隐约见之，似颇浓重。今日又起风，行沙漠中，精神极为委顿，幸有一日程，可到肃州，待休养数日矣。

今日车行稍误，自出马营堡后，应往西稍偏北，七十里至上河清堡方为正道，今则往北偏西八十里至下河清堡。上河清与下河清间相距三十里，明日自上河清堡至营儿堡为四十里，若自下河清堡往，则为五十里，是今日多行十里，明日又多行十里，折入正道，合计之多行二十里云。

五月一日，初明即发下河清堡，一百里肃州宿。

发下河清堡，五里内村林相望，过此入沙漠。六十五里至三起堡，约有数十家，村树不断者十里。桃花极盛，如在龙华道中，唯彼在繁华风尘里，走马观花，快意固别有在，此则处干苦之生活，已阅两月，近十日来耳所闻者，朔风怒号，与马嘶驴鸣相应和，目所见者唯衰草与黄沙耳。于此种境界中，忽有数株好花，含笑欲语，征人过此，岂仅眼目一新而已哉。自此又行沙滩，小石碍车，颇见颠簸。将近肃州，驿柳扶疏，荫翳蔽日。进东关南稍门，至东关大街寓东升栈，时仅一钟，可谓速矣。草草铺陈毕，即进东门去访吴静山镇守使桐仁，以有要公，约明早八时相见。遂至邮局发信，至北街访酒泉县陈知事，系浙江绍兴人，晤谈片时，悉豫督胡景翼已死，岳维峻继，京中政局粗安云。辞出至北门外电报局，军署已有来电留存道署，即折回东街，往晤安肃道尹祁瑞亭观察。得军署转来北京赵君寒电，随即回寓译之，悉所发各电均已收到，家中亦安，为之忻然。

肃州古为西戎地，秦为月氏国，汉初匈奴攻月氏，使其部昆邪王住牧于此。武帝元狩二年置酒泉郡，治福禄县以通西域，断匈奴右臂。新莽更名辅平，东汉仍名酒泉，三国时属魏，隶凉州，晋因之。东晋为前凉张轨所有，后并于苻秦，复归于后凉，寻为西凉李暠所都。最后归北凉沮渠蒙逊，元魏平之。改为军，属敦煌郡。孝昌中复置酒泉郡，隋开皇初郡废，仁寿二年置肃州，大业初省入张掖郡，竟宁元年改为酒泉县，唐武德二年复置肃州，八年置都督府，贞观元年罢府，天宝初复曰酒泉郡，乾元初复曰肃州，属陇右道，大历元年为吐蕃所据，后张义潮以州归唐。五代宋初陷于回鹘，景祐中属西夏，宝庆元年蒙古主铁木代夏并有其地。至元七年置肃州路总管府，隶甘肃行中书省，明洪武二十八年为肃州卫隶甘肃行都司。清雍正三年改直隶州，三十七年以高台县改隶肃州，民国成立，废州为酒泉县。其山川古迹之可记者，祁连山一名雪山，在城南一百五十里，为洪水河源及讨赖河源所在。文殊山在城西南三十里，山口内有古刹，为唐贞观中所建，有元太子《喃嗒失重修碑记》。城东北一里许有泉如酒，因以名郡。《汉书》所称之遮虏障在县北二百四十里，为李陵战单于处，隋镇将杨元曾于其地得铜弩牙箭镞等物。古长城在城北四百里，秦筑欤？汉筑欤？抑元筑欤？迄无定论。西凉武昭王李暠墓在城西十五里。以上均据《肃州新通志》所载。

二日，早起出南稍门，闲步看祁连积雪。八时至镇署见吴镇守使相谈约三十分钟，悉镇道两署已会派专员驰赴敦煌矣。遂辞出回寓，写《西行日记》寄京。十二时翟荫君与近仁自外归，翟荫君告我已单独去见吴镇守使，商量剥离敦煌画壁一事，未获许可云。饭后镇守使道尹相继来谈，去后，余复往道署为款事随拟发一电致兰州谢厅长。识电报局长陈君浙江杭县人也，五时进北稍门回寓。

三日，午前写信，电报局长陈君来访，得次洲厅长复电。一时镇守使署差官持片催请，即同翟荫诸君乘车去，席设东花园镇远亭内，菜用西式。园有杏花已开毕，桃李数株，含苞欲放。席间有祁道尹，德人卢神父。吴军门年已七十有一，精神矍铄，视之仅五十七八。颇好客，外人道经肃州者，军门必肃柬宴之。所谈在山东芝罘杂事极多，并殷殷劝酒，至为诚挚。临别，又以能同游苏杭各为地主相期，盖军门虽籍合肥，固久寓杭县者，余则吴县人也。辞出后，为划款事往访陈知事，稍谈即出，购应用物件回寓。

四日，午前在寓查阅《安西沙州各志》，二时同翟荫诸君往道署，赴祁道尹之宴。在座有吴军门及卢神父，四时回寓，陈知事来访。

五日，午前余招一警察为导，进东门至上帝庙，公立初级小学附设在内，生徒即在殿廊坐地授课，课本为三字经，依然一村塾也。出至西街吉祥寺，偏院为农务会，殿前亦为公立第一初级小学校授课之所。寺俗名大寺，后有白塔，相传汉武帝时创建，姑存此说，未敢信也。出南门往西南，约行三里至陈家花园，园内有敞轩五楹，额题可园，前后均有葡萄棚。凝香亭四围，遍植芍药，甬道两侧牡丹约三十余株，均为数十年之物。此外杏花已谢，桃李海棠丁香盛开，全园面积逾十亩，边塞有此，足资观赏矣。距陈家花园约半里，复有杨家果园，面积较小，亦无园亭布置，但花木不减陈园，牡丹数十株，亭亭作花，半月后可以尽开。出至玉器会馆，屋隅亦有桃花数株，遂沿城墙东行，往游酒泉。酒泉亭新经吴镇守使修葺，泉以砖石砌之成方形，与惠泉相似。亭与泉之间，有一池，环池皆垂杨，浓荫蔽日。亭后大池，广约二三十亩，时见白鹭回翔，风景绝胜。南院即澄清堂，其前为清励楼。文昌奎星二楼，以飞桥通之，唯附近树木少，不若后院清幽。进东关至左公祠，祠屋极整齐，正殿供文襄位及造像，陪祀者，右有其部将杨昆山左则安肃道尹周务学也。周为民国官吏，死后其家人移去左侧陪祀文襄之位，即以周从祀焉。周之功业如何，我不敢知，即此一事，媚周者亦未免太过矣。回寓，陈知事见访，送来划拨款项，盛意可感。

六日，早起即乘车同溥爱伦、时达二君往游文殊山。出南稍门往西南，一路行小川中，两岸树木荫翳，似在江南。十里后河滩小石颇多，二十里至文殊山，实有三十余里。山有前山后山之分，其实非前后，乃东西耳。前山有新修寺宇一，为喇嘛所居，今日尽往南山念经去矣。头门内壁画四天王像，西藏风格，自是不同，东西殿亦有壁画。后山寺观极多，悉为道士所居，喇嘛仅一处耳。前山大寺东侧有一活佛焉，持片访之，云已往南山，未能见也。三时仍就原道回城。晚阅《斯坦因旅行记》第三册之第一第二两篇。

七日，今日系阴历四月十五，城内各寺均开门，仍招一警察为导。先至东街定湘王庙，随往北门游张家果园。面积约三亩许，桃树最多。对门即薛家果园，面积与张园埒，有葡萄棚二，牡丹芍药数株，李花盛开，极可观，桃杏海棠均有，树荫处杂种菜蔬，雅有田园趣味。屋宇三楹为主人所居，如此清福，令人艳羡。出至钟鼓寺，正殿匾额题罗祖庙，中祀关壮缪，左像似武侯，与兰州五泉山所见正同，且有惠被西蜀匾额，而寺僧告我为罗祖，右为财神，深为不解。殿后升石级上，始为钟鼓寺，凭栏俯瞰，全城一览。出至玉皇宫观音堂，略一瞻览而已。其东有药王宫三义庙昭忠祠。三义庙之南有方园者，地约二亩，海棠丁香作花甚繁，榆叶梅亦盛，牡丹芍药约有十余株，此外杂卉颇多。园内有酒馆，遂与近仁在此午饭。出至继善丰购杂物归寓，整理行件。七时翟荫君及同行诸人邀往方园晚饭，闲谈颇久，九时始踏月回寓。

八日，早起写信，及整理行装毕，进城至邮局，并在继美丰购应用物品回寓。

下午五时西发，计雇敦煌大车八辆。翟荫君等以北京带来之洋布一捆，木箱五件，寄存肃州，始省去数车。每辆价洋六十元兰州来车马五同去。又兰州到肃州车十五辆每辆另赏洋六元。大车装货极多，即坐人亦颇安适，唯车行甚滞。出肃州北门数里，过讨赖川河滩，碎石遍地，颠簸一如凉州道中。约行十里，月出，光明如画，远处村树，隐约可辨。二十里丁家坝，又四十里嘉峪关宿，到店已四时三十分。一路甚寒，余以倦极，即拥被而卧。

九日，早起进嘉峪关内城。内城甚小，除游击公署及巡防营哨部外，仅破屋十余家而已。外城居民铺户亦仅二三十家，荒凉已极。关之北为嘉峪山，长城环抱之，南则祁连迤逶数百里，形势颇为险要。关城东西各三门，城楼三层，望之俨然，雄壮过潼关也。西门外道左有天下雄关碑石，一望沙阜累累，渺无涯际，遂绕城北进东门回店。巡防二营中哨哨长，左哨哨长，及军需诸君来访，邀往哨部闲谈。悉游击吴海仁将军为肃州吴军门之介弟，两哨长则军门之子侄也。余以就道匆促，不及往游击公署，遂留片哨部以别。

近仁催套车至再，车夫竟不之顾。盖自肃州以西无尖站，赶车者恒喜夜行，大概下午五时出发，明日到店，旅客亦每晚在车上宿，到店始下车盥漱进餐。然余等不惯此等生活，昨晚到店，未几即天明，仅一晚已觉精神委顿不堪，故近仁催之也，三时西发，行戈壁中，多碎石，车震头涔涔然，且气候燥热，颇不耐。四十里双井堡，仅有居户一家，余悉破墙残垣，盖无人居已百余年矣。又五十里惠回驿宿，到店已十二时三十分。赶车者一路横卧车上，因此车行极迟，近仁鞭之，最后二十里内较速，否则到店恐又在两三时后矣。

关外戈壁气候变迁，甚于关内。今日出发时，单衣尚热，六时后微寒，须易棉衣，夜深则御重裘还冷，遇起风更剧变，此旅行者所不可不注意也。

十日，午前九时起，十时早饭，饭后即启程，有风。

惠回驿有居民二三十家。驿东有白杨河，杏花数株，尚未全谢，为戈壁中所罕见。出惠回驿西行，荒碛忽起忽伏，车随升降，是名九沟十八坡。三十里火烧沟，沟内石子尽黑。自此车路渐平，四十里至赤金湖，荒凉甚于惠回驿。又四十里赤金峡宿，到店正十时，已较昨日为早。玉门县派马警来迎，在惠回驿等候已七日矣。防营马队以守候已多日，先回玉门。

翟荫君在肃州复新雇一周姓木匠，同人咸呼之为老周。老周前年曾随华尔讷、翟荫二君赴肃州北黑城子及敦煌佣工数月。今日告我，华尔讷君在敦煌千佛洞勾留七日，予道士银七十两，作为布施。华以洋布和树胶粘去壁画得二十余幅，装运赴京，周之助力独多，特附记于此。

十一日，午前九时四十五分同翟荫、溥爱伦二君乘车往游红山寺。先是查阅《新通志》有赤金峡南山多古佛洞之记载，昨日询之赤金湖居民，及玉门县马警，咸谓红山之阳有石洞颇多云云，翟荫君遂决定同余驱车访之。出客店往东南行五里渡赤金河，二十五里赤金堡，其地唐开元中置玉门军，天宝十四年废军为县，明永乐二年建赤斤蒙古所，正德后为吐鲁番所掠。其城遂空，清康熙五十七年立为赤金卫，雍正五年改为守御千户所，乾隆中裁所归并玉门县，康熙五十六年于旧城西连筑新城一座，即今之堡城也。又东南五里进红山口，五里至红山寺。寺建于唐贞观中，旧有尉迟敬德大千光明铁匾，同治中经兵燹，全寺尽毁，光绪中叶重修之。画壁塑像均极恶俗，遍寻唐代遗迹，渺不可得。寺西山上有石洞六七，即之，亦空无所有，遂废然而返。唯沿途村树成林，民舍相望，时见赤金河流向西北，不若前日之干枯矣。回店正四时，翟荫君忽告六时晚饭，七时启程。车夫经近仁前昨两日之鞭策，始由夜行改为日站，顷又复旧，固车夫所愿，余与近仁则大窘，然亦无如何也。七时三十分西发，行戈壁极平坦。四十里高见滩小尖，复行，余在车中不能成寐，精神颇感痛苦。

十二日，出高见滩后行四十里天明，十里玉门县，进南门停天和店。自出肃州后，每日必至深夜始获安卧，昨晚则彻夜在车中，连日失眠，精神恍惚已极。且余不惯午睡，无以取偿，饮食次数，又无一定，此种生活，深以为虑。所幸到达敦煌，屈指计之，不及旬日，顽躯尚能抵抗也。余以为长途旅行，第一须充分睡眠，第二能调节便通，二者缺一，精神顿感不快，身体抵抗力亦随之减退；于是以风寒饥渴劳顿种种外因，诱起疾病，易如反掌。在京晤福开森君，悉同行诸人于旅行颇多经验，证以数月来之观察，似未必然。

在店用早饭后，即往东街，经县公署前见有李知事在署立国文研究社，贫民学校，以及仿照书院月课办法，考试高小学生种种布告，即出片访之，晤谈颇久。知事湖北黄安人，悉国文研究社尚无人去报名，贫民学校正在开办中，此间教育事业进行极难，今年始有高小毕业三人，由县长送往酒泉初级中学云。辞出往邮局，晤局长和君，系无锡人，寄居肃州已数代矣。哨部书记官王君，泰县人，边塞得遇同乡，忻喜可知。王君告我吴镇守使所辖军队分驻酒泉、嘉峪关、玉门、安西、敦煌各处者，合计之只有四营，每营三哨，每哨五十余，共六百余人，镇署职员亦极简单。以视其他军阀，日以扩充军实伸长势力者，其相去正不可以道里计，为之钦仰不已。回店，李知事送来饭菜数事，盛情可感。饭后，知事来访，店伙送来梵文写经一卷，约长四尺，求售，索价贰百金，可谓居奇矣。

下午五时同翟荫、近仁二君往县公署辞行。六时启程，出玉门县北门，四围村树极茂密，多可耕之地。一路车夫歌本地梆子《二进宫》，一人三役，颇可听。声调腔格，出音吐字，与山陕梆子殆无差别。车夫并告我安西玉门方言，刘牛不分，肃州则湖河混淆。余数月来与甘人谈话，深觉甘省方言，完全受山陕二省支配，甘凉一带念书为夫，正与山西南部一致。类此者其例至多，固不仅戏剧与山陕相近也。六十里三道沟庄宿，到店已三时，车行之缓，殊出意外。每一小时仅能行六七里，其故由于溥爱伦、汤姆生二君之车夫年已五十余，嗜好甚深，且为敦煌某车店佣役，而非自赶者，牲口草料饲养甚少，以致驴马均极疲瘦，不能负重，同行者咸恶之。余到店，即忍饥而卧。

十三日，早起出店至邮务代办所，晤高姓者，始悉大坝千佛洞里数方位。见敦煌写经三卷，其一三尺余，缺首有尾，尚佳，庄东某村户闻有十余卷，已携往肃州，未能寓目也。三道沟庄现有居户约百余家，战乱前闻远过之云。

十二时三十分发三道沟庄，渡三道沟四道沟经五夹滩，计四十里至七道沟。沿途多沮洳，附近土地颇可耕植，惜多废弃。过七道沟后行河滩上，时见黄羊野雉。五十里至布隆吉城宿，已十一时矣，是日行九十里。煮挂面食之即卧，辗转竟不成寐，此为数日来旅行生活过于不规则之结果。

十四日，八时起，盥漱毕往游街市，晤都司张君，定西人，年已六十有九，曾随左相为差官，邀至寓所，谈话颇久。出至某铺，询问锁阳城（即苦峪城）桥资各处道路情形，已知大概，可备东归时参考。布隆吉城居户仅有数十家，道右白杨数十株，大者逾四五抱，悉为数百年前物，玉门城内亦有古树，但不足与此相颉颃也。店后有一小池，时达君猎得黄雁一尾，羽毛颇美观。

下午三时启程，尽系河滩，四十里双塔堡小尖，自此沿窟窿河入山，远望山巅双塔，窟窿河蜿蜒经流其下，时已夕阳，颇可入画。河发源于土葫芦沟，西北流入苏赖河，内多大穴，上小下大，深邃不测，因名窟窿河。五十里小湾宿，已十二时三十分。

十五日，早起进堡一览，仅有东门，颜曰永安，可知永安与小湾非两地矣。东南离辘轳井子五里，可以望见，堡内居民有七八十家。其曾往苦峪城者，至少亦藏有五铢及开元钱数枚。

午前十一时四十分启程，一路沟渠交错，颇可耕植。二十五里车辘轳把，只有居民一家，治茶水以售行人，并自养牛马百余头，其地水草肥美，可以概见。沙中产锁阳，为壮阳圣药，闻在双井子所产特多。予在车中，因天气亢燥，昏昏欲睡，精神极为不快。未几，天色昏黄，日光黯淡，忽起大风。声如金戈铁马，奔涛怒潮，淘涌而至，余急裹毛毯蒙头而卧，如是约半小时稍息。四十里安西城，进东门宿东街客店，时已昏夜。方铺陈毕，安西陈知事芷皋来访。陈原籍上元，又系同乡，坚邀留住署中，后以种种关系，决计明日在此勾留一日。

十六日，早起到邮局寄信，往访周统领于东街，晤谈数十分归寓。同翟荫、王近仁二君去访陈知事，辞出回寓，携摄影机出东门得数片。东门外埠，高齐城墙，颇似正定府，安西风独多，有安西一场风之谚，意谓一年自始至终无日或平息也。城中极荒凉，空地颇多。鼓楼下有一井，围以木栏，是即渊泉，归寓检阅《安西新志》)。

安西在春秋战国时为西戎地，秦月支戎居之。汉为敦煌郡属县六，晋为晋昌郡，凡八县，后魏置敦煌常乐二郡，隋开皇初二郡废，大业复置，唐设瓜沙二州，贞元后陷于吐蕃，大中五年张义潮以二州来归。宋初为回鹘所据，景祐中元昊据之，元初立瓜州属沙州路隶甘肃行中书省，明为赤斤蒙古沙州二卫地，成化后为吐鲁番所侵掠，嘉靖三年闭嘉峪关绝贡，其地遂为吐鲁番所有，清雍正后于行政区划上颇多变更，初为卫所，后为安西府，乾隆三十九年始改为安西直隶州，民国成立，废州为安西县，属安肃道。

下午四时与同行诸人往县公署，赴陈知事之宴。在座有周统领、丁委员，席设极丰，有无鳞鱼一种，出城北三里之疏勒河，似鲇鱼而较为肥美，主人频频劝酒，颇为尽兴。回店已七时余，即启程，出南门过河，行河滩上，自此往西南绕向十工，经九八七六等工，七十里而至瓜州口驿，已天明矣。所谓工者，即系引苏勒河水以灌田亩之沟渠，其在布隆吉城之东者曰沟，三道沟四道沟等是也。城西大者谓之渠，有南北二渠，由渠分枝者谓之工，至瓜州口东南而止。大道因所过沟渠宽，沮洳多，故车行亦较难，绕道虽稍远，然走夜站，则较为平坦易行也。

出安西西门往西北行戈壁，五站至星星峡，为西往新疆大道，出南门西南一站至瓜州口驿，又五十里双墩子入敦煌界。

瓜州口驿东北四十里有瓜州古城，为由大道往西者所必经。春秋时允姓之戎居于瓜州即此，汉为冥安县属敦煌郡，晋改属晋昌郡，周武帝省入凉兴郡，隋开皇四年改为常乐县，唐置瓜州属河西道，开元十五年城为吐蕃所陷，寻张守珪为刺史修筑之，大历十一年复陷于吐蕃，大中五年张义潮以瓜州来归，宋属西夏，西夏亡州废，元至元四年复立属沙州路，后此仅存名而已。至今称瓜州古城者沿唐名也。

十七日，瓜州口驿仅有荒店二家，店房一如涧泉子，四望空阔，尽戈壁也。十时周帮统亦到，饭后走往晤之。帮统狄道人，出身于保定陆军学堂，现为肃州巡防各路帮统兼带第四营，工书能诗，安西统部办公室内图书盈架，与之谈宛然儒者，和蔼似吴军门，甘州以西统兵者若是，宜地方之安堵矣。下午一时启程，三十里芦草沟，有水草无人居，仅存破墙屹立于沙碛中。有寺宇废基一，玄奘法师曾寓于此。过此，天忽起风，余在车上朗诵尹默师之《秋明集》，随风吹入云际，字字尽成逸响，不图戈壁旅行留此佳话。二十里双墩子已无残剩建筑物，只存名计里数而已。二十里甜水井已晚间九时，仅客店一家，本为宿站，以趱程故，小尖复行，余拥毯，曲肱而卧，居然入梦。

十八日，甜水井后七十里至疙瘩井，有荒店二，废寺一，到店正上午七时，静山统领早到已三小时矣。九时统领来，与翟荫君谈约一小时始去。翟荫君拟到敦煌后，偕近仁折回肃州止华尔讷君西来，以华尔讷君前岁剥离千佛洞画壁后，人民颇有反感，此来恐多周折也。此间离敦煌七十里，数月来所梦想之千佛洞转瞬可到，欣喜万分。

下午一时启程，五里后即系河滩，道右盐湖甚大。二十五里新店子，绕道过之，实有三十余里。时已将暮，夕阳照戈壁上，倍觉苍茫。远见黄羊数四，飞奔驰逐，唯戈壁始有此奇景也。四十里敦煌县，进东关宿万玉店已十二时。县署派有县警招呼一切，途中亦有马警保护，出关后各县皆然。

十九日，早，老周往邮局取来儿辈所寄家书及友朋惠函十余封。九时往访杨知事，杨于潘省长时曾为政务厅长，江苏武进人，年已六十有二，久居直隶，来甘亦已二十余年，谈未久，静山将军亦去，续谈约半小时辞出回店。十一时同翟荫、溥爱伦、王近仁三君复至县署谈摄影事，毫无结果，约今日下午二时在署集各方代表商议遂出，得县长请帖，于明日午前在月牙泉，并约近仁同去。

下午十二时偕同行诸人赴县署集议。在座者有周统领，肃州镇道两署所派专员张参谋长，牛科长杨知事，及敦煌县商会教育会会长并各界代表约七八人。会议时先由翟荫君说明，此来本拟剥离一部分画壁，运赴北京陈列，以使中外人士得就近研究，曾以此意商之陆省长，未蒙许可，嗣后即一意摄影，希望能得各界谅解，予以充分时间云云。杨知事、牛科长、周统领及教育会会长相继发言，均以前年华尔讷运去千佛洞画壁二十余方及佛像数尊后，地方人民群向知事诘问，今年庙会时，复有人向千佛洞王道士诘责，因此此番游历，为期势难太长。且在千佛洞居住，有种种为难情形，即军警保护，亦恐有不周之处。说之至再，仅允游历日期，不得逾两星期，千佛洞碍难居住，只能当日往返。余亦发言约二十分间，同行诸人以无可磋商，一一承诺辞出回店。决定明日休息一日，二十一、二十二、二十三，三日往千佛洞游览摄影，二十四日即启程还安西，翟荫君则往肃州候华尔讷君止其西来，余等在安西待翟回城，即同往踏实万佛峡诸处游览数日，即可进关回京。盖翟荫诸君以为敦煌官民所允许之两星期，且须当日往返摄影成绩，能得几何，故不如缩短日程以期迅速离此，较为直接痛快。自此余所预定计划，拟往阳关西湖一带调查者，至此亦完全打消，不无遗憾。

四时遂同翟荫、王近仁二君去访周统领，翟即告以此意后，略谈片时辞出。翟荫君回店，余招巡警为导，往游文庙访唐索勋纪德碑，碑在棂星门内，已断为二石，想缺文必多，俟得拓片后校之。《索》石后为《杨公碑》，亦唐碑也。旁有断石二，系千佛洞中石刻，数年前由山移来者。出城至东关南街，往看缠回物品，回店，悉统领来访，杨知事赠白面百斤、羊一头。

二十日，早五时即起，假翟荫君携来伯希和千佛洞印片阅之，影片计有六册，并复制一平面图，以便明日往游时与周统领所调查之号数相对照也。十时进城，往县公署，晤绎闻县长，闲谈颇久，并晤振卿公子。十一时同出南门，往月牙泉，余与陆警佐同车。月牙泉四围均沙山，离城约七里，《元和志》所称为鸣沙山者，一名神沙山，人自山巅流沙而下，有声如擂鼓然，甚厉。天晴自鸣，声闻颇远。今日为阴历四月二十八日，月牙泉适有庙会，到时游人极盛，观音殿药师殿尤多，盖前者祷之冀护子嗣，后者则延年却病也。先在敞轩小憩，旁有汉渥洼池石刻一。后同县长警佐往游各殿，乡民有携酒器烟具铺毯于地，或一家族，或呼朋辈欢然相聚者，此风余于甘凉一带已见之。还至憩所，对面即鸣沙山，时有数十人或十余人流沙而下。月牙泉水极清冽，饮之亦甘。时见野凫三四，隐现出没，闻秋时芦苇弥望，更饶清趣，当远胜江亭也。

未几周统领、张参谋长、牛科长、刘所长（安西禁烟分公所）、郭山长（曾掌敦煌书院）、朱会长（商会）等均到。见有跳神者，县长命在广院中演之，余摄数片，是亦研究风俗者所宜注意者也。演者发辫上系一绳，左手执藤圈蒙皮之鼓，握柄有铁环三四，演时右手击之，环亦铿锵作声，辫绳随舞随转，另一人击同样之鼓，伺立其侧，有时二人或四人六人同舞之，是名跳神。余以为此实巫之变相也，闻在肃州各县此风极盛。演罢，县长以余关心戏剧，复命乡人之能歌者设桌歌当地剧曲，聆其音节，有时颇肖滩黄中之弦索调，有时几与山西之迷糊相一致。席间以戏剧关系，复涉及甘省方言，纵谈颇久，获益亦甚多。兹撮记其大概如次：

敦煌在关外虽与安西玉门相邻，为安肃道属之一县，顾其方言，不在同一系统之下；十二日日记中，曾记其一二，而不详其故，今日始恍然也。盖敦煌无土著，其称为敦煌籍者，先代多为狄道及河州人，故其方言与狄道河州相似而独立于肃州所属（即安肃道属）各县之外。如"那里"，狄道方言为"五答儿"，敦煌完全与之相同。"这里"，敦煌谓之"楂儿"，"哪里去"，谓为"鞋（念吴音）泥起"，又与狄道为近。安西玉门二县人民，则由镇番迁去者多，故其方言似甘凉。如安西玉门"朱顾"二字不分，高台然（属肃州），武威亦然（凉州），此其确证也。"严杨""两娘""和合""钟员"，安西玉门均不能分别发音，敦煌均能之，此又为敦煌与安西玉门方言系统不同之一证。此外并杂谈别属方言，如秦州"女"谓之"密"，西宁"吾的"之为"吾阿（吴音切）子"，秦安安定"是吁"之为"哈"（出声甚微）。狄道吴镇（乾嘉时人，曾服官江苏）氏之"借问酒家在鞋呢，牧童遥指五合头"及形容陇东平凉一带之方言"清明时节雨发发，路上行人克咱家。借问酒家在那答，牧童遥指在哇哇"均可记也。书至此，忽忆上海新剧中往往插入所谓苏州《卖马》（店主东一段）、宁波及浦东《空城计》（我正在城楼观山景一段）等等土语唱句，虽属一时滑稽遣兴之作，与吴镇氏之用意相似，然在研究方言上实一极有价值极感兴趣之方法，于比较研究各地方言尤为便利，质诸方言研究会诸君以为如何。

席散，闲谈片时，偕陆君进城。途中陆君告我前任陆县长卸任后，行至新店子为人民所截留，非取还华尔讷所剥离之画壁不可，经陆君驰回敦煌，邀去绅士数人，始得和平了结。因此杨县长对于此番外人游历，颇为郑重，况镇道迭有密令，不得不如此云，余唯唯。回店后，为抄写敦煌歌谣事，往晤刘掌柜，并同至王家，仅见一六朝造像，约高二寸，其余悉来自刺巴楞寺者。回至刘掌柜处，又见一约高四寸之唐造像，无题铭，而索价竟至二百金，余只能以一笑报之。

二十一日，未明即起，与翟荫、汤姆生二君同车往游千佛洞。出东门折南，复偏东，过沟渠十余处，约七八里，行戈壁转入山口，至三危山下，名为四十里，实有五十里。先在指定之中寺稍憩，即由张哨官等导游各洞。午前依伯希和氏之编号自一三九号往北至一七一号 c。十二时回寺用饭，饭后自一六二号往南至一三五号 a，于一四六号洞内，得见《李君碑》，碑于民国十年时为居留俄人所断，已折为二。一五七洞及一五九洞 a 画壁均被熏染成墨，亦居留俄人所为也。一四五、一四四、一四一、一三九号诸洞画壁均有缺损处，导者指以相告曰，此即华尔讷君前年所剥离窃去者也。于一四〇号洞内见有五代刘汉画像题铭，惜匆匆随游，全文未及录出耳。三时翟荫君以途中沟渠颇多，车行不便，主张随即登车回城，比到旅店为时尚早，复决定明日延长三十分钟。晚间拓碑人送来《裴岑纪功碑》一种，系赝本，原石在巴里坤，而《甘肃新通志》卷九十二却谓在敦煌县旧城外关帝庙内，至可笑也。

二十二日，拂晓即启程，往千佛洞。余于途中假护警乘马骑之，先到中寺，憩息片时，同行始到。遂分途出游，于一二〇号 n 洞发现大魏大统四年及五年画像题铭，翟荫君告我在京时所计划剥离者即系此洞云。顺序至一二〇号 o、p、q 及一二一号往北诸洞，复折至第三层，又自一一九洞往南直至五四洞，其中如一〇三及一〇五均为北魏洞窟之绝佳者。饭后，仍同溥爱伦君往游各洞，自五三号往南至一号。可注意者为第三层一九号 bis，伯希和于此洞摄影颇多，第某号发现元嘉二年题铭。时已三时三十分，即登车回城，尚有五十余洞未曾游览也，拟于明日尽上午二小时内毕之。

二十三日，早起往千佛洞。翟荫君以明日必须东归，所欲预备之事尚未就绪，因此今日在千佛洞勾留时间仅能至二时而止，自此余所未游之洞约五十，势不能尽览矣。决计单独择各洞中重要之题铭摄影或抄录之。自第六号开始至一二〇号 p 尚未毕，视时计已二时。急回中寺，匆匆啖干馒数片，即上车辞千佛洞回城。昨晚预拟摄影之一一六、一一七、一一八 ae、一一九、一二一、一三一、一三七、一四一、一四二、一六一 d 及一六三号并元嘉刘汉题铭之窟，均未能摄取影片，实为大憾，而匆促中所摄得之十七片不知结果如何，又深以为虑。时达君第二日及第三日两日中共得十三片，均拟在安西冲洗也。车中与汤姆生君闲谈，悉此来所费甚巨，结果仅能游览三日，以所费之数计算往游千佛洞之时间，计每秒钟费大洋四角，若以所费者与所获之摄片数计，则每片代价更属可观。回店后张哨官来访，少坐即去。

二十四日，当地人送来唐人写经甚多，顾无精者，而索价颇昂，其长约七八尺之卷，亦须五六十金，较长者更贵，梵文经卷以购者少，故价值颇贱。余为吾校考古学室选购数卷，唯有《金刚经》一册，长一九厘米，宽一五厘米，类旧书装订之蝴蝶式，封面及册内均有着色图像并年月题记。其文如下："发愿文凡人持经先须至心启请稽首三界尊十方无量佛我今发弘愿持此金刚经上报四重恩下济三涂苦若有见闻者悉发菩提心尽此一保身同生极乐国皈依佛教显德四年岁次丁巳太族之月书记"。十一时偕同行诸人往县公署，赴杨县长之宴。同座有周统领、张参谋长二人，直至三时归寓。卖经者犹纷至，不忍一一谢却，必展卷一观方快意。将启程前尤多，使余勾留在此十余日者，当必有佳卷饷我眼福也。闻绅士某有虞世南所写一卷最精，北关天津人某甲亦云，其友人有褚河南一卷可以割让，惜行期匆促，无暇顾及矣。五时出发，计大车八辆，每辆送到肃州七十五元，缠回车有三，骡车一四十元。马五车翟荫君坐之，先赴肃州以止华尔讷君西来。出东门，一路尽系麦田，关外土地肥美，树木葱郁，无有过于敦煌者。但在城所闻，今年斗价颇大，食粮缺乏，人民赴县署闹荒已数次。殆因天旱欤？然引党河之水，足资灌溉，况关外向不以雨水之多寡，卜农事之丰歉，则今年敦煌之所以闹荒者，其原因当别有所在矣。

二十五日，天明到疙瘩井尖，忽起风，尘沙迷目。余不惯午睡，遂在车中补记日程，数分钟后纸上尘土为满。巩仆来告，店西坡上废庙较可避风，往就之，铺毡于地，略较安适。十二时午饭，饭后与静山统领闲谈。一时启程，四望尽系戈壁，沉闷已极，遂在车中展阅所得唐人写经，足破寂寥。傍晚复起风，半夜到甜水井小尖，风势更厉，余拥被卧，觉冷，覆以毡，未几又覆以大氅，最后凡在车中所易取之衣服尽覆之，然终夜犹瑟缩也。

二十六日，早六时到瓜州口，早餐后，偕静山统领溥爱伦、时达二君往游离店约半里之小墩。墩之建筑为正方形，顶部略尖，溥爱伦君谓如希腊之坟墓，欧洲建筑家称之为蜂房式。向南开一门，壁上有画，今唯东部上方略存数尺，余悉残毁。余决其为明画，与离店往北约七八里之废城，有历史上之关系，溥爱伦君以为初系宋画，明代重修之云。回店补书数日来日记。

在敦煌最后数日内竟无片时余暇可得，因此所欲记载者，至此遗忘不少，颇以为憾。前数年闻有俄人某博士者，在千佛洞居留半年，测绘颇详。博士又能画，临画约有数十幅之多，后因接报得国内革命事起，即大哭言归，取道新疆，竟在喀什死于战乱，同行数人亦均被害云。

千佛洞分上中下三院，下院为盗卖古物已十余年之王道士所居。二十日在月牙泉席上，据说王已得精神病，此次往游千佛洞时，闻余等至，即趋避他往。询之庙祝，亦谓精神尚好，则前日之传言有精神病者，或冀免官厅之惩办欤？

下午一时启程，四十里瓜州故城，城中无民居。然四围土地肥美，村舍疏落入画。三十里进安西西门，已八时三十分，仍寓东街客店。

二十七日，午前往访陈县长，晤谈甚久。回店整理千佛洞及凉州各处所得拓片，预备付邮。晚间冲洗敦煌所照各片，结果极佳，良足自慰。直至二时始毕，在暗室中与时达君闲谈，颇不寂寞。

二十八日，午前在寓晒片，印"敦煌途中之我"数十片，预备邮赠京中挚友，极忙。下午四时溥爱伦君宴周统领及陈县长，余与同行诸人作陪，菜俱纯粹西式，调度指挥一切者，汤姆生君之力居多，以汤精于烹调故也。统领未及终席，因张参谋长来安先去，陈县长后去约数十分间。席间饮酒颇多，酒后开留声机奏意大利西班牙著名歌曲，溥爱伦君即就炕上随歌舞之。后汤姆生君奏军笛，赶车者亦加入欢乐，载歌载舞，音节与泰戈尔同来某君所唱之印度曲颇相似。石天生君复强余歌，遂择取《问探》《扫秦》剧中两段随曲随演。最后时达与溥爱伦二君合舞数段，均极尽兴，亦旅中乐事也。十时始各回卧室。

二十九日，午前准备付邮各件，饭后赴邮局归寓，为和阗旅商摄片十余。夜与时达君同洗照片，计泾川南石窟寺及兰州金天观壁画共六十幅，失败者仅三幅而已。自九时起直至次早五时三十分，为摄影事全夜工作，此实第一次也。

三十日，六时就寝，睡数小时即起，得伟子促归之电并昌儿等家书。下午与溥爱伦、王近仁二君商订千佛洞摘记颇久，后整理昨洗各片。

三十一日，午前晒印时达君所摄各片，下午整理之费时颇久，和阗商来闲谈夜洗途中所摄片及安西附近数纸尚佳。

六月一日，午前誊录日记，预备寄京。十时往访静山统领，后复赴县署晤陈县长及张牛二公。回店，得凤鸣促归电信，即赴电局复之。下午翟荫君偕华尔讷及柯乐克二君自玉门来。晚芷皋县长见访，华尔讷、翟荫二君与谈往万佛峡事，不得端倪，约明日再商。

二日，早起检理途中速写稿片。两次同华尔讷、翟荫二君去访周统领，均以公出未晤。下午一时陈县长来请，商榷往万佛峡事，遂与华尔讷、翟荫、王近仁三君同去。列席者有周统领、张牛二公并商会会长等五六人。最先华尔讷、翟荫二君要求在万佛峡勾留一月，地方代表仅允三日，后静山统领折中为一星期，最后复决定为先去一星期，如一星期后认为尚有摄影工作应须继续者，再行磋商。讨论约一小时之久，余亦发言多次；议定后，余等先出回店。

四时偕同行诸人往县署，赴芷皋县长之招。设东西两席，席间行令颇多，散已薄暮矣。回店，后复为县长邀去瞻仰万佛峡寺中所藏象牙雕品。先是县长以该件为安西古物之一，急应暂移县署保留，特于数日前派专人速道士携之来城，今晚始送到，因此邀余赴县署一观，时周统领张牛二公均在座。雕品外裹丝绵，及淡黄，深黄，红绸并哈达共计八重，展开后各人传观，群相惊讶，以为象牙雕品如此，实为向所未见。件系一整块象牙，分成两片，合覆之。外面所雕者象一，鞍踏悉具，手捧宝塔之人跨其上，塔之下复有一象负之，象身前后足间左右各二像，其后上方及前下方左右又各有一像焉。像悉袒胸，散发作波纹式，衣蔽下身，赤足。左右两面各为二十六方，方刻《佛传图》至细密，该件长径 15.9 厘米，中部最宽处为 3.4 厘米，每片厚径为 1.5 厘米。在座诸人以雕刻年代询余，余以其所雕诸像容貌、服饰纯为印度风格，且雕件外面主要物品系一大象，象产印度，内面《佛传图》又显然可见印度式雕刻，因断定该件系印度作品，且由此推定必为唐代西游僧侣所携归者；芷皋诸君深以余说为然。时张、牛二公回玉门，遂送之登车，还店。

三日，九时赴县署晤芷皋县长，为象牙雕件摄片十余，并抚拓数纸，下午一时始拓毕，遂在署内午饭。芷皋并出示磁青纸金书《华严经》一页，系其友人黎君所赠，纸长 35.3 厘米，宽 21.1 厘米，每面五行，每行十五字，上下各两边线，一宽一细，宽者径 0.25 厘米。闻其友人曾有考证一篇，附刊集中。芷皋遍觅不得，仅有赠经时函牍一纸，尚可考见此种写经来源。特抄录如下：

（上略）金书《华严经》凡六十卷，清光绪初元在阆中城东开元寺发现。闻初出时，贮石匣内，全卷书自一人，署有开元年号，惜书者姓名无考。笔意与诚悬雅近，不独楮毫双绝，即金色亦奕奕有光。洵可宝也！当日寺僧奉为神物，值天旱，千百人揭竿曝烈日中以祈雨，阆邑习惯名词拜《华严经》即此。鹿芝帅巡行川北，悉携以去，绅耆无过问者，今所存者百之一二耳。敦煌莫高窟写经，士夫争以重金罗致，视此未知何若？此经沉沦于屏山字水间，近数十年，邑人既罔知宝贵，中间又为有力者攫取，束之高阁，未获闻名当世。……特剪赠一幅留作纪念。（下略）

据甘州杨某所述：大佛寺亦有金书经典，天旱时取出祈雨，其俗一如阆中。唯闻经本绝大，与此不相类，其为余所购得之《大方广华严经卷》五册则大略与之相同。纸长 34.7 厘米，宽 12.1 厘米，每面五行，每行十五字，上下两边线，上宽下狭，宽者 0.4 厘米。无年号，就画像断之，为明代写本耳。但沙河堡章某告我，敦煌千佛洞中亦有此种写经，约十余套云。其亦唐人所写欤？不可考也。二时回店。三时与同行诸人赴周统领之宴。席散即回寓，收拾行李，七时登车，出南门；余以席间饮酒过多，在车中极为不适。

四日，早在峡口荒野小尖，余未下车，下午一时到麻菇台子，自安西至此计百六十里。该地仅有道院一处，无民居，在此憩息约数十分间；出院东行十里即系万佛峡，先游览上层各洞，计自第一至第十五洞，后至下层，约有七洞，未及到西岸回院休息，闻峡口亦有石窟六七，谓之下洞，系对万佛峡而言，殆即斯坦因氏所称之小千佛洞欤？询之乡约，据述峡水甚大，颇难渡涉云。

五日，早起即同往万佛峡，余单独先往西岸，寻还东岸，工作终日，摄片二十余，并抄录题记，速写数幅，殊忙碌。芷皋县长亦亲自编定号数，跋涉极劳。六时回道院，晚饭后，与翟荫、溥爱伦、王近仁三君谈先回北京事，华尔讷君则坚留一日，以乡民对于外人，颇有烦言，而县长明日又急须回城故也。予遂决计后日启程，先回安西，至多勾留一晚，即就道进关，兼程回京。

万佛峡东西岸石窟，依安西县之调查而编号者，计四十，东岸有两层，为窟二十七，余均在西岸。东岸多元窟，并有西夏窟，宋窟则在西岸者为多。其题记之可记者，摘录如次：

（一）东岸

第十一窟　第一弧门左方："阿育王寺释门赐紫僧惠聪俗姓张住持窟记"国庆五年岁次癸丑十二月十七日题记

供养人有元至正十三年题名

第二入口右方："敕归义军节度使检校太师兼……一心供

养"

左方："北方大回鹘国圣天公主陇西李氏一心供养"

第十二窟　第二入口东墙："阿育王寺释门赐紫僧惠聪俗姓张住榆林窟记"，其北有"元重修三危山榆林窟千佛寺记""至正十三年五月十五日重修记"

第二十五窟　有至正二十五年题记并有"□□皇太子"等字样

（二）西岸

第四窟　入口："推诚奉国保塞功臣归义军节度使特进检校太师兼中书令谯郡开国公食邑一千……"

"敕受凉国夫人浔阳郡翟氏一心供养"

第五窟　入口："敕竭诚奉化功臣归义军节度瓜州等州观察处置管营田押蕃落等使特进检校太师兼中书令……"

"节度副使……"

"光禄大夫……"

"天朝大于阗金王国皇帝的……"

"敕受武威郡夫人阴氏一……"

"□□清河……□氏……"

第六窟　"敕□归义军节度内亲从……"

入口左方"男司马追禄……"

在万佛峡大佛洞中见一匾额，叙述牙佛事：据称清初时某僧于积沙中获之，同治战乱，踏实一带均被蹂躏，道士星散，牙佛亦遂失踪。乱平，遍觅之，始悉已移置金塔，初奉于塔院寺，寻在梁贡士家，后为盛居士所供养，地方人民即釀金推代表，往金塔求之，往返半年，几费唇舌，居然佛归原处，此光绪三十年冬间事也。特记之，以补芷皋县长所述之阙。

六日，午前在寓中检理万佛峡速写诸稿，饭后与河南来车马五磋商车价，自安西直送陕州洋二百元；后因风大遂未往石窟。晚与近仁谈至夜深；睡后旧病复发，胃脘部疼痛甚剧，且呕吐数次，颇以为苦。

七日，早起以昨夜胃病，精神极委顿。六时，遂别同人就道，路中频频呕吐，极为不快。

自出道院后，北行四十里，尽在峡中。峡水甚大，闻塔西一带田地，均资此水以灌溉者也。红柳正作花，时见数株，摇曳风前，足资顾盼。出峡后七十里，全系戈壁。四望寥廓，不知所极！七十里后，复入山道，即在安西所见之南山也。蜿蜒曲折，约十里，始出山。自此沙漠河滩约四十里，进安西南门仍宿东街，到时仅四时，余以精神颇惫，即支床而卧。静山统领来，勉强起与周旋，去后复卧。

八日，昨夜仍胃痛，今日依然。下午疼痛复延及左肋部，放散至于肩胛部腰部，呼吸极困难，坐卧不安，深感苦痛。来时以同行中有石天生君，遂未携药品，今石天生君在万佛峡，须四五日后方可回到此间，寓中卧病，至为焦虑。四时芷皋县长来，县长适从桥资回城，闻余病即来寓探问，至可感也。以车夫马五所约来中医药方示之，谓系顺气药剂，平稳可服。勉强与谈三十分间别去，即购药服之，少顷县长又送来沉香。客中遇此，深可感谢！

九日，昨夜服药后略瘥，左肋部疼痛已减，呼吸亦较通利。勉强起床，略略休息后，即去访县长，以有一部分旅费由县长转划，故不得不扶病访之。芷皋睹余状，极力要余寓署中，以便休养；予以今日痛势已减，胸部亦觉疏利，拟即就道东归，即辞出回店，收拾行装。午后四时，芷皋来，送来划款并托转兰州各款，复力劝在城休养数日，余婉言辞谢，久谈，始别去。少顷，遣人送赠途中用品，厚意可感！六时往静山统领处辞行，适遇吴所长，为余开调理方一纸，并谓系脾胃过弱，积水存留不化，肝气复上犯，遂致胃脘肋部作痛云云。余以其所述，按诸中医病理，颇为相近。且中医于脾胃二字并称，实存妙谛。此脾字切不可作近今科学医之脾脏解，依余愚见，确系膵脏。但近今科学医于膵脏疾病，知之尚鲜，而中医视脾颇要，此中或有独到处也。遂别统领、所长，即登车出东门；夜半，抵小湾尖，复赶站东行。

十日，午前十一时抵布隆吉城，计自安西启程至此，一百六十里。精神困惫已极，到店即铺陈，蒙被而卧，然久不成寐，更感苦痛。余自七日万佛峡启程后，至今已四日矣，仅饮牛乳数杯，而胃不觉饿，颇以身体衰弱，未能远行为虑。

午后四时金巡警来，苏巡官在万佛峡时嘱为招待同往东千沸洞者，余以病尚未愈，遂中止焉。东千佛洞，志书不载，前次途经三道沟时，据乡民所述其南有千佛洞，后在万佛峡遇苏巡官，始悉其处，在布隆吉城南九十里，西距桥资七十里，有石洞十余，并有西夏文写经残片，前日在芷皋县长处已见之。推想石洞壁画必多西夏时作品，异日西游，不能不一去调查也。六时登车，一路颇寒。

十一日，午前三时，赶车者忽迷道，幸有月色，且距三道沟约十里，四围已存林木，可无他虞，然亦良久始觅得大路。余蜷卧车中，终夜竟不成寐，精神至为痛苦。天明后，抵三道沟，小尖复行，十二时进玉门城，共行一百五十里。到店啖小饼一，数日来至此始行食面，后又服药一剂而卧。四时县长持片来，邀往署中晚饭，予以病尚未愈，辞之。少顷，李县长来视疾，略谈别去。

十二日，早三时余上车行十里后天明。途遇关内苦力之赴新疆者，约有二三十人。十二时到赤金峡尖，下午又行，六时到赤金湖宿，是日共行一百三十里。途中以近日精神迷离恍惚，而幻想尤多，遂出网师园所选唐诗读之尽一卷，然掩卷者亦十余次。到赤金湖时夕阳将下，拟散步河滩，稍舒筋骨，终以腿脚酸软而罢。

十三日，天明发赤金湖，十一时到惠回驿尖，下午三时复行。今日有风。日站行戈壁，尚觉凉爽。傍晚到嘉峪关，途遇新疆招募军士之出关者约数百人，是日共行一百六十里。晚，双某来，稍谈即去。

十四日，早起发嘉峪关六十里，于午前十一时到肃州，寓东关悦来店。稍稍整理后，即进城先至方园进餐，索米饭不得，仍用面食。出访祁观察于道署，悉京校有风潮，顾不得其详，至为纳闷。晤牛科长并获观得自吐鲁番之高昌墓表砖一，约定明日假拓数纸携归。遂辞出，往访吴军门晤之。复与张参谋长晤谈颇久，并识秘书军需数人，秘书于君，江苏同乡也。辞出，回店，阅假自镇署之五月十五及十七两日上海新闻报，始于五七风潮略识大概，然此系一月以前事，未悉近状如何，不能不令人悬悬也。

十五日，午前重复检理行装，镇道两署均来约，赴署中午饭，辞之。十一时到方园用饭，高台米颇富黏性，色白，粒亦较大，西北所难得也。一时至道署，拓高昌墓砖，方约尺二，共三十一字"延昌二十六年丙午岁三月朔辛亥二十五日乙亥民部主簿周贤文妻范氏之墓表"。祁观察复殷勤约在署中晚饭，遂先赴镇署，向军门辞行，摄片数纸，折还道署。晤张参谋长，丁委员，汪永二前县长诸人，又摄十余片入座。席散与汪君同辞出，赴丁委员寓所，假观敦煌所得经卷。雷雨猝至，据闻此间旱已半年余，盼雨甚殷，得此，虽于农事补助至微，然旅中苦旱已久，借此稍杀干燥气候，固大佳事，不仅为余洗尘而已也。雨停后，辞出，偕汪君回店，汪君毕业武昌师大，与谈颇久，后于君亦来访。二君去后，军门遣人来询明日启程时间，拟来店送行，即复片辞谢。

十六日，九时发肃州，一路林木极密，间有稻田，然弃地仍多，未免可惜也。四十里临水驿尖，过此即系草滩，俨然关外气象。二十里黄泥堡，仅有居民数户，四十里双井驿宿，共行一百里。客店二三家，颇似赤金湖，店内停大车数辆，悉装高台所制草帽，每顶只售钱三百余文，闻运赴金塔云。

十七日，早发双井驿，四十里尽系盐滩，直至盐池堡，堡有居民数十户，并有高台盐务副税局所。堡东盐池较敦煌道中所见者为大，据闻产盐颇富，盐色亦白净纯洁。又三十里草滩，至深沟驿尖。尖后东发，十里山嘴墩，上坡稍有沙窝，又十里红寺坡，下坡复十里花墙子，有店房可以尖宿，余因赶程故，促车夫前进。右有沙阜，左有苇塘，颇擅风景，且自红寺坡后，四围即见林木，如是二十里至黑泉驿宿，共行一百二十里。

十八日，早起天阴，五时发黑泉驿，二十里至羊达子，略有市镇，过此麦田弥望，亦有稻田，宛然江南景象矣。如此绵亘几二十里，将近高台，十里内有苇塘，是名南湖。进西门穿城而过，街道整齐，市廛比栉，远胜安西、敦煌诸县。出东门后，有二道并趋沙河堡者，详见四月二十八日日记。余以赴威狄堡一道，沙窝较大，遂决定经由抚彝。约行二十里入抚彝界，天雨，雨后复继以风，而四围尽系田亩，渠水沿路皆是，麦田中杂植罂粟，已有作花者。又二十里至抚彝县，雨止天晴，遂出西门客店小尖，余则进城一游。全城面积极小，与东乐相伯仲。抚彝在昔为厅治，民国二年始升为县，又与东乐情形相似。尖后经沙窝约十里，又十里至小屯堡，二十里沙河堡宿，共行一百三十里。将近沙河枣林极密，闻此处产枣最佳，未审与邠州相较何如？

十九日，早起微雨，气候似深秋。七十里进甘州城，一路细雨蒙蒙，车中拥被而坐，犹觉寒冷也。仍寓皇府街，未及铺陈，即去访马代镇守使，悉陆督已有电来，即派马队护送云，遂回旅店。途中遇雨，衣履尽湿，不及往访县长，即发一信去，询黑河桥西夏碑事，旋得复。拓碑人杜姓来访，张杨诸君亦相继来，见魏征写经二卷，悉系赝本。镇县均差人持片来，镇署复询行期。

二十日，七时发甘州，城外罂粟种植颇多。作花秾艳，与南山积雪相映，遂成奇景，此非甘省不能有也。七十里东乐县东门外尖。适值祈雨，建醮坛于城内国民学校，特进城往访执事人某君，得于布篷外窥见所谓内坛景象。向南供神位及供器等，朝北搭一小坛，三面蒙黑布，一同善社社员作法其中。余侧耳听之，仅得龙王二字，然三分钟内连诵约有数十遍，可怪也！外坛向南，亦陈设一供桌，中悬黑绸金绣龙轴一幅。乡民来者，均于此处跪拜；外插黑旗两面，复有鼓手数人，以司音乐。醮坛大概情形如此。此次自敦煌东归所过城邑，均见县知事"虔诚祈雨，禁止屠宰！如敢故违，重惩不贷！"四言韵语布告。安西芷皋县长说：顺从民情，不得不然，玉门李县长并为之扶乩焉。抚彝朱县长则手执长香，往龙王庙祈雨甚诚，今见东乐醮坛，想县长亦必躬临祈祷无疑矣。尖后行四十里山丹县关外宿，共行一百一十里。

二十一日，天明发山丹，八十里峡口驿尖，甘州护送马队在此更换。途中见死羊甚多，初以为疫，店主告我前日阵雨颇暴，一时羊群不及走避，毙者约六百余头，亦可谓浩劫矣。尖后出峡，山坡下又见死羊约二三百头，尚未收去，惨不忍睹。至定羌庙，忽遇雷雨，幸不甚大。一路与护送排长高某闲谈，悉五六日前，于离水泉驿七八里处，曾有土匪路劫，一行人死焉。事后峡口驿迅派队伍搜索数日，毫无踪迹。即将死者埋于南山之麓，树一木牌，以为标志。遂指一弯曲之山麓曰此失事处也，如此即木牌标志也。余为之恻然！高某复告我自定羌以南，水泉以北三十里间，于前月三十日内连出路劫计十七次，邮包亦曾被劫一次，因此分驻队伍于峡口。余按定羌与水泉间，正为山丹永昌二县接界所在，亦即甘凉驻军防地分划处。越北山仅数十里，即系蒙古界阿拉善草地，南则跨大黄山后，有极大之草滩，为人迹所不至，而定羌以北二十里以南三十里内，均系荒原，杳无人烟，遂为土匪出没之所，因此旅行者过此咸有戒心也。傍晚到水泉驿宿，共行一百三十里。

二十二日，早发水泉驿，改由水泉守备队护送，六十里进永昌城尖。尖后由凉州西军骑兵之驻永昌者护送。马队服装灰布裤、青布褂、红呢嵌肩，前后有"西军精锐右军右营马队"黑绒字十，七十里八坝堡宿，共行一百三十里。今日本可宿永昌，以明日拟赶到凉州，遂趱程前进。

二十三日，拂晓发八坝，六十里四十里铺尖，尖后，四十里凉州东关宿，共行一百里。凉州附近罂粟花，均作白色，远望一片，仿佛丰台道中看芍药也。在店小息，即进城拟往访马镇守使，并购途中应用物件，忽遇雨即急行回店。晚镇署派卫队来告，凉州派军士护送到古浪，再由古浪峡口驿等处接送去。

二十四日，早晨以赶车者修理车轮，启程稍迟。九时出东关罂粟花遍地皆是，有纯白者，有边缘作粉红或深红者，娇艳之色，令人望而心醉。然祸国殃民者，莫若此花矣！五十里河东驿尖，于客店中识黟县李君因公赴山丹者也。悉陕东潼关一带又有变动，车行颇难，此为十余日前在省城所得之消息，现状若何，不知也，闻之颇为纳闷。次洲厅长仍在省城，出席于北京财政会议及国宪起草会者，为潘局长及苏厅长，以东路有阻，改行北道，已启程云。约谈二十分间，李君先行，余尖后，又行五十里双塔堡宿，共行一百里。于离双塔堡十里之土峡中，忽遇阵雨，到店雨尚未止；余以胃部又感不舒，常觉嘈杂，并有嗳气，吞酸，遂不敢用晚饭。即燃蜡拥被而卧，读《唐诗笺》，几及两卷。

二十五日，早发双塔堡，三十里古浪县，改由凉州镇署步队第七队之驻防古浪者护送。全城铺户门沿，遍插杨柳枝条，此与我乡之悬菖蒲、蓬艾相同，儿童俱着新服，咸欣然有喜色。有以柳条弯成圆圈覆于头部，亦有系于辫发者。黍角随处可见，如此佳节，客中匆匆经过，殊令人不胜乡关之思！出古浪南门，以峡中巨石当道，车行颇苦颠顿，遂舍车而步，此自安西病后第一次也。古浪河因昨日天雨，水势较来时为大。途中与三坝乡人某闲谈，悉头坝三坝及土门子各处田地，皆赖此河为之灌溉。日来正苦亢旱，今获此水，农事可无忧矣。出峡复上车，计四五里龙沟堡尖，尖时微雨，未几即晴，尖后登乌鞘岭又遇阵雨。于湘子庙坡下，复见新阡一处，前立木片，系二十余日前行人于此被劫而死者。乌鞘岭三十里内，只有湘子庙在山巅，此外别无居户，荒野已极，且为古浪、平番接界之所，与峡口以南情形相同，而乌鞘岭东则万山重叠，匪尤易于藏匿，旅行者于此两处，不可不注意也。下岭至镇羌驿宿，共行一百二十五里，悉此处阵雨极暴，余在乌鞘岭所遇，却不甚大，亦幸事也。

二十六日，早自镇羌驿启程，四十里岔口驿，更换西军第六营步队护送，又四十里武胜驿尖，尖后，三十里平番县西关宿，共行一百一十里。平番城附近及关内几于遍地皆是罂粟，视武威尤甚也。

二十七日，早发平番，由驻扎平番西军马队护送。平番关城颇大，明时为与番夷互市之处，且出产红缨，贸易称极盛也，战乱后，一落千丈，今则红缨已无过问者矣。出关后，沿庄浪河东岸，高处土地肥美，宜于种植，河滩则水草丰富，便于牧畜，直至红城驿，七十里内几无弃地；然麦田仅十之三四，而甘人所谓花花子者几占十之六七，红城驿附近尤多。遂在红城驿城内尖，尖后三十里盐水河铺宿，共行一百里。

途中步行与乡人闲话，悉平番一县罚款去年十六万元，今年加增一万。寻常每亩可出麦三斗，以现时斗价计之，每斗四元，则每亩为十二元。花花子新土出市，每元约售三两余，一亩可得二十元左右。罚款分摊，不论其地种植与否，以地亩之有无及肥瘠为准。红城驿去年麦田较多，今年则花花子过之。盐水河铺尽系山地，且地含碱性，然罚款每亩八元，小小村落，亦摊至三四百元。今年委员尚未到铺，不悉将增加否也。此两处罚款直接解交平番西军某营长处，某为凉镇姻戚，当然转解凉州。

余按甘省之所谓罚款，命名极美，细察内容，则某地明明无花花子也而亦强迫分摊之。人民以既已摊得罚款，自然群趋于改种一途，以为出产固较种麦为优，殊不知一究其极，与未改种前及未曾摊得罚款前，毫无出入。即使稍有沾润，亦极微细，而坐享其大利者，实为征收此罚款之军人。此犹就人民改种后，利的一方面观察所得之结果，尚且如此；其在害的一方面考核之，则一经改种，产麦额减少，斗价有涨无落。斗价既高，凡百物价随之增加，此为自然之趋势，于是生计发生问题矣。至于因改种之结果，烟土产额益增进，吸户亦随之而愈众，此其害犹小焉者也。甘省未来隐患，以余观察至为繁多，此亦甘省前途生死问题之一。

二十八日，未晓即发盐水河，七十里朱家井尖。一路均在山中，斜坡上时见白花一片，微风送来，略作枣花香。花诚可爱也！尖后四十里到兰州，寓东下关豫盛店；略坐，即进城在华兴用饭。住客法人某，与我谈游历西藏青海事，并出示所摄照片，洗印均极恶劣，而又絮絮不休，殊可厌也。饭后，即至雅园，浴后如释重负。九时雇车回店，周君来谈甚久，约明早来。得谦和公司送来家信及友朋惠函计三十余封，一部分旅行照片亦由郁周、仲良二君寄来，深为可喜；至十二时尚未阅毕，后又作复数封，始睡。

连日途中时遇小贩，往往挑密篓二及随身行件，自东西去，同伴五六人或八九人，甚至有十余人者。询其籍贯，非湖北即四川。前日曾遇一湖北汉阳人云：每年二月出门，十一月回家。此次因东路不通，改道襄阳，步行入关。销售地点，凉州以西，直至敦煌，货售尽，购皮件鹿角等东还，此与新疆和阗商人情形相同，运来地毯布匹在敦煌安西肃州一带销售后，复由碧口入川贩来绸缎还新，亦每年来往一次。唯所异者，缠回资本足，骑牲口，押货用大车，四川湖北人则小本经营，咸肩挑徒步耳。

前日在南大通等处，所见官膏销售商户悬有调查吸户之虎头牌，殊为不解，特记之。

二十九日，午前周君来，同出门，先至谦和晤吴君，后至严宅看北魏造像，出往财厅晤陆代财厅长，取校寄划款，并闲谈东路情形。辞出，同周君在济南春饭，饭后至电报局发电，即至周君处，看秦州出土宋瓷碗及汉镜数件。遂往督军署，访谢厅长谈颇久。晤张检察长及廖秘书长，辞出后，往游兰山市场无所得，回店。董季高同学来访，董君现在此间陆军医院，谈约数十分钟别去。晚间遣医兵，来邀往寓所，遂同去闲谈甚久，董君新夫人亦母校毕业之助产妇也，十一时回店。

三十日，早董君遣人来迎，遂同出新关，杨柳夹道，田中罂粟盛开，风景至佳。约一里至陆军医院，晤董君，偕赴各医室参观。虽因财政困难，设备较简，然董君苦心孤诣，经营二载，成绩斐然，英人所办之河北医院，因此一落千丈，殊为可喜，即在院中午饭。饭后，董君坚邀为医院附设之陆军卫生教练所学员演讲，固辞不获，勉强谈话数十分钟。十二时即同董君至督军署政务厅见陆督，谢厅长亦在座。谈敦煌千佛洞事，约半小时，辞出回寓。董君偕马君来访，陶秘书亦来，详谈往东情形。董君又遣其公子来，遂同至关院，托董君介绍醴泉咸阳数处友人，以便行旅，余遂回店。未几，董君遣人送来介绍信数封，及可供风俗调查会参考之画戏纸扇两柄，可感也。

七月一日，早雨，决再勾留一日，周君及介眉均来；去后整备行件。十一时为划款事到谦和，稍坐即回店，十二时往华兴饭，得蚕豆及小青椒，时天已放晴，唯道路极泥泞耳。饭后，至邮局，晤杨君，托寄书件数包，免随身携带也。赴电报局后，去访陶公于督署花园不值，即出至南大街，购途中应用物件，回店。晚又雨，然明日无论如何，必东行矣。

二日，六时十五分发兰州。出东门，罂粟一片，作玫瑰色，极娇艳。四十里响水子，所有可耕之地，几乎全种花子，可痛也！兰州斗价现已涨至八两（斗量较甘凉为大），以此情形卜之，秋后殆无低落希望矣。尖后，以响水河水大，遂过利济桥上山坡，七八里始下河滩。雨后水发，路又泥泞，四五里下关营宿，闻甘草店附近车行亦甚费力，果尔，则明日又难赶站矣。

三日，昨夜又雨，甚大，至今早尚未止。十时稍停，即催套车。十时三十分发下关营，不及一里，山沟以雨后车辙流水成阱穴，车为所陷，鞭策久之不能出，幸后来一车，遂假一骡驾之，始曳之上坡，不敢复行沟中矣。然一路极泥泞难行，至五时三十分方到甘草店，费时七小时，仅行四十里。行程之难以预定也如此！到店，已有数车停留在此两日，未能东下，甘草店往东南，上车道岭，雨后路更难行也。响水河经昨晚之雨，水势益暴，若今日发兰州者，只能暂住响水子，不敢如昨日之能涉河滩矣。到店后。天阴仍无晴意，若今晚复雨，明日不但不能赶站，车道岭即不能过，颇为郁闷。

今日车夫马五觅得陇南当制钱一百文之铜圆一枚，正面为四川铜圆军政府造，背面有篆文汉字，一如寻常所见之当十铜圆。因此联想到甘省银圆行市，民三袁头七钱四，北洋次之七钱三，站人及十年袁头又次之七钱二，大清银币只七钱一，最可异者，甘肃省银行一元纸币之票面明定为七钱一分，因此使用时，较民三者少三分。前日财厅陆君付我划款，尽系纸币（酒泉陈知事划款尽付站人及大清银币，安西陈知事则尽系民三袁头），而纸币一出省城，即不能行使，势非折换现洋不可，但一经折换，钱铺须有手数料，是以每元纸币折换现洋，约须贴四分余。据闻纸币之所以定此七钱一分者，因当时现洋行市实系七钱一之故。推其初意，原欲与现洋同其价值，结果，现洋行市涨，而纸币以有明定不能随之，遂转较现洋行市为低，此主张明定七钱一分之人，亦可谓之笨伯矣。至于以民三袁头兑换铜圆，各处行市亦颇不同，省城满钱一千六百七十文，凉州九四钱一千六百文，甘州八八钱一千七百文，肃州九折一千六百文，敦煌九折一千三百文，满钱仅一千一百七十文，洋价实以敦全为最小。省城有铜圆钱票无折扣，凉州以西制钱甚通用。省城新旧铜圆并用，凉州往西则沙版及煌新制铜圆不能行使。

省城以东自响水子起，洋价虽同省城，但系九九钱，新旧铜圆并用。秤钩驿（属安定）以东为九八钱，会宁铜圆满钱一千七百文，制钱一千九百文，高家堡（属静宁）铜圆一千八百文，制钱二千文。至静宁即见平凉陇东银行铜圆钱票，自此洋价行市又添一种。在静宁钱票每元可兑三千八百文，唯用者甚少；隆德反是，几全用钱票，制钱次之，铜圆极少见，钱票每圆三千四百文制钱二千一铜圆一千六。蒿店（属固原）则兑铜圆竟不能得，制钱亦少，所流通者唯此钱票耳。去年年底一元可兑七八千文，今年二三月尚兑五千余文，嗣后逐渐低落，当余路经蒿店时仅兑千四百文，闻不日即可与制钱同其价值云。

四日，早发甘草店，上车道岭路尚易行，五十里秤钩驿尖。尖后，路多泥泞，将近三十里铺，因桥为山水冲毁，改行河道，车即陷入，幸有同行数车相助，推挽良久，始克出险，然几乎倾覆者数次。雨后行路，诚难矣哉！计四十二里十八里铺宿共行九十二里，步行二十里。今日途中花子绝少见，全系麦田，青葱可爱。

五日，早发十八里铺，四十八里青岚山村尖。途中绕行山脊，时见缺口，倘再冲毁数寸者，车即不能过，勉强行之，则一倾覆下坠数十丈，人马俱成齑粉，危险极矣。尖后二十里过西巩驿，十里后下一山坡，予车一轮陷入缺口，幸在内侧，然亦几经推挽，始能曳出。又十里樱桃河湾宿，共行八十八里。到店为时尚早，马五昨因车道泥泞，今日又以骡马困乏，不敢赶站，余亦只得忍之而已。屈指计之，十四站不及到西安，或须在平凉在一日，行路不能，心急诚然。

六日，五时发樱桃河湾，四十里过会宁城，又二十里张诚堡尖，尖后，四十五里太平店宿，计行一百〇五里。客店新建小楼一间，极清洁，楼有外廊栏杆，泥地平之如水门汀，余遂支锅架，燃柳枝野草，煮高台米粥。少时月出，光明如画，即在廊下啜粥玩月，如此清福，得于旅中遇之，颇不易也。

七日，六时发太平店，仅二里同行一车覆山沟中。平地尚如此，况山坡乎！覆辙不远，可为殷鉴！七十五里高家堡尖，尖后，十五里孙家沟。自此上坡升祁家大山，远望山脊驿树成行，车马登降其间，宋元画家关山行旅图，今日余始见之。将及巅，忽起阵，急加鞭下坡，风雨骤至并有冰雹，遂在一小屋中避之。幸阵雨自西偏南，仅十分钟即止，比出屋登车，只数步，以地滑遽仆于地；衣衫尽为泥水所污，狼狈之至。三十里到静宁，城中积潦成渠，顷间阵雨所致也。到店已近黄昏，计行一百二十里。昨今两日稍稍赶程，然马五仍以骡马疲乏为辞，明日不知能否赶到杨家店。对付此辈，正宜宽猛并用，数十日相处，亦大费苦心矣。

八日，六时发静宁，五十五里神林堡尖，尖后，四十里隆德城内宿，计行八十五里。隆德于战乱受害极烈，故空地甚多。饭铺有十余家，竟无一稍洁净者，远不如神林堡也。

前昨两日途中时见烟叶苗，长已四五寸，回想先父在沪三十余年，即营此贸易。自学徒起家以至开设行号，复于宿松九江各处，设庄派人，采买运沪，销售各处，一旦弃养，不肖如余，竟不能继承父业。思之腹痛！

九日，五时三十分启程过杨家店即上山。途中杨花铺地似积雪，五月飞絮，唯六盘山中为然。登巅稍憩，即下坡至庙儿坪候车。马五于肃州购一马，昨日在隆德以数日来黑骡困乏，复购一青骡，遂成四套，因此今日上山极不费力。余自山巅下坡仍走来时小道，中途颇狭，且全系细砂，行时须用虚劲，漫不经意，固易失足，若矜持太过，转致跬步难移，余于游天龙时，已有此种经验。

六盘来时，冰雪载途，极不易行，山巅候车时又以饥寒交迫，遂先下山，至杨家店。此次东归，虽系独行，而山色苍翠，涧流飞泻，六盘盛概，得领略一二，深自欣幸。下山时驿树尤密，此左相所遗也。计四十里至和尚铺尖，遇来时熟车数辆，后又四十里蒿店宿，共行八十里，步行三十里。过三关口时，摄取数片借补来时之缺。

十日，初明即起，有形似军士者一人来寓，梭巡即去。马五告我，昨晚亦曾来过，恐系索车者，遂即套车出店。果见空车数辆，停留街中，并有军士三四人，灼灼视余车。三十里安国镇，驻有军队约二三连，正在准备出发中。兵士命马五装载口袋十余于余车中，运回平京，余严词拒之。及下坡，车不及避，擦马队之乘马而过，马五竟因此横受数鞭，亦只得吞声饮恨而已。四十里到平凉，寓东关恒泰店，稍憩，即往小饭店中进午膳，候久，仅得炒面片一碗。草草用过，遂进城，往道尹公署访贾观察。出至荣庆店，访受团长不在，晤其同僚王君。稍谈归寓，阅假自道署之京津报纸（六月十九日至二十二日），惊悉汉口又有英人惨杀我同胞之事发生，不悉二十日来，又作何种情形也。

十一日，早得受君介绍函件，即出平凉东关，七十里白水驿尖，尖后行四十里王村铺宿，共行一百一十里。以志称离泾州北十五里永宁里之石窟寺，遍询乡民，竟无一人知之者。

十二日，平明即发王村铺，三十里泾州，先往河北王母宫，见有折断佛头三四，在瓦砾中，殆为夫已氏前次来游所留存者欤？是真可伤矣！遂进北门，往访知事郎君，尚高卧未起，其政简可想。晤其幕友某君，亦因余至而起身者，可感也。询以永宁里石窟寺，茫然无以应，承招一捕快来，同出南门。安置车辆讫；骑马出东关，马孙二君偕行。经王家沟时，据闻隔岸南石窟寺所剥离之佛像，尚未兴修。东行约五里，渡河，石窟七，朗然在目。以泾川即经行其下，不能登涉，须绕道上坡复下，始进东侧第一窟，由此通行，以次至第六窟而止。第一至第四均系空洞，第五窟有新塑佛像数尊，第六窟中央大佛一高近二丈。胁侍稍逊之，确系北魏作品。东坡中途复有二小洞，三面造像，影约可辨。此为泾川盛涨时水流冲洗所致。其第一至第四窟壁间，冲刷痕迹，极明显。

此处乡民称为丈八寺，按之《泾州志》寺观门有"石窟寺在永宁里，至治十五里"一则，《甘肃新通志》则称"丈八寺在永宁里"云。以方位证之，《泾州志》所记之永宁里石窟寺与《新通志》所载之丈八寺实为一处，石窟寺为其古名，丈八寺为其俗称，犹之吾人恒见所称之石佛寺千佛寺大佛寺等等（崇信合水均有丈八寺），而此乡民所称之丈八寺，即系二志所记载之丈八寺及石窟寺。此寺之名称既定，然后得以解决从前所发生之疑问矣。（一）永宁里之石窟寺现尚残存一部，（二）宫山大佛洞与永宁里之石窟寺，毫不相涉；唯尚有怀疑者，王家沟之南石窟寺是否对此石窟寺而言。此外即别无所谓北石窟寺？抑所谓北石窟寺者，为传闻所知之镇原石窟寺？此则非余所知矣。

由石窟寺回至泾川南关，已近三时，余自早至此，尚未进食也。不及赶宿高家坳，遂决计在此停留半日。四时与孙君往游嵩山高峰寺。《志》称嵩山高峰寺有魏唐碑刻，文庙所保存之嵩显寺碑及大唐重修高公佛堂碣即自此处移去者。遂上南关东坡小道，达其巅，仅有小屋一，供药王神像，别无殿宇。碑刻卧草莽中者有三四石，均系明清重修碑记，景泰七年大钟一，断头损手之石造像一，台座有题铭，惜已缺年号一角，余以弃置此间，不若携归吾校，遂由孙君裹之回店。余复进城，至永庆寺，国民学校适在院中授课，即退出。招拓碑者，拓文庙唐碑，并回至文庙细审《南石窟寺碑记》原石。

十三日，早起不见拓碑者来，遂至文庙，而《高公佛堂碣》还未拓就，候久始携归登车。四十里高家坳尖，尖后六十里长武西关宿，计行百里。

出泾川县南门上坡，一片高原，百里直至长武是为南原，泾川以北为北原，宫山之后为中原，总称曰泾原，其在陇水左右者曰陇坂。连日途中罂粟已全收割，泾川提罚款委员亦已到县，农民忙秋种矣。

十四日，早发长武，六十五里大佛寺尖，尖后四十五里太峪镇宿，计行一百一十里。

大佛寺西七八里，有洞窟无数，余意此非寻常窟洞，必为与大佛寺相连之石窟，惜无绳梯，可以攀登，以一证余说也。后于大佛寺西数百步处石窟中果见造像。其一东西南三面各有坐像一，胁侍二。西者屈右足，偏身，遍缠璎珞，极似天龙唐代石窟中之最精者；虽全部曾受泾水冲洗，石质剥损，而丰神犹灼然可见。其一则南壁仅存一像，东壁下部残缺小像约八九尊而已。比至大佛寺即从事补照。偏西宋人题名洞中，北壁有等身菩萨造像数尊，手提净瓶，姿态极精美。近人每谓造像艺术，至唐代而益见圆满，我亦云然。寺中大佛高约八丈余，游者徒震其高大，遂谓庆寿寺之足以称述者，唯此大佛而已，此其一；或者又以为崇楼数层，贮此庞然大物，几类笨伯所为，此种评论，时见近人游记中，此其二；余以为此两失也。前者不知石洞中尽有精美之造像在，徒以佛像高大而赞叹之，是其见解，直等于乡曲；后者以一时的情感，欲为艺术的定论，其不谬误者又几希。盖后代重修时之假面泥像确可憎，而内部原来之石质造像固不如是也。即推一步，不涉冥想，稽诸实质，则大佛背光之造像也，飞天也，火焰也，决不能谓无艺术上之价值，而遂武断之曰几类笨伯之所为也，故我曰此两失也。

尖后车行枣林中，花未全谢，尚有余香，耐人寻味。既至太峪镇，以山水极洁净，遂解衣浴之，顿觉轻快。唯一回旅居，飞蝇群集，晚间蚊也，虱也，臭虫也，久不成寐，痛苦已极。

十五日，昨夜有雨，早起雨止，即发太峪镇，不数里又雨，四十里永寿，雨益大，遂住南关。车停门道中，当院泥泞不堪涉足，不得已在车中用饭，补录日记，苦于蝇多，几致手不停扇。四时后，始有晴意，蝇集愈多，下车帘又感苦闷。晚间即睡在车上，如此生活，亦草草过去。从此可知天下无不可忍耐之事，须放心得定，自然随遇而安。雨中闻新知事走马上任，此公兴致亦复不浅，一笑。

十六日，早发永寿，六十里丰市镇尖。丰市客店有三四家，俱极洁净，为西来第一，惜昨日因雨不及赶宿此间也。蝇绝少，儿童颇多可爱者。尖后以大路雨后尚无车辙可寻，遂绕道偏南折东，遇柳门镇有晋《周孝侯殉节处》及《窦氏双英》二碑。六十里醴泉西关宿，计行一百二十里，实有一百四十里。进城往访党团长，已往三原，未晤，遂出。

十七日，早发醴泉，仍绕道走七十里，实有九十里。至咸阳西门，出示北大护照，稍候始进城。车停店中，余即去访县长，谈咸阳出土古物拓本影片，悉在省中或可得之，原物之散失者，恐已十之八九，可惜也。并闻吴新田已于前晚退出省城，国民军第二军李虎臣师长昨早进城，维持秩序云。遂辞出稍尖店中，即套车启程，至东门以不通出入，即折而出北门，到河岸，晤陕西陆军第五混成旅陈团长之副官贾君。陈团现驻扶风，在甘安君介绍云在醴泉者误也。现驻咸阳之第二十二混成旅王旅长亦进省，已在船中。余与贾君等同船，渡至南岸，费两小时，三十里三桥镇宿，计行百里。途中见有军士颇多，初误以为退却之第七师，实则第二十二混成旅归集咸阳之步队也。

十八日，拂晓即发三桥，二十里到长安西门，稍候进城，至北桥梓口养顺店。悉吴新田于十六晚退出，李师长于退出后约两小时即进城，驻省公务署，复派队追击焉；退出前，在零口临潼等处，曾经开火云。设余前五日来省者，必在省东亲见战事，彼时欲进不能，欲退不得，狼狈情形，可以想见；前三日来者，则长安西门不通行人，只能退住咸阳，或竟途遇败卒，更属不堪设想矣。此次适因途中有雨，遂致稽滞数日，到省已事过境迁，深自庆幸。十二时乘车往谦和公司晤章君，稍谈即出赴邮局，竟无一信，遂在义仙亭饭。饭后至电局发一巧电，即赴省公署取李师长护照。往碑林博古堂晤李君，选购拓片十余种，得太原风峪北齐《华严经》全份，深为可喜。出碑林，往游南院门书肆，无所获。识第一师范学生数君于风雅社纸扇铺，略谈英日惨杀事件。悉广东沙面受害尤酷，且牵涉法国，闻之甚为痛心。别后浴于华清池，归寓，已近黄昏时矣。店中住随同青海王公回甘之喇嘛数人,悉王子已于数日前移住咸阳,来此已近月余,以不得车辆未能西行云。其中有藏人一,塔儿寺喇嘛二人,闲谈颇久。塔儿寺往拉萨约六十站,须结伴同行,否则恐遇番子被劫也。拉萨往加林坡二十余站,有宿店可住,自此即可趁车赴印度喀尔喀达。

十九日,本拟今日东行,赶车者又托故骡马困乏,遂稽滞一日。午后往南院门,购应用物件,去访昨识之阎君昆仲于风雅社。悉阎甘园先生为其尊翁,即出片相见,晤谈颇久。承赠所藏魏石之一,《长宁穆公墓志铭》拓片一纸,并出示李龙眠白描画幅,上有顾阿瑛题识,及新出土西汉明器数种。甘园先生精鉴别,所藏书画造像甚多,惜明日须东行,不及遍观,深以为憾。辞出往长乐楼,饭毕归寓,途经东大街骡马市口,见有斩首死尸一,横卧街口,非第七师之残兵,即本城土匪之乘机抢掠者。回店后,颇热,久不成寐;夜半大雨。

二十日,早起催马五装车,迟至十一时始启程焉。一路所见军队颇多,有整队者,有三五成群者,络绎不绝于途。五十里临潼城内尖,苍蝇之多,出人意料。城内极萧条,只有小商铺数家尚开市。其受军事影响欤?尖后三十里西河镇宿,计行八十里。国民军第二军某队来查店,同行陈君被查甚久,余出护照,仅诘问数语即去。

二十一日，早发西河镇，五十里渭南，途中情形一如昨日。过渭南后，往西队伍绝少。二十五里赤水镇尖，尖后六十五里敷水镇宿，计行一百四十里。过柳枝镇后，似有阵雨。余在车中，静看华山出云，诡变万状，殊非笔墨所能形容。马五急加鞭，比到客店，雨即随至。店与永寿大略相同，车在门道内，对面大院，门道之右一小屋，火灶在焉。污水窖一，距余车仅两步，同行孙君即在其侧铺毡而卧，余则仍睡车中，臭气至不堪耐。小屋南房为店主所居，有一初生儿，又彻夜啼不休，厌烦已极。此诚地狱生活也！夜半复雨，深为可虑。

二十二日，午前雨甚大，不能套车。九时后，时有来叩车门者；十时有驮运子弹牲口十余来店。其时敷水镇街市，尽系军队，询之，为国民军第三军第二混成旅之一团，自华阴开拔西来者也。十二时放晴，余在车中，始见华山。一时三十分启程东发，一路所见队伍极多，衣履尽湿透，雨中行军之苦，今日亲见之矣。约行十余里有子弹牛车二，陷泥淖中，兵士命马五卸余车骡马曳之而出。其时华山复起云，远看山中暴雨，如展高房山方方壶图画。未几，雨及余车，四围烟树迷蒙，云山蒸郁，笔墨又似恽南田董思翁仿米山水。将及华阴县，雨止云散，得饱看山巅飞瀑。复有薄云数片，渲染烘托，此景唯诗与画能尽力追摹之，仅凭机械，欲传其情意者，是妄人也。至岳庙镇，以不及赶住潼关遂宿镇西小店，计行三十五里。

数日来在西安及在途中所得消息可记者：临潼战事在十四十五两日，第七师大队退走后，残部曾在南院门一带抢掠数家，幸警察维持秩序颇力，地方未致糜烂。其饱掠出城之残部，当经李师追及，丧亡殆十之八九。大队先经斗门镇，距西安四十里，稍有抢劫，过此三十里大王店受灾颇巨。现第二第三两军已追至鄠县左近，作包围形势。陇南王孔繁锦势力所及之地，亦派有队伍迫其退出陕境。当余到兰州时，颇思绕道陇南，由南道回陕。后因须多费五六站，遂尔中止，否则又要受虚惊矣。

　　二十三日，早发岳镇，望华岳隐现云际，如海上岛屿，洵称伟观。此番西来，虽未一探岳胜，而一二日间得饱看山中变化，亦可谓奇遇矣。三十五里进潼关，飞蝇扑面，仿佛临潼道中。出东门，检查处搜检马五车辆颇严，余出示李师长护照，得免验焉。出关，行土峡中，七里至七里店尖，尖后十三里文底镇。将近镇时有缺口，黄河离车道仅数十步，车即转而上坡，绕河岸而行。过文底镇后，悉盘头、阌乡间车道为雨水冲毁，尚未修复，不能通行，今日只能至盘头镇而止，不及赶宿大安镇矣。行二十里遂至盘头，遍觅客店不得，在镇东得一小店宿焉，计行七十五里。途中时遇积潦，车行颇苦。店中已寓陈王二家眷属，识蓝田赵君，君毕业于吾校工科，现为延长石油官厂总理，晤谈甚快。约明日同路东行，后复偕往河岸闲步，傍晚始归。

盘头苍蝇极多，一片西瓜约有百余，饼食上集者几满。余数日来昼间苦于蝇，虽在车中亦复手不停扇，沿途食品俱不敢购用，今日仅以鸡子五枚，西瓜一个，聊以充饥；入晚则苦于蚊、蚋、蚤、虱，不易成寐，可谓寝食俱废。小店极肮脏，进车门后一广院，中有过厅，陈王二家附搭商货车二辆及余车均停于过厅下，赵君之车则在厅外。东屋二间，陈家母子二人及车夫各占其一。南屋三间，中屋王家夫妇所占，东西两侧粪秽遍地，不堪涉足。院中亦复潮湿，余至此唯有仍寓车中之一途。马五及同行二人，均在车旁席地而卧。余正拟铺陈间，陈家所住东屋外尚有一片地，扫除较为洁净，遂移布床于此，将于今晚露宿焉。八时后，店中所寓诸人熟睡已大半。过厅下除马五等三人外，有货车二辆之车夫，赵君在车中，赵君堂弟睡小桌上，均旁在过厅偏南，余之布床距过厅约五尺。

睡未久，忽听过厅发声，急起，即见过厅自东部向南倾倒，未及穿履，即避至东屋外南部。倏时，过厅全部倒毁，尘土弥漫空间，呼号之声甚惨。斯时，陈君燃蜡出，赵君扶其堂弟卧余床上，左侧大腿受伤极重，已不能行步。一面复大声呼救，隔院遂来第三军某营工兵一连，救出被压诸人。货车车夫某甲，年六十余，已无气息；孙君为大梁所压，腰部受伤，设迟数分钟者，孙君恐亦无救矣。幸余人受伤均较轻，被压驴马，无死伤者。余即为赵君堂弟稍施缠络，惜行箧医药俱无，只得尽我力所能行而已。如此纷扰几五小时，在赵君车中休息，终不成寐。

二十四日，天未明即起，视余车几已全碎。车中包件亦为梁木所击坏，设余在车中卧者，其危险何如？顾余所支布床，离过厅甚近，竟未受瓦片木件之打击，亦可谓万幸矣。赶将车中各件取出整理。赵君雇脚夫六人，特制一担架，赶程西行，陈君附行焉。据闻六日前货车来此者有十余辆，当时以前途有战事，不敢西进，随即退往达子营，已死车夫某甲不愿往，留住此间，遂及于难。赵君昨日到此甚早，以搭船议价不谐，未能成行，致堂弟受此无妄之灾。余亦以盘头、阌乡间不能通行，而大店又尽为军队所占，始寓此处，个人车夫及牲口虽无恙，而车不能行，终致稽滞于此。盘头离陕州仅一百二十里，赶行一日可到，竟有如许波折，行路事诚不能预定也。赵君等行后，即到河岸，东下船只，曾见数艘，均不停留，怅怅而归。马五修理碎车，去车篷，已断车杆缚以长木，勉强装运行李，余决步行。于四时十五分发盘头，车行坡上，亲见土沟车辙，水冲后陷入颇深。二十里阌乡，又二十里达子营，到店已深夜，余与马五均甚惴惴，以此处素多匪患也。本年自二月至四月间，匪风尤炽，赵君告我曾于盘头东行入山处被劫一次；马五亦谓亲见被枪击死行人于达子营西五六里石碑之下。余于晚间经行此处，殊太冒险，不足为训。

二十五日，八时始发达子营，因东行车道被冲颇剧，待邮政大车先走，可望修筑后，随之通过。二十里秋仓，邮政车尖于林间，适见有轻车二乘自东来，函谷沟中或可希望过去，遂先邮政车行。出秋仓镇即上坡，入土峡中，果见车辙冲毁颇甚，深者有三四尺，浅者一二尺不等。马五于途中假得农器，由车夫同行友人李三随处修填，并时见修路乡民划区工作。遇李师长之参谋长来车，护兵告马五坡顶一段，更不易上，劝退回达子营，暂缓一二日再行，余等不为所动。十里竟达坡顶，然其间经过困难，确为不少。比至巅，复见微雨，赶即下坡，路已泥泞，坡底即函谷，险要实胜潼关。其时雨点渐密，也不及流连，即渡河至灵宝南关客店，拟暂尖于此，希望雨后天晴，可以赶宿大营，明日到陕。不想到店后，大雨倾盆，达三小时之久，市街水深几二尺，至晚始止雨，然尚无晴意也。后悉午前同行之邮政车，未及坡巅，即遇大雨，骡马被冲，包件尽湿。有牲口二，竟雇数人抬回秋仓，当时狼狈情形可想。余深以冒险得济为庆；然灵宝东门外即有高坡，如此大雨，车辙宁有不冲毁者，是东行仍多困难也，又深以为忧。

函谷沟中上下坡各有十里，大雨后交通即被断绝，非天晴五六日，复有大帮车辆，先为开路，随处修填后，不敢轻易驱车前进。此次以途中尚有步队，须急行入关，遂有乡民分区担任修填，通行较早。然邮政车稽滞在达子营者已四五日，运货小车之停留在灵宝者，竟至十余日；方冀一二日后，可以通行无阻，不想今日复有如此大雨，非十日后不能恢复交通矣。此处最忌于夏季过之，但入冬大雪以后其困难情形，亦复相似。沟中土峡极高，狭处仅容一车，且曲折颇多，向称匪窟。前日第三军驻灵宝某队，曾于沟中捕得土匪四人，当即解往洛阳。余在盘头时已闻此处匪患尚未肃清，然函谷为东行所必由之地，别无小道，可以绕行，能否获免，唯卜诸命运而已。

二十六日，早起阴晴，即发灵宝南关，未及东门，已有泥淖。马足陷入约尺余，李三等先去探路，据报，坡道悉被冲陷，深者有五六尺云。即折进南门往访县长，拟设法觅船东下，县长已往潼关，代理者为第一科长某尚未起也。遂赴车马局，拟恳代觅牲口，结果仅得二小驴，但须将马五车留局备用。马五系三套车，局以二小驴易之，余非笨伯，岂能一愚至此耶？车马局之高情厚意，余对之唯有心感而已。遂即辞出回店，雇得小车一辆，专装行李，复套一黑骡，马五友人马套儿牵之，余与李三则各骑一骡，装驮行李数件，勉强对付启程。马五因病不能同回陕州，车费外所透支之五十余元，无法归还，余亦以盘头一役，车已毁坏，马五损失约五六十元，余则毫无所失，以视当时压毙及击断下肢者，自庆命运至佳。区区数十元似可无须与人斤斤，况人在患难中，岂能复施逼迫耶？

十一时三十分发灵宝，至十里铺路程仅十里，费时达三小时，已二时三十五分，途中困难可以想见。二十里到大营，以南山有雨，不敢赶道，即进堡城北门，假宿关帝庙中，时已七时余矣，本日仅行三十里。余出在阌乡所购之馒首，复剖西瓜一枚坐石阶上食之，自觉精神颇为安适。李三心甚急，极欲早到陕州，余以微笑报之。

二十七日，六时出大营南门，绕道赴文堂镇。大营距文堂只五里，费时竟达三小时之久。途中见灵宝山口复雨，颇为焦急，幸雨势自西偏南，仅遇数点，殊可庆也。过文堂后，泥淖甚少，路较易行，十里桥头镇尖，加雇一小车，留下两骡，马套儿即牵之回灵宝，十五里到陕州，宿二马路中华旅社。

此两日内小车倾覆几数十次，牲口受惊，掀翻行李亦有数次。过十里铺后，上一土坡极高，时遇泥淖。余昨日牵骡过坡，下腿部为牲口所踢。过河时一足陷入泥中，几及膝部。今日过桥头镇，稍一不慎，自骡背跌于道左，右侧大腿关节部适触石上，一时竟至不能步行。到店后尚隐隐作痛，咳嗽亦为其牵制，可谓艰苦备尝矣。三时乘洋车过河进城。城中已修马路，颇有商务；城外车站附近，繁华似郑州，肮脏亦相伯仲也。得见七月二十二沪报，沪案仍延宕，陕事专电，失实颇多。在店补录日记，时闻京腔，居然有唱《珠帘寨》者。凡火车所经处，必多旅社，多妓女，多零卖小摊，俨然别成一种气象，陕州亦其例也。

二十八日，七时趋车站上车，八时启行。将近观音堂，忽闻枪声数响，仿佛发自车旁山上者；下午五时到洛阳，寓车站中西旅社。

二十九日，八时到车站，喜晤叔平先生，立谈许久。上车东发，下午二时到郑州，寓金台旅社。用饭及洗浴毕，访润生、右迁二同学，晤之。晚应右迁之约，在医院中闲谈，至十一时始归寓。

三十日，未明即起，七时到车站上车，晤谭女士，车中喜遇熟人，可不虞寂寞矣。

三十一日，午前十一时到京，晤郁周老友，三儿亦来站，遂携行李驱车回寓。计自二月十六日晚离家，至此五月余，往返共行九千四百余里，铁路所经里数尚不在内。友人均以壮游目之，然在敦煌仅留数日；数月光阴，悉在途中消磨，一无成绩可言，殊愧悚也。

敦煌千佛洞三日间所得之印象

敦煌千佛洞自伯希和（一九〇七年冬）、斯坦因（一九〇七年三月同年五月写本画绣计运去三十余箱）二氏先后将宝物捆载西去之后，遂为世人所注目。吾国学者如罗振玉、王国维辈依据千佛洞所已发现之古物，频有著述，以饷士林，于是国人亦知有千佛洞矣。顾实地调查者伯希和、斯坦因二氏外（在斯坦因氏之先，称述千佛洞画壁者，有匈牙利人洛克济教授及伯爵斯起尼氏），仅有二三日本人及德人之远征队，国人反无闻焉。一九二四年美人华尔讷君至其地，勾留约一周间；既归国，即组织一敦煌考古队来华，拟在千佛洞为长时间之考察，由翟荫君主其事，溥爱伦、石天生二君任记载，时达君任摄影，汤姆生君则专攻美术者也。吾校知其事，由福开森君之介绍，沈兼士、马叔平二先生之筹划，胡适之先生之勖励，余竟获随之西行，不可谓非壮游矣。遂于民国十四年二月十六晚乘京汉车南下，以豫西胡憨将战，风声紧，改道太原，经平阳，风陵渡河，进潼关，至五月二十日到敦煌目的地。同行诸人所欲期望于千佛洞能居留三阅月者，不想因华尔讷君故，仅能住三日，且每日往返八十里，其确实消耗于千佛洞之考查时间，每日五小时，三日合计之只十五小时，以费时百余日所获得者唯此，殊非意想所及。而我所欲试为较有系统之报告者，亦就无从着笔，姑拉杂记之，预为异日第二次调查时之参考而已。

依伯希和图谱中所刊平面画之编号，自南往北，至一七一号 c，影片则至一八二号而止，其间以同一号数复以 a、b、c、d、e……区别者，如一一八号、一二〇号、一二一号、一三七号、一六〇号等是，合计佛洞之编号者共二六九。周统领所命营部司书会同敦煌县署警察所员之调查编号，适与伯希和氏成反对方向，计自北往南；而为调查表上所记载者，号数至三五三，但其间有空号（一五五、一五六、一五七、一五八、一八九、二七六、二七七等）漏列欤？抑误编欤？非对勘复查无以明也。

余于第一日第二日两日间，追随同行诸君之后，尽量游览，约及全数五分之四。第三日单独为摄影工作，并随时摘录题记，因此所剩余之五分一，竟未获见及也。回京时使以此未及游览之数，举以告我关切此事之友人，宁非怪事！

就余仓促中所假定各洞之年代，一〇三、一一一、一一〇、一二〇 n、一二一、一二六、一二九、一三七及一三七 b 各号均为北魏所造之窟殆无疑义。第一三〇号上部有北魏壁画，下部复有唐代供养人，而一部分壁画则又为宋人所重修。唐窟如六七、一一八 a、一二〇 f、一二二、一三九 b、一四四、一四六及一四九各号均是。

第一四〇号有五代刘汉题记。该洞壁图，可为唐宋递变之关键。北宋窟亦多，如五二、六六、七四、一一九等号是也。亦有系北宋规模而为后代重修者；其重修所致之结果，复至不一，极恶俗者，唯增修时之塑像耳。元窟一八一最著，一八二中，壁画有欢喜佛，极易与他窟相识别。余于第一六号 a 竟见有三层重叠之壁画，层次井然，色彩各别（正定大佛寺壁画亦见两层重叠）；使有余暇，就此以细审先后，判定年代，与其他各洞相比较，则在时代之区别上，更可得一确实之根据，较之仓促中加以论断曰，是唐画也，是宋画也，其精粗之间，直不可以道里计矣。顾在此百忙中，于摘录题记之际，除北宋年号外，得西魏大统四年五年两段，并得摄影以归，良足自慰矣。五代刘汉年号，第一日于一四〇号洞内见之，期于第三日录其全文者，竟致忘却而未果。最可笑者，第二日发现一元嘉二年题记，固已摘录于日记册矣。洞号仅标九〇 c，及回安西州，整理记录，核诸伯希和氏编号，只有九〇及九〇号 a，而九六号则有 a、b、c、d、e 五洞之分，是否九〇为九六之误，无从臆断。且记录时于伯希和氏平面画上，有时亦加以周统领所调查之号数，别以一 c 字标之，所以示中国编号也；则此九〇号 c 者，又有为中国编号九〇号之疑，但查之图录，中国编号九〇号又不能得其实在位置，殊可憾也。

考千佛洞造窟年代，其可依据者，仅有前秦建元二年沙门乐僔法良造窟之说，唐李氏有《再修碑记》；其在乐僔之后，李氏之前，一段中固无征也。今于西魏大统年号之外，复见此元嘉二年题记，似于千佛洞史料之参考上，不无有多少之补助；因此异日苟有机缘，作第二度之敦煌旅行时，不敢不以此而自勉焉。兹先就当时所摘记者，录之如次：

第六洞 西台座下方："管内□门都判官任隆兴/寺上座龙藏□修先代功德/永为供养"

南台座下方："上兄节度衙前子第虞候海润"

"上兄海圆一心供养"

右方："普光寺都维证一心供养"

北台座下方："伯母……供养"。南北墙下方题记均已模糊。

第八洞 西台座下方："故女惠意一心供养"。余均不可见。

第一九洞 bis "宋国河内郡夫人宋氏出行图"

第五二洞 "敕河西陇右伊西庭楼兰金……等州节……"

入口东墙南部："故姊第十一娘子一心供养出适慕容氏"。余悉模糊。

东墙北部第三行："□女普光寺法律尼最胜喜……"。余悉模糊。

南墙自东至西第一："□妹第十七娘子一心供养出适罗氏"。第三："侄女第十二小娘子一心供养……"。第五："故侄女第十四小娘子是北方大回国圣天可汗的孙一心供养"。第七："侄女第十六小娘子一心供养出适慕容氏"。第九："女第十五小娘子一心供养出适曹氏"。第二、第四、第六、第八、第十均模糊。

北墙自东至西第六："侄女第十四小娘子一心供养……""新妇小娘子□氏供养"。余均模糊。

第五八洞 入口东墙南部："佛弟子王法奴敬画""千佛六百一十躯一心供养"。

北部："女弟子优婆□□氏为六男""画千佛六百一十躯一心供养"。

第六〇洞 梁上"大宋乾德八年岁次庚午正月癸卯敕推诚奉国保塞功臣归义军节度使特进检校太师兼中书令平西王曹进忠之世建此窟"。

第七〇洞 南台座下方右侧："颜新妇张氏……"。此外供养人题记均已模糊。

第七四洞 "大朝大宝于阗国大圣大明大子……"。供养人题名"第十五小娘子供养出适□氏"。

第八一洞 西墙南部："孙内亲从都头银……"在底层。

第九二洞 东墙南部："□师普□寺坚进"。

北部："故□尚龙兴寺……"。

第一一二洞　入口东西墙有西夏文题记极多。

第一一七洞　入口东墙南部："姊甘州圣天可汗天公主一心供餐"。第四"故姊谯县夫人一心供养出适□氏""大朝大于阗国天无皇帝/第三女天公主李氏为新/受太傅曹延禄姬供养"（按此三行自左往右）。"扫洒尼姑播□杯氏愿月明像"，旁有西夏文。"此缘□□杂谋惠□之像"，旁有西夏文。类此者甚多。

第一一八洞 e　入口南墙西部："故敕河西陇右□西□□□□□□节度使检校太尉……"尚有数处题名，均能在外层色彩下隐约透见；亦有数处，外层剥落，可见题记，但文义均不贯串。

第一二〇洞 n　北墙中层自东至西

（一）"夫从缘至果非积集无以成功是以佛弟子/滑黑奴为有识之类敬造天量寿佛一/区并二菩萨回斯□福愿佛法兴隆/魔事□减愿□□抱识□于三□八□明年□日往生妙乐齐登正觉/大代大魏大统五年五月廿日造讫"。

（二）（三）两方已模糊。

（四）大统五年题铭文已模糊，有"信女丁爱供养"。

（五）"比丘尼惠胜供养时/夫从缘至果非积集无以成功是以佛弟子/比丘惠遵仰为有识之类敬造拘那□/牟尼佛一区并二菩萨回服□□□/佛法兴隆魔事（缺）/大代（缺）——中旬造"。在此题铭之西，有"货主和供养，信士阴胡仁供养，信士阴苟生供养，信士阴安归所供养时"等题记。

（六）"比丘瞀化供养时/夫至极阒旷正为尘罗所约圣道归趣/非积垒何能济拔是以佛弟子比丘瞀化仰/为七世父母所生母父敬造迦叶佛一区并二菩/萨因此激福愿上者神游净土不离二途现/在居眷位太安吉普及蠕动之类还登常乐/大代大魏大统四年岁次戊午八月中旬造"。在此题铭之西，有"清信女史山崇姬所供养时，信女阿丑供养，信女干妇供养，信女干囗供养，信女阿媚供养，信女娥女供养"等题记。

第一二五洞 "孙本行都料料兼步平队头像奴一心供养"。

第一三〇洞 梁上"大宋太平兴国五年岁次囗辰二月甲辰朔二十二日乙丑敕归义军节度使瓜沙等州观察处置管内营押蕃落等使囗检校太傅同中书门下平章事谯郡开国公食邑一千五百户实食封七伯户曹连禄之世建此窟檐纪"。

另一梁上"节度使内亲从知紫亭县令兼衙前都押囗银青光禄大夫检校刑部尚书兼御史大夫上柱国阎员清"。

第一三一洞 台座下："比丘囗惠供养时"。余缺。

第一四〇洞 有五代刘汉时题记。

以上悉系伯希和编号洞数。

第八二洞 梁上"大宋太平兴国五年岁次庚辰二月甲辰朔二十二日乙丑敕归义军节度使瓜沙等州观察处置管内营田佃蕃落等使特授检校太傅同中书门下平章事谯郡开国公食邑一千

五百户实封七伯户曹连禄之世建此窟檐纪"。

第八五洞　梁上"大宋太平兴国庚辰年节度使内亲从知紫亭县令兼衙前都押衙银青光禄大夫检校刑部尚书兼御史大夫上柱国阎员清"。

第三〇〇洞　梁上"维大宋开宝九年岁次丙子正月戊辰朔七日甲戌敕归义军节度瓜沙等州观察处置管内营押蕃落等使特进检校太傅兼中书令谯郡开国公食邑一千五百户实封三百户曹迮恭建此"。

以上系中国编号洞数

第九〇洞 c　"供奉天童□□位元嘉二年二月廿五一心虔奉"。

七月初回兰州，以此元嘉二年题记示次洲厅长；翌日谢公即告我曰：宋文帝元嘉二年，岁次乙丑，今年亦乙丑，诚奇遇也。既回京，友人中闻之，或以是为南朝年号，不应发现于敦煌之千佛洞；而吾校叶浩吾先生则坦然不疑，为考证一篇，反复稽核，论据极确。其言曰：

　　吾友陈君万里，今春往游甘肃敦煌千佛岩及安西万佛崖（一名三危山），意在视察符秦北凉时佛教美术。在千佛岩获见宋元嘉二年题记，爱手记之归以示余。夫西陲僻远，顾有南人题字，乍睹之下，意颇不省；及详细钩考，乃知为北凉人作，非南人书也。盖果为南人题记，则必在宋武帝灭姚泓后。按《宋书·武帝纪》，破擒姚泓为晋安帝义熙十三年八月，而宋敏求《长安志》亦云芟孙泓为刘裕所灭，东晋复置雍州及京兆郡，是年岁次丁巳；越四年而宋代晋，改号永初，岁次庚申，再越五年为宋文帝元嘉元年，岁次甲子，二年为乙丑，先后相距八年，阅岁并非久远。唯宋武克长安后，不久为赫连勃勃所踞。

《晋书》一百三十《赫连勃勃载记》云："卿往日之言，一周而果效，可谓算无遗策矣。"（谓王买德语）约计其时，赫连夺踞长安，当在宋武灭泓之次年，即义熙十四年，刘裕得长安，不克久居，何迟至文帝时犹有南人在秦陇间，作造像功德之举，明题刘宋正朔乎？斯必不能之事也。窃谓此刘宋年号题记，乃北凉人所书，非南人所作也。《宋书·文帝纪》，元嘉三年，骠骑大将军凉州牧沮渠蒙逊改为车骑将军，是蒙逊于元嘉三年尚受刘宋官封，则元嘉二年造像题宋正朔并非异事。又元嘉十一年以大沮渠茂虔为征西大将军凉州刺史，是蒙逊父子皆先后受封于宋，未尝中绝，此又北凉得书宋正朔之证也。

又蒙逊父子皆甚重汉化，屡陈请汉籍，而河西人赵歚善历算，茂虔亦善著述，均见本传。则北凉以汉文题记，亦非不能之事也。此事远，在魏孝文提倡汉化之先，故特为考明，以质同人以为何如？中华民国十四年八月八日，抗县叶瀚记。

北魏诸窟中所见壁画与他洞绝不相类。有半裸体舞蹈画像甚多，中心柱壁龛所有塑像，几与云冈石造像一致。而中心柱上方小造像，塑尤精美，惜剥落颇多，游人恒以长竿揭之，完整者取之去，碎者委弃于地，毫无顾惜。如此情状，安得不令外人起攘窃之念！俄人所居之洞，毁坏更甚。据闻当年新疆白党，蠢蠢欲动，杨督遣送来甘。甘省当局以敦煌偏在西南，交通阻隔，易于防范，乃居留之于千佛洞，于是俄人寝食于斯，游憩于斯，而一部分之壁画，遂受其蹂躏矣。我深不料敦煌人民，何以今日能拒绝华尔讷君西来，阻翟荫君诸人居留千佛洞，而于俄人之举动，竟若是其惯惯也？

敦煌千佛洞洞数已如上述，有三百余；其在峡口者，复有废洞百余，亦有残缺壁画。如此伟大之古迹，恐在国内无第二处足以相抗。单就摄影计划言，非有半年工作不可。此外工作之须待专门家者如：

（一）假定各洞壁画年代—画材之史的考定，色彩之化学的分析等等；

（二）壁画实质上之研究：

（1）画像及关于佛教教理上美术上一切画材之蜕变，

（2）就辅助画画材以考证各时代一切背景之情状，如建筑、服饰、器具、军备，及关于风俗事项；

（三）塑像与石像之比较；

（四）充分记录及整理各种题记；

（五）详细探索有无被流沙所湮没之洞窟；

等等，亦非多假时日不为功。最后实际上之保存方法，更非几句空泛之门面语所能了事。因此我所希望于未来者，在于有组织、有计划、有各种专门学者分工担任之中国敦煌考古队，以从事于各方面之研究；并在实地经验上计划保存法，若仅仅以敦煌经典为范围，求所以影印、纂述、留传者，抑亦狭矣。

官厅调查表

（一）敦煌千佛洞

（二）安西万佛峡

（三）安西东千佛洞

（一）

洞数	洞高（尺）	洞宽（尺）	洞长（尺）	塑佛数（尊）	画壁完全与否	壁上画佛数	破坏尺寸	附记
一	8.0	14.0	13.0	7		360		佛洞之高宽长尺数即画壁之尺数
二	8.0	12.0	12.0	7		480		
三	5.0	6.0	5.0	1		270		画壁上写金刚经八十二字
四	10.0	15.0	20.0	5		320		
五	6.0	8.0	8.0	5		240		
六	8.0	9.0	9.0	7		320		
七	6.0	6.0	5.0	5		140		
八	9.0	10.0	10.0	7		460		
九	11.0	20.0	10.0	6		85		
一〇	15.0	20.0	33.0	17		2800		

洞数	洞高（尺）	洞宽（尺）	洞长（尺）	塑佛数（尊）	画壁完全与否	壁上画佛数	破坏尺寸	附记
一一	10.0	10.0	10.0	7		780		
一二	14.0	34.0	8.0	20		120		洞前有古汉桥牌楼
一三	16.0	32.0	44.0	17		206		
一四	9.0	10.0	9.0	7		52		
一五	8.0	10.0	10.0	7		85		
一六	10.0	12.0	10.0	5		450		
一七	10.0	10.0	10.0	7		370		
一八	6.0	6.0	6.0	5		180		
一九	3.0	3.0	3.0	1		12		
二〇	9.0	10.0	9.0	11		220		
二一	9.0	14.0	14.0	15	不完全	650	画壁有六尺五寸破坏	
二二	10.0	12.0	11.0	3	不完全	78	画壁有八尺八寸破坏	
二三	12.0	14.0	13.0	7		580		
二四	10.0	13.0	14.0	9		420		
二五	9.0	9.0	9.0	7		560		
二六	7.0	6.0	6.0	5		220		
二七	14.0	21.0	18.0	7		630		
二八	12.0	12.0	12.0	13	不完全	310	画壁有五尺八寸破坏	
二九	6.0	6.0	6.0	3		180		
三〇	6.0	8.0	7.0	5		240		
三一	4.0	4.0	4.0	1		8		

洞数	洞高（尺）	洞宽（尺）	洞长（尺）	塑佛数（尊）	画壁完全与否	壁上画佛数	破坏尺寸	附记
三二	7.0	9.0	9.0	7		350		
三三	13.0	17.0	18.0	7		760		
三四	8.0	9.0	9.0	7	不完全	32	画壁有八尺八寸破坏	
三五	5.0	6.0	5.0	1		270		
三六	9.0	10.0	10.0	5		120		
三七	15.0	15.0	15.0	13		750		
三八	10.0	9.0	9.0	7		631		洞内有唐李氏再修功德碑
三九	6.0	7.0	7.0	3		220		
四〇	10.0	8.0	8.0	7		740		
四一	7.0	8.0	8.0	5		290		
四二	7.0	8.6	8.0	7		260		
四三	12.0	13.0	13.0	7		480		
四四	9.0	9.0	7.0	3		940		
四五	14.0	13.0	15.0	9	不完全	260	画壁有八尺三寸破坏	
四六	7.0	7.0	5.0	5	不完全	150	画壁有十二尺破坏	
四七	12.0	12.0	5.0	7	不完全	52	画壁有四尺六寸破坏	
四八	15.0	21.0	10.0	15	不完全	150	画壁有八尺七寸破坏	

江山万里

洞数	洞高（尺）	洞宽（尺）	洞长（尺）	塑佛数（尊）	画壁完全与否	壁上画佛数	破坏尺寸	附记
四九	10.0	10.0	5.0	7	不完全	15	画壁有六尺四寸破坏	
五〇	10.0	10.0	6.0	7	不完全	12	画壁有七尺破坏	
五一	10.0	10.0	5.0	5	不完全	3	画壁有二十八尺破坏	
五二	6.0	5.0	3.0	5	不完全	28	画壁有七尺二寸破坏	
五三	10.0	10.0	10.0	5	不完全	240	画壁有三尺破坏	
五四	11.0	12.0	13.0	5	不完全	220	画壁有二尺六寸破坏	
五五	14.0	15.0	20.0	13		520		
五六	5.0	5.0	4.0	3		无		
五七	6.0	6.0	4.0	5		无		
五八	11.0	16.0	12.0	5		无		
五九	10.0	10.0	10.0	7		无		
六〇	6.0	6.0	6.0	7		无		
六一	9.0	18.0	6.0	无		85		
六二	11.0	14.0	20.0	70		250		
六三	4.0	4.0	4.0	3	不完全	180	画壁有八尺破坏	
六四	3.0	3.0	4.0	3		105		
六五	12.0	13.0	14.0	40		290		

洞数	洞高（尺）	洞宽（尺）	洞长（尺）	塑佛数（尊）	画壁完全与否	壁上画佛数	破坏尺寸	附记
六六	5.0	4.0	5.0	5	不完全	120	画壁有十二尺破坏	
六七	16.0	14.0	13.0	40		206		
六八	5.0	4.0	5.0	5		50		
六九	20.0	14.0	15.0	46		180		
七〇	8.0	9.0	6.0	3		25		
七一	5.0	5.0	4.0	5		38		
七二	8.0	9.0	5.0	1	不完全	17	画壁有八尺破坏	
七三	6.0	7.0	5.0	无	不完全	4	画壁有十四尺破坏	
七四	10.0	10.0	10.0	8		80		
七五	10.0	15.0	12.0	7		120		
七六	10.0	15.0	14.0	8	不完全	87	画壁有六尺七寸破坏	
七七	13.0	18.0	20.0	无		60		
七八	18.0	28.0	47.0	14		2000		
七九	6.0	8.0	6.0	2		60		
八〇	8.0	10.0	7.0	9	不完全	17	画壁有七尺四寸破坏	
八一	9.0	10.0	7.0	5	不完全	60	画壁有九尺破坏	
八二	9.0	18.0	6.0	无		82		
八三	14.0	18.0	21.0	13		540		
八四	12.0	8.0	10.0	7		320		
八五	13.0	15.0	20.0	11		480		

洞数	洞高（尺）	洞宽（尺）	洞长（尺）	塑佛数（尊）	画壁完全与否	壁上画佛数	破坏尺寸	附记
八六	9.0	10.0	8.0	8		65		
八七	15.0	6.0	13.0	6		68		
八八	15.0	18.0	16.0	7		78		
八九	8.0	10.0	8.0	1		91		
九〇	10.0	10.0	10.0	5	不完全	60	画壁有七尺破坏	
九一	5.0	3.0	8.0	1	不完全	45	画壁有五尺破坏	
九二	8.0	6.0	5.0	3		58		
九三	12.0	18.0	25.0	5		220		
九四	14.0	25.0	18.0	7		320		
九五	12.0	20.0	26.0	36	不完全	280	画壁有十五尺破坏	
九六	11.0	14.0	16.0	21		520		
九七	13.0	19.0	31.0	15		260		
九八	16.0	32.0	40.0	7		490		
九九	20.0	60.0	25.0	7		640		
一〇〇	7.0	10.0	9.0	8	不完全	53	画壁有四尺破坏	
一〇一	18.0	28.2	32.0	5		706		
一〇二	6.0	10.0	9.0	3		203		
一〇三	10.0	15.0	13.0	5		89		
一〇四	13.0	25.0	23.0	7	不完全	140	画壁有九尺破坏	
一〇五	9.0	12.0	11.0	9	不完全	60	画壁有三尺破坏	

洞数	洞高（尺）	洞宽（尺）	洞长（尺）	塑佛数（尊）	画壁完全与否	壁上画佛数	破坏尺寸	附记
一〇六	7.0	9.0	9.0	1		31		
一〇七	5.0	6.0	6.0	3		5		
一〇八	18.0	42.0	40.0	1		820		
一〇九	9.0	15.0	13.0	7		76		
一一〇	6.0	6.0	6.0	5	不完全	3	画壁有六尺破坏	
一一一	6.5	7.0	6.0	5		6		
一一二	7.0	10.0	10.0	3		2		
一一三	9.0	13.0	13.0	7		9		
一一四	4.0	4.5	4.5	8	不完全	3	画壁有三尺破坏	
一一五	16.0	15.0	15.0	3		201		
一一六	8.0	9.0	9.0	7		13		
一一七	10.0	15.0	14.0	7		452		
一一八	10.0	13.0	12.0	3		216		
一一九	16.0	6.0	6.0	7	不完全	62	画壁有二尺破坏	
一二〇	7.0	8.0	6.0	5		7		
一二一	9.0	14.0	13.0	3	不完全	86	画壁有七尺破坏	
一二二	11.0	15.0	15.0	5		290		
一二三	7.0	8.0	8.0	8		47		
一二四	10.0	13.0	15.0	9		503		
一二五	5.0	4.0	5.0	3	不完全	2	画壁有六尺破坏	

洞数	洞高（尺）	洞宽（尺）	洞长（尺）	塑佛数（尊）	画壁完全与否	壁上画佛数	破坏尺寸	附记
一二六	10.0	16.0	13.0	7	不完全	441		画壁有九尺破坏
一二七	10.0	16.0	15.0	5	不完全	71		画壁有四尺破坏
一二八	5.0	5.0	5.0	5		15		
一二九	10.0	13.0	16.0	6		800		
一三〇	7.0	8.0	10.0	3		92		
一三一	8.0	11.0	13.0	5		18		
一三二	16.0	29.0	37.0	7		360		
一三三	11.0	17.0	16.0	5		210		
一三四	4.0	6.0	50.0	8	不完全	24		画壁有六尺破坏
一三五	7.0	15.0	15.0	3		120		
一三六	6.0	11.0	10.0	1		150		
一三七	2.0	16.0	16.0	7		460		
一三八	6.0	5.0	5.0	5	不完全	38		画壁有五尺破坏
一三九	10.0	14.0	16.0	3		400		
一四〇	10.0	12.0	12.0	5		60		
一四一	12.0	18.0	16.0	1		280		
一四二	18.0	30.0	36.0	7		690		
一四三	6.0	4.0	5.0	5		4		
一四四	7.0	8.0	7.0	7	不完全	9		画壁有七尺破坏
一四五	5.0	7.0	7.0	3		18		
一四六	7.0	7.0	6.0	7		40		
一四七	5.0	5.0	5.0	9	不完全	12		画壁有三尺破坏

洞数	洞高（尺）	洞宽（尺）	洞长（尺）	塑佛数（尊）	画壁完全与否	壁上画佛数	破坏尺寸	附记
一四八	7.0	10.0	10.0	8		105		
一四九	7.0	7.5	8.0	5		49		
一五〇	7.0	9.0	9.0	3		64		
一五一	8.5	9.0	9.0	9		96		
一五二	7.0	9.0	9.0	7		36		
一五三	9.0	9.0	9.0	6		72		
一五四	8.0	8.0	8.0	7		108		
一五九	6.0	6.0	6.0	7	不完全	27	画壁有六尺破坏	
一六〇	7.0	6.0	6.0	5	不完全	9	画壁有五尺破坏	
一六一	7.0	9.0	9.0	1	不完全	188	画壁有三尺破坏	
一六二	9.0	11.0	11.0	7		163		
一六三	6.0	7.0	6.0	5	不完全	28	画壁有五尺破坏	
一六四	96.0	55.0	23.0	大佛一		999		洞内有莫高窟碑
一六五	18.0	45.0	45.0	5		720		
一六六	7.0	12.0	11.0	7		300		
一六七	6.0	8.0	6.0	7		81		
一六八	8.0	9.0	9.0	6		260		
一六九	5.0	5.0	4.5	1	不完全	730	画壁有九尺破坏	
一七〇	6.0	9.0	8.0	2	不完全	120	画壁有二尺破坏	
一七一	8.0	11.0	11.0	17		60		

洞数	洞高（尺）	洞宽（尺）	洞长（尺）	塑佛数（尊）	画壁完全与否	壁上画佛数	破坏尺寸	附记
一七二	11.0	15.0	16.0	15		850		
一七三	36.0	12.0	19.0	10		510		
一七四	2.0	3.0	2.0	7		90		
一七五	17.0	23.0	21.0	9		87		
一七六	6.0	6.0	4.5	4	不完全	150	画壁有三尺破坏	
一七七	12.0	15.0	15.0	13		380		
一七八	13.0	15.0	16.0	15		210		
一七九	15.0	22.0	20.0	8	不完全	70	画壁有七尺破坏	
一八〇	14.0	20.0	21.0	10		89		
一八一	13.0	15.0	17.0	5	不完全	200	画壁有八尺破坏	
一八二	14.0	14.0	13.0	9		230		
一八三	11.0	13.0	14.0	7		610		
一八四	14.0	19.0	19.0	12		80		
一八五	9.0	7.0	10.0	4	不完全	75	画壁有六尺破坏	
一八六	10.0	8.0	8.0	19	不完全	820	画壁有五尺破坏	
一八七	11.0	9.0	8.0	3	不完全	97	画壁有八尺破坏	
一八八	17.0	17.0	36.0	18	不完全	200	画壁有十尺破坏	
一八九								
一九〇	12.0	14.0	13.0	3		86		
一九一	12.0	21.0	20.0	9		82		

洞数	洞高（尺）	洞宽（尺）	洞长（尺）	塑佛数（尊）	画壁完全与否	壁上画佛数	破坏尺寸	附记
一九二	9.0	13.0	11.0	5		120		
一九三								
一九四	9.0	12.0	12.0	3		720		
一九五	12.0	18.0	26.0	10	不完全	801	画壁有二尺破坏	
一九六	8.0	6.0	5.0	3		71		
一九七	8.0	6.0	5.0	3	不完全	89	画壁有六尺破坏	
一九八	130	21.0	20.0	9		30		
一九九	6.0	4.0	4.0	1	不完全	210	画壁有三尺破坏	
二〇〇	10.0	15.0	23.0	7		920		
二〇一	8.0	10.0	9.0	4		67		
二〇二	20.0	44.0	12.0	7		81		
二〇三	8.0	9.0	8.0	8		220		
二〇四	15.0	24.0	30.0	7		67		
二〇五	14.0	17.0	17.0	11		870		
二〇六	4.0	4.0	5.0	5	不完全	320	画壁有九尺六寸破坏	
二〇七	13.0	15.0	16.0	5		160		
二〇八	14.0	16.0	16.0	7		178		
二〇九	17.0	28.0	50.0	7	不完全	280	画壁有三尺七寸破坏	
二一〇	12.0	16.0	15.0	7		180		
二一一	14.0	17.0	17.0	7		67		
二一二	11.0	12.0	12.0	9		54		

洞数	洞高（尺）	洞宽（尺）	洞长（尺）	塑佛数（尊）	画壁完全与否	壁上画佛数	破坏尺寸	附记
二一三	15.0	18.0	18.0	7	不完全	36	画壁有六尺七寸破坏	
二一四	13.0	29.0	19.0	7	不完全	89	画壁有八尺破坏	
二一五	10.0	14.0	14.0	5		290		
二一六	13.0	19.0	17.0	9		370		
二一七	8.0	13.0	13.0	9		250		
二一八	9.0	10.0	10.0	7	不完全	470	画壁有六尺破坏	
二一九	14.0	21.0	23.0	11		89		
二二〇	11.0	12.0	12.0	7		120		
二二一	9.5	15.0	16.0	7	不完全	640	画壁有八尺破坏	
二二二	7.0	9.0	8.5	1	不完全	78	画壁有八尺破坏	
二二三	9.5	13.0	13.0	无	不完全	230	画壁有六尺破坏	
二二四	9.0	10.0	10.0	无	不完全	850	画壁有五尺七寸破坏	
二二五	14.0	21.0	24.0	7		945		
二二六	10.0	9.0	9.0	4		720		
二二七	14.0	11.0	16.0	6		100		
二二八	4.0	5.0	6.0	3	不完全	99	画壁有五尺八寸破坏	
二二九	5.0	5.0	5.0	无	不完全	89	画壁有七尺破坏	

洞数	洞高（尺）	洞宽（尺）	洞长（尺）	塑佛数（尊）	画壁完全与否	壁上画佛数	破坏尺寸	附记
二三〇	4.0	5.0	5.0	2	不完全	67	画壁有九尺破坏	
二三一	14.0	23.0	34.0	5		700		
二三二	9.0	14.0	13.0	7		830		
二三三	11.0	13.0	14.0	32		650		
二三四	7.0	11.0	10.0	无	不完全	230	画壁有四尺六寸破坏	
二三五	20.0	35.0	37.0	11		270		
二三六	8.0	9.0	9.0	6		90		
二三七	10.0	10.0	12.0	7		97		
二三八	7.0	4.0	4.0	3		61		
二三九	7.0	5.0	5.0	3		120		
二四〇	8.0	7.0	5.0		不完全	88	画壁有六尺破坏	
二四一	21.0	40.0	43.0		不完全	2100	画壁有六十尺破坏	
二四二	11.0	13.0	14.0	5		85		
二四三	11.0	14.0	14.0	7		610		
二四四	10.0	15.0	15.0	5		770		
二四五	12.0	20.0	20.0	1	不完全	830	画壁有四尺破坏	
二四六	8.0	13.0	10.0		不完全		画壁有四尺九寸破坏	
二四七	9.0	8.0	8.0	3		190		
二四八	14.0	34.0	29.0	12		880		
二四九	7.0	9.0	10.0	5		79		

洞数	洞高（尺）	洞宽（尺）	洞长（尺）	塑佛数（尊）	画壁完全与否	壁上画佛数	破坏尺寸	附记
二五〇	7.0	9.0	10.0	9		160		
二五一	9.0	13.0	13.0		不完全	520	画壁有八尺破坏	
二五二	9.0	10.0	10.0		不完全	240	画壁有二尺破坏	
二五三	6.0	4.0	4.0	7		150		
二五四	8.0	10.0	10.0	5		260		
二五五	7.0	7.0	7.0	3	不完全	830	画壁有八尺破坏	
二五六	18.0	33.0	35.0	3	不完全	1980	画壁有七尺破坏	
二五七	9.0	9.0	9.0	3		260		
二五八	5.0	9.0	10.0	5		271		
二五九	6.0	5.0	5.0	3		89		
二六〇	9.0	10.0	9.0		不完全	77	画壁有七尺破坏	
二六一	8.0	9.0	9.0	5	不完全	220	画壁有五尺破坏	
二六二	6.0	4.0	6.0	1		870		
二六三	20.0	46.0	52.0	9		360		
二六四	6.0	16.0	10.0	7		540		
二六五	6.0	10.0	9.0	2		290		
二六六	120.0	60.0	35.0	大佛一		117		
二六七	18.0	40.0	48.0	3		88		
二六八	7.0	9.0	10.0			881		
二六九	9.0	5.0	5.0	3		98		

洞数	洞高 （尺）	洞宽 （尺）	洞长 （尺）	塑佛数 （尊）	画壁完 全与否	壁上画 佛数	破坏 尺寸	附记
二七〇	8.0	14.0	16.0	5		302		
二七一	9.0	11.0	11.0	7		208		
二七二	9.0	12.0	14.0	6		38		
二七三	10.0	14.0	16.0	5		645		
二七四	10.0	10.0	11.0	1		260		
二七五								
二七六								
二七七								
二七八	8.0	13.0	11.0	5	不完全	60	画壁有七尺六寸破坏	
二七九	5.0	5.0	5.0	5	不完全	6	画壁有四尺破坏	
二八〇	8.0	6.0	4.0	3	不完全	19	画壁有三尺破坏	
二八一	10.0	9.0	9.0	7		173		
二八二	6.0	8.0	8.0	5		94		
二八三	4.0	3.0	3.5	3		34		
二八四	11.0	12.0	12.0	7		320		
二八五	11.0	9.0	10.0	5		180		
二八六	8.0	8.0	10.0	2		54		
二八七	7.0	8.0	8.0	4		126		
二八八	9.0	8.0	8.0			28		此洞光绪二十五年五月二十六日发现隋唐人写经数千卷
二八九	8.0	12.0	12.0	4		68		

洞数	洞高（尺）	洞宽（尺）	洞长（尺）	塑佛数（尊）	画壁完全与否	壁上画佛数	破坏尺寸	附记
二九〇	5.0	5.0	5.0	2		5		
二九一	8.0	12.0	10.3	3		369		
二九二	16.0	32.0	41.0	7		210		
二九三	12.0	22.0	35.0	15		65		
二九四	5.0	5.0	5.0			250		
二九五	13.0	20.0	31.0	14		390		
二九六	10.0	15.0	8.0	3		240		
二九七	15.0	14.0	15.0	13		360		
二九八	14.0	22.0	34.0	15		470		
二九九	8.0	6.0	7.0	1		25		
三〇〇	17.0	20.0	20.0	11		520		
三〇一	14.0	22.0	34.0	15		410		
三〇二	7.0	6.0	3.0	5		25		
三〇三	12.0	15.0	8.0	3	不完全	580	画壁有七尺破坏	
三〇四	13.0	23.0	13.0	5		42		
三〇五	7.0	12.0	12.0	3		120		
三〇六	14.0	32.0	32.0	11		1600		
三〇七	16.0	12.0	12.0			170		
三〇八	14.0	22.0	22.0	3		1400		
三〇九	15.0	18.0	18.0	7		260		
三一〇	12.0	15.0	14.0	5		550		
三一一	12.0	14.0	15.0	7		420		
三一二	13.0	24.0	26.0	7		360		
三一三	15.0	19.0	17.0			740		
三一四	9.0	13.0	13.0			1100		
三一五	14.0	15.0	17.0	7		67		

洞数	洞高（尺）	洞宽（尺）	洞长（尺）	塑佛数（尊）	画壁完全与否	壁上画佛数	破坏尺寸	附记
三一六	12.0	18.0	16.0	9		180		
三一七	9.0	11.0	20.0	12		120		
三一八	6.0	10.0	10.0	1		250		
三一九	6.0	10.0	10.0	5		310		
三二〇	7.0	9.0	9.0	8		220		
三二一	4.0	7.0	8.0	3	不完全	150	画壁有七尺破坏	
三二二	6.0	8.0	8.0	5		220		
三二三	9.0	13.0	13.0	5		120		
三二四	6.0	5.0	7.0	3		230		
三二五	10.0	12.0	13.0	3		150		
三二六	6.0	4.0	7.0	3		62		
三二七	18.0	21.0	32.0	3		3700		
三二八	6.0	6.0	6.0	18	不完全	82	画壁有七尺破坏	
三二九	10.0	18.0	18.0	1		470		
三三〇	7.0	10.0	12.0	6		130		
三三一	11.0	15.0	21.0	20		97		
三三二	4.0	4.0	4.0	1		10		
三三三	10.0	20.0	20.0	15		240		
三三四	5.0	5.0	5.0	1		99		
三三五	10.0	10.0	10.0	1		85		
三三六	8.0	7.0	8.0	3		8		
三三七	13.0	31.0	30.0	9		181		
三三八	7.0	8.0	10.0	3		800		
三三九	6.0	5.0	7.0	1		70		
三四〇	8.0	7.0	8.0	7		120		
三四一	11.0	10.0	5.0			210		

江山万里

洞数	洞高（尺）	洞宽（尺）	洞长（尺）	塑佛数（尊）	画壁完全与否	壁上画佛数	破坏尺寸	附记
三四二	9.0	10.0	10.0	5		89		
三四三	8.0	9.0	10.0	7	不完全	95	画壁有六尺破坏	
三四四	20.0	17.0	12.0			78		
三四五	10.0	9.0	9.0			800		
三四六	6.0	6.0	4.0	3		306		
三四七	5.0	4.0	7.0	1		72		
三四八	8.0	9.0	7.0	5		520		
三四九	30.0	5.0	6.0	7		220		
三五〇	10.0	9.0	8.0	7		120		
三五一	10.0	11.0	10.0	3		850		
三五二	9.0	10.0	10.0	1		610		
三五三	7.0	6.0	7.0	9		770		

（二）

（1）河东

洞数	洞高（尺）	洞宽（尺）	洞长（尺）	塑佛数（尊）	画壁完全与否	壁上画佛数	附记
一	85.0	10.0	10.0	22	无		三皇洞
二	13.0	18.0	40.0	5	不完全	60	三宝佛洞
三	13.7	22.5	22.0	4	不完全	194	四大天王佛洞
四	13.5	19.0	63.0	1	不完全	224	
五	13.5	19.0	59.0	1	不完全	194	
六	12.0	20.0	45.0	15	不完全	51	七真祖师洞
七	13.8	15.5	40.0	9	不完全	51	
八	13.5	17.0	35.5	1	不完全	62	
九	19.5	13.0	30.0	1	不完全	278	

洞数	洞高（尺）	洞宽（尺）	洞长（尺）	塑佛数（尊）	画壁完全与否	壁上画佛数	附记
一〇	13.0	21.0	49.0	1	不完全	353	
一一	17.5	31.0	74.0	4	不完全	452	
一二	13.0	19.0	47.0	1	不完全	600	
一三	12.0	17.0	46.0	7	不完全	460	
一四	14.0	19.0	40.0	7	不完全	90	
一五	13.0	20.0	32.0	3	不完全	264	
一六	14.0	19.0	43.0	9	完全	468	药王洞
以上上层自北至南							
一七	12.5	17.5	35.0	7	无		龙王洞
一八	12.5	17.0	27.0	6	无		娘娘洞
一九	9.0	13.0	20.0	5	无		观音洞
二〇	11.0	9.0	14.0	5	无		三清洞
二一	9.0	7.0	14.5	3	无		老君洞
二二	160.0	57.0	61.0	4	不完全	1133	大佛洞
二三	14.0	40.0	20.0	1	无		睡佛洞
二四	15.0	17.0	25.0	9	不完全	277	
二五	17.0	24.0	30.0	40	不完全	250	十八罗汉洞
二六	6.0	5.0	5.0	3	无		
以上二层自南至北							
（2）河西							
二七	13.0	18.0	24.0	7	不完全	333	观音洞
二八	15.0	29.5	25.0	1	不完全	190	
二九	14.5	20.0	23.0	1	不完全	338	
三〇	14.5	20.0	23.0	1	不完全	540	
三一	13.5	19.5	37.0	1	不完全	830	
三二	14.0	19.0	42.0	8	不完全	1400	文昌洞
三三	14.7	20.0	42.0	7	不完全	420	

洞数	洞高 （尺）	洞宽 （尺）	洞长 （尺）	塑佛数 （尊）	画壁完 全与否	壁上画 佛数	附记
三四	9.0	12.0	18.0	11	无		玉皇洞
三五	12.0	20.0	40.0	7	完全	880	虫蝗洞
三六	15.0	30.0	66.0	18	不完全	141	
三七	14.0	19.0	40.0	17	无		财神洞
三八	8.0	11.0	20.0	1	无		
三九	13.0	15.0	15.0	4	无		土地洞
四〇	10.0	8.0	14.0	无	无		

以上各洞自南至北

小千佛洞 洞在万佛峡口，查小千佛洞南北，共十二。唯南第五洞有画壁小佛三百二十尊，剥落不堪，洞内所塑泥身并非佛像，必系近时补修故，从略。

（三）

洞数	洞高 （尺）	洞宽 （尺）	洞长 （尺）	塑佛数 （尊）	画壁完 全与否	壁上画 佛数	附记
一	15.0	12.0	14.0	6	不完全	4	
二	18.2	22.0	23.0	4	完全	126	
三	6.5	10.7	8.0	5	不完全		
四	10.0	20.3	9.0	9	不完全	70	
五	12.0	16.7	15.0	17	不完全		
六	6.2	3.0	5.0	5	不完全		

洞在东路布隆吉九十余里，共洞十三，有塑佛画像者仅六洞。

旅程表

日期	旅程	里数
民国十四年 二月十六至十七日	自北京至石家庄	
二月十七日	到太原	
二月十八日至二十一日	在太原	
二月二十二日	太原—小店（30）—徐沟（50）	80
二月二十三日	徐沟—祁县（60）—平遥（50）	110
二月二十四日	平遥—张兰镇（35）—介休（45）	80
二月二十五日	介休—两渡（50）—灵石（30）	80
二月二十六日	灵石—南关（60）—霍县（40）	100
二月二十七日	霍县—赵城（50）—洪洞（40）	90
二月二十八日	洪洞—平阳（50）—赵曲镇（40）	90
三月一日	赵曲镇—蒙城驿（40）—侯马驿（50）	90
三月二日	侯马驿—问店（40）—闻喜（40）	80
三月三日	闻喜—水头镇（40）	40
三月四日	水头镇—北相镇（50）—牛杜镇（30）	80
三月五日	牛杜镇—樊桥驿（40）—白堡头（32）	72
三月六日	白堡头—吕芝镇（35）—韩阳镇（32）	67
三月七日	韩阳镇—匼河镇（35）—风陵渡（14）—潼关（10）（水道）	59
三月八日	潼关—吊桥（10）	10

日期	旅程	里数
三月九日	吊桥—敷水镇（60）—柳枝里（20）	80
三月十日	柳枝里—渭南（70）—良田铺（15）	85
三月十一日	良田铺—海家庄（65）—西安（50）	115
三月十二日至十六日	在西安	
三月十七日	西安—咸阳（50）	50
三月十八日	咸阳—醴泉（70）	70
三月十九日	醴泉—监军镇（60）—永寿（60）	120
三月二十日	永寿—彬县（70）	70
三月二十一日	彬县—长武（80）	80
三月二十二日	长武—高家坳（60）—泾川（40）	100
三月二十三日至二十四日	在泾川	
三月二十五日	泾川—王村铺（30）—白水驿（40）	70
三月二十六日	白水驿—平凉（70）	70
三月二十七日	平凉—安国镇（40）—蒿店（30）	70
三月二十八日	蒿店—和尚铺（40）—杨家店（25）	65
三月二十九日	杨家店—神林堡（55）	55
三月三十日	神林堡—静宁（45）—高家堡（45）	90
三月三十一日	高家堡—青家驿（50）—翟家所（45）	95
四月一日	翟家所—会宁（45）—西巩驿（60）	105
四月二日	西巩驿—青岚山村（20）—十八里铺（48）	68
四月三日	十八里铺—秤钩驿（42）—甘草店（50）	92
四月四日	甘草店—下关营（40）—响水子（45）	85
四月五日	响水子—兰州（40）	40
四月六日至十二日	在兰州	
四月十三日	兰州—朱家井（40）	40
四月十四日	朱家井—盐水河铺（70）—红城驿（30）	100
四月十五日	红城驿—平番（70）	70

日期	旅程	里数
四月十六日	平番—武胜驿（30）—岔口驿（40）	70
四月十七日	岔口驿—镇羌驿（40）—龙沟堡（50）	90
四月十八日	龙沟堡—古浪（45）—静边驿（60）	105
四月十九日	靖边驿—凉州（70）	70
四月二十日	在凉州	
四月二十一日	凉州—丰乐堡（70）	70
四月二十二日	丰乐堡—永昌（90）	90
四月二十三日	永昌—水泉驿（70）	70
四月二十四日	水泉驿—峡口驿（50）—新河驿（40）	90
四月二十五日	新河驿—山丹（40）—东乐（40）	80
四月二十六日	东乐—甘州（70）	70
四月二十七日	甘州—沙河堡（70）	70
四月二十八日	沙河堡—威狄堡（30）—涧泉子（50）	80
四月二十九日	涧泉子—马营堡（120）	120
四月三十日	马营堡—下河清（80）	80
五月一日	下河清—肃州（90）	90
五月二日至七日	在肃州	
五月八日	肃州—嘉峪关（60）	60
五月九日	嘉峪关—惠回驿（90）	90
五月十日	惠回驿—赤金峡（110）	110
五月十一日	赤金峡—玉门（90）	90
五月十二日	玉门—三道沟（60）	60
五月十三日	三道沟—布隆吉（90）	90
五月十四日	布隆吉—小湾（90）	90
五月十五日	小湾—安西（70）	70
五月十六日	安西—瓜州口（70）	70
五月十七日	瓜州口—疙瘩井（140）	140
五月十八日	疙瘩井—敦煌（70）	70

日　期	旅程	里数
五月十九日至二十日	在敦煌	
五月二十一日	敦煌—千佛洞（40）—敦煌（40）	80
五月二十二日	敦煌—千佛洞（40）—敦煌（40）	80
五月二十三日	敦煌—千佛洞（40）—敦煌（40）	80
五月二十四日	敦煌—疙瘩井（70）	70
五月二十五日	疙瘩井—甜水井—瓜州口（140）	140
五月二十六日	瓜州口—安西（70）	70
五月二十七日至六月二日	在安西	
六月三日	安西—万佛峡	150
六月四日至六日	在万佛峡	
六月七日	万佛峡—安西	150
六月八日	在安西	
六月九日	安西—小湾（70）—布隆吉（90）	160
六月十日	布隆吉—三道沟（90）—玉门（60）	150
六月十一日	玉门—赤金峡（90）—赤金湖（40）	130
六月十二日	赤金湖—惠回驿（70）—嘉峪关（90）	160
六月十四日	嘉峪关—肃州（60）	60
六月十五日	在肃州	
六月十六日	肃州—临水驿（40）—双井驿（60）	100
六月十七日	双井驿—深沟驿（70）—黑泉驿（50）	120
六月十八日	黑泉驿—抚彝（90）—沙河堡（40）	130
六月十九日	沙河堡—甘州（70）	70
六月二十日	甘州—东乐（70）—山丹（40）	110
六月二十一日	山丹—峡口（80）—水泉驿（50）	130
六月二十二日	水泉驿—永昌（60）—八坝（70）	130
六月二十三日	八坝—四十里铺（60）—凉州（40）	100
六月二十四日	凉州—河东驿（50）—双塔堡（50）	100

日期	旅程	里数
六月二十五日	双塔堡—龙沟堡（75）—镇羌驿（50）	125
六月二十六日	镇羌驿—武胜驿（80）—平番（30）	110
六月二十七日	平番—红城驿（70）—盐水河（30）	100
六月二十八日	盐水河—朱家井（70）—兰州（40）	110
六月二十九日至七月一日	在兰州	
七月二日	兰州—响水子（40）—下关营（45）	85
七月三日	下关营—甘草店（40）	40
七月四日	甘草店—秤钩驿（50）—十八里铺（42）	92
七月五日	十八里铺—青岚山村（48）—樱桃河湾（40）	88
七月六日	樱桃河湾—张诚堡（60）—太平店（45）	105
七月七日	太平店—高家堡（75）—静宁（45）	120
七月八日	静宁—神林堡（45）—隆德（40）	85
七月九日	隆德—和尚铺（40）—蒿店（40）	80
七月十日	蒿店—平凉（70）	70
七月十一日	平凉—白水驿（70）—王村铺（40）	110
七月十二日	王村铺—泾川（30）	30
七月十三日	泾川—高家坳（40）—长武（60）	100
七月十四日	长武—大佛寺（65）—太峪镇（45）	110
七月十五日	太峪镇—永寿（40）	40
七月十六日	永寿—丰市（60）—醴泉（60）	120
七月十七日	醴泉—咸阳（70）—三桥镇（30）	100
七月十八日	三桥镇—西安（20）	20
七月十九日	在西安	
七月二十日	西安—临潼（50）—西河镇（30）	80
七月二十一日	西河镇—赤水镇（75）—敷水镇（65）	140
七月二十二日	敷水镇—岳镇（35）	35
七月二十三日	岳镇—潼关（35）—七里店（7）—盘头镇（33）	75

日期	旅程	里数
七月二十四日	盘头镇—达子营（40）	40
七月二十五日	达子营—秋仓（20）—灵宝（20）	40
七月二十六日	灵宝—十里铺（10）—大营（20）	30
七月二十七日	大营—文堂（5）—桥头镇（10）—陕州（15）	30
七月二十八日	陕州—洛阳	
七月二十九日	洛阳—郑州	
七月三十日	郑州北行	
七月三十一日	到京	

闽南游记

泉州第一次游记

　　民国十五年十一月三日，天未明即起。五时三十分到模范小学船埠，晤张亮丞及德人艾锷风二先生，同乘划船往厦门，直傍安海轮船。在我们临走的前几天，有许多朋友都劝我们不要去："游历也不是一项正经的事，犯着去跟土匪打交代么？"艾先生很决绝地说："没有这回事，我们还是去罢。"我当时态度亦颇坚定，以为如果被土匪绑去，倒可以经验几天匪窟生活，也是我平生一桩难遇的事。我们二人就不听旁人的劝告，毅然决定行期。亮丞惯走江湖，当然是我们旅行中的好伴侣；并且他是研究中外交通史的专门学者，泉州为中世纪中国唯一大商港，在中外交通史上占有极重要的地位，亮丞之去，为其所专门研究的学问搜寻材料。锷风之游泉州，此实第三次，他所依恋不能忘情的是开元寺的古塔。在我，希望一往灵山，探索回教徒古墓。各人都有一种目的，因此前途虽有怀疑，决不能阻止我们的前进。

　　七时开船，沿厦门岛东海岸折北，可以望见大小金门岛。

十二时进口，因已退潮，不能直达安海。换乘小船，江面狭而吃水浅，约行两小时，离安海尚有里许，小船亦不能进，就有许多人来负客登岸。到汽车站，行李稍受检查。护路军队多山东河南人，跟他们说普通话，居然称呼"老乡"了。

安海离泉州六十里，汽车四十分钟可达，四点十分到泉州站，乘人力车进城，过新桥，有军队驻守，检查行李。桥极长，全系石板，跨晋江上，旁有塔幢，桥北堍有六尺高之介士石像二。南城已拆毁，街道全铺石板，极宽，两旁都是新建筑的房屋，跟厦门市的新马路相仿佛。我们先到南大街天主堂，访任神父（Seraphin Moya）。神父西班牙人，系锷风旧友，和蔼可亲，来泉州传教已二十余年，所以泉州话说得很好。他同我们先去看已故教友陈光纯先生的住宅，预备借宿数天。陈宅亦在南大街，门口很破旧，转过几湾，方是主屋，有洋楼两座，并有园林，女主人一见即允，盛意可感！据闻光纯先生经商小吕宋，颇有资财，前年才故世云。

辞出，同神父往游开元寺。寺在西街，唐时建，初名莲花寺，长寿中改名兴教，神龙中改名龙兴，开元间始改今名。至正间灾，明洪武永乐间重建，万历间增修，郑芝龙又增修一次。院中塔幢极多，大殿后戒台，新近修葺。很有些建筑物，可以把它摄影出来，就是像顶部横柱突出的双翼天人雕刻，据任神父意思，以为基督教遗型的产物，此说我不谓然。戒坛外形，亦跟别处不同。场内藏藏经四立柜，虫蛀了不少。西院系慈儿院，晤知客僧智远，导游西塔。塔名仁寿，初系木造，宋绍兴中火，更造砖塔，宝庆中易砖为石，早于东塔落成十年。明万历三十四年大风，塔坏重修，现在复由侨商出资修葺，尚未完工。智远告我，塔顶尖端下方有大铁缸一，中置瓷像、古钱、写经很多，曾经摄影，复重行放入。我就向智远索阅影片，中间颇多密宗造像，建瓷造像有数尊，惜影片技术拙劣，阅之殊不满意。后又去看东塔，东塔名镇国，咸通六年僧文偁以木为之，宋天禧中加高为十三层，绍兴中易木为砖，高七层，嘉熙二年改建为石，中间经过几次兴筑，到淳祐十年始完工。底层有释尊佛传图近四十幅，雕刻虽嫌简略，余因其数量多，以为有摄影或捶拓之必要，可以与云冈栖霞各处佛传图作比较研究的材料。锷风却注意各层所雕刻的天王像。

傍晚回陈宅，床帐一切，都已备妥，并以饼干等饷客。移时任神父又命人送来晚餐及西班牙葡萄酒，同人且饮且谈，至为愉快。

四日，八时，往访神父，在成元成衣铺门前马路上，见有阿拉伯文残石两方。据闻南大街一处有四五块，深为可惜！遂同任神父往游文庙，庙内榕树颇多，大抵数百年前物。大成殿正在修理，桥栏石刻有母稚二象，棂星门内有南宋碑石。参观后往游清净寺，寺建于绍兴元年，元金阿里，明夏彦高重修。本来有木塔，隆庆间毁去。兹录闽书所载元吴鉴碑记后段文字如下：

元吴鉴清净寺记：

……宋绍兴元年，有纳只卜穆喜鲁丁者，自撒那威从商舶来泉，创兹寺于泉州之南城，造银灯香炉以供天，买土田房屋以给众。后以没塔完里，阿哈咪不任，寺坏不治。至正九年闽海宪金赫德尔行部至泉，摄思廉，夏不鲁罕丁命舍剌甫丁哈悌卜领众分诉宪公，任达鲁花赤，高昌傲玉立至，议为之征复旧物，众志大悦。于是里人金阿里，原以己资一新其寺，征余为文，记其略如此。

清净寺外墙颇高，横石刻阿拉伯文字。进门屋盖作椭圆式。东壁嵌永乐上谕：

大明皇帝敕谕米里哈只，朕唯能诚心好善者，必能敬天事上，劝率善类，阴翊皇度，故天赐以福，享有无穷之庆。尔米里哈只，早从马哈麻之教，笃志好善，导引善类；又能敬天事上，益效忠诚，眷兹善行，良可嘉尚。今特授尔以敕谕，护持所在；官员军民一应人等，毋得慢侮欺凌。敢有故违朕命，慢侮欺凌者，以罪罪之。故谕。永乐五年五月十一日。

屋后北阶上方有阿拉伯文字三刻，十余年前泉州天主教神父 Arnaiz，曾有照片，刊在通报，译后才晓得是重修时的题记，上面说："寺建立于回历四百年，西历纪元一〇〇九至一〇一〇：过三百年后，即回历七〇一，西历纪元一三一〇，耶路撒冷人 Almad 重修"（按西历纪元一〇〇九系宋真宗大中祥符二年，西历纪元一三一〇系元武宗至大三年）云云。院中东面有二石碑，已磨泐，捶拓后或尚可读。西面有栅栏门，上部有附阿拉伯文石三列，门内石墙及上方弧形石刻，依然完好。石墙上部有阿拉伯文一列，石刻有五列。空场牧牛，西北隅为牛皮硝洗处，狼藉不堪。后堂系同治年间提督江长贵所重修。堂中阿拉伯文石刻极多，还有零碎石刻，堆在廊沿下。主教许昆山，江苏砀山人。我在清净寺里分别摄影捶拓，工作了足有四小时。本来请天主堂里的中国人某君，转雇拓手，专拓阿拉伯文石刻，岂知某君同来了一位年近五十岁的妇人，拓永乐上谕，许久不能成一纸，可笑！

　　下午二时出寺，路经奏魁宫，在东壁上发现古十字架石刻一方。原来泉州有三块十字架石刻，载在光绪十五年湖北崇正书院所刊的《真福和德理行实记》。（一）明万历己未出土于泉州南邑西山下，（二）崇祯十一年二月得于泉州城水陆寺中，于耶稣难瞻礼之前日，奉入教堂，（三）泉州仁风门外三里许，东湖畔旧有东禅寺，离寺百步有古十字架石，崇祯十一年三月，教友见之，奉入堂中保存。在该书上有一段按语："水陆东禅二寺皆起于唐，十字碑石亦悉于该寺内外得之，是十字架即不能遽指为唐之前所有，亦当与景教碑先后有也"云云。昨晚亮丞曾以此事问任神父，据说已无下落。今天忽然看见和德理传上所没有记载的一块石刻，当然非常高兴。准备用过午饭后，再来捶拓摄影。我们就回到天主堂。四时拟往奏魁宫，不意神父告诉我们说："摄影可以，捶拓怕要惹起人民反感，因为有许多人向十字架石刻去烧香磕头的。"我们不得已只好依从神父的劝告，照了数片。在当时，观众却很多，丝毫没有什么闲话，我恐怕神父劝告的后面有什么背景罢！虽是一种揣想，但是我对于今早同到清净寺的某君，不能不怀疑。

出奏魁宫，往访早因君令叔苇邻先生于泉苑茶庄；请某君同今日下午伊所介绍的拓手，先到开元寺东塔预备。遂与苇邻闲谈泉州情形约三十分钟，即雇车往东塔。候久，某君竟不至，捶拓事只能留待以后进行。

晚在天主堂用饭，神父出示从前所印的泉州城市图及泉州府志。据今早在文庙遇见的陈君说起，府志木板已毁百余块，旧刻复不易得；晋江县志更难寻觅，全城中只有数部，以后来泉当设法借阅。夜张君来访，邀我们明天二时到伊店中午饭，谢之。

五日，八时，同去访神父，据说现在戒严，各城门今日已有布告，如有出城去的，镇守使不能负责保护，所以东门外的古墓，我们恐怕不能去。说罢，领我们去参观他所经营的中小学。房屋新建，还未完工。楼上有国学专修科，三层楼上平台，可以望远。大海离晋江只有数里，所以在中世纪的时候，泉州可以为世界独一无二的大商港。全城树木极多，远胜厦门。学校空院东一隅，有破屋一间，内停棺木七具。旁有土台，布帷上书"留府郡王"四字，据说留家在明末时候全家赐死的，本来有八具，早年被人盗发一具。我猜想是留从效的后裔，不晓得志书上能否找出一点事迹。

参观学校毕，神父问我们愿否冒险一出东门，我们自然回答他很愿意去。于是雇车出仁风门，守城兵士问了几句话，并无拦阻，城门口亦不见有什么布告，那么，何以神父有清早的一番话呢？出了城，在汽车站上买了几张捐票，一路往东。青山绿水，宛然春景。老神父的闷葫芦，让他去罢。约走两里许，下车步行，斜穿一个小村落，山坡上就看见有许多墓地，最高处尚可望见破屋数间，我们奋勇前进，荆棘遍地，亦所不顾。墓址向南，完全回教式构造，上有墓亭，已颓败。四围有石墙，并有护碑走廊形迹。中央阿拉伯文石刻，系回历七二三即西历纪元一三二三年，元英宗至治三年修墓时题记。Arnaiz氏译文大意说："二先贤当发克福时，来此传教，后葬此山。教徒每来瞻拜，得沐圣恩保佑，愿此二墓长能保存"云云。西侧我竟发现一郑和路经泉州行香的碑记，此碑Arnaiz氏文中没有提起，急为拓出，以备参考。全文录之如左下：

> 钦差总兵太监郑和前往西洋忽鲁谟厮等国公干，永乐十五年五月十六日于此行香，望灵圣庇佑，镇抚蒲和日记立（按明史没有记载郑和是回教徒）。

西南隅有同治十年江长贵重修碑记，东侧有嘉庆二十三年马建重修碑石，东南隅康熙年间重修碑文，已漫漶不堪卒读。此外有同治年间马阿浑墓石一块，并录其原文如左下。

　　岁在著雍摄提格之孟陬，余奉命提督福建陆路军务来泉州，因知东关外有爸爸墓焉。按府志所载，唐武德中，有三贤四贤，传教泉州，卒葬此山。葬后，此山夜光显发，人因而灵之，名斯墓曰灵山。明永乐钦差总兵太监郑和，前往西洋忽鲁谟厮，行香于此，蒙其庇佑，立碑记。我朝康熙年间，福建汀邵延等处总兵官陈有功，陆路提标左协中军游府陈美，乾隆癸卯辛未孝廉郭拔萃、夏必第等相继修葺。迄今日久坍塌，募捐俸重修，再建墓亭，悬匾额于其上，以昭灵爽，用答神庥。竣工，约共事而为之记。署福建全省陆路提督军门漳州总镇，西蜀马建纪勒石。

　　我教之行于中国，由来久矣。泉州滨大海，为中国最东南边地，距西域不下数万千里，则教之行于斯也，不亦难乎！同治庚午秋，长贵奉命提督福建陆路军务，莅任泉州。下车后，询问地利，部下有以郡东郊有三贤四贤墓告者，初听之而疑其误也，继思之而恐其讹也。公余策马出城，如所告而访之，二冈之上果有两墓在焉，而不知其始于何代及为何如人；墓侧碑碣，苔蚀沙啮，字迹漫漶，多不可辨。唯我蜀马公权篆时所撰立者，上故有亭，向未磨灭；而亭久倾圮，碑仆卧尘沙中，已不知几历年所矣。竟日爬刮，继之以淋洗，始得约略扪读；证诸郡志，乃获其详。盖三贤四贤于唐武德中入朝传教泉州，卒而葬此山者。厥后屡显灵异，郡人士咸崇奉之。明永乐太监郑和，出使西洋，道此蒙佑，曾立碑记。我朝康熙乾隆间，泉之官绅，迭继修治。马公重修事在嘉庆二十三年，乃其最后者也，然于今已五十四寒暑矣。其间水旱兵燹，未尝无之，虽荆棘丛蔓，不免就荒，而两墓岿然无恙。且适有来官是土之余，以踵马公于五十四年之后。噫！得毋两贤之灵，有以默相之乎！然则西域虽远，其教之能行于中国最东南边地也，更无论矣。于是捐廉择吉，鸠工重修。既竣事，记其崖略如此。唯冀后之来者，以时展缮，勿任其如马公及余相去之远，而未葺治，日复一日，渐就湮没也。是则我教之幸，抑亦余所深祷者尔，是为记。同治十年，岁在辛未季秋之月，下旬榖旦，钦命提督福建全省陆路军务，执勇巴图鲁，赞亭江长贵盥沐敬撰。

同治壬申年，七月初十日，故四川成都六品军功，马阿浑永春之墓，盐亭乡愚弟江长贵顿首拜立。

当时 Arnaiz 氏在先贤墓附近发现一基督教徒所刻阿拉伯文残石，原文极简，除人名地名外，别无记载，因此任神父以为此古冢，实系聂思托里派教徒的坟墓。亮丞对于武德间马哈默德派遣圣徒来泉传教一事，就地理沿革上观察泉州地位，以及回教当时情形，颇有不能相信之处。我对于亮丞所怀疑的，极表同情，但是进一步说他不是回教坟墓，或竟说他跟基督教徒相合葬的坟墓，我不敢附和其说。一因 Arnaiz 氏所发现的残石，文字太简单，不足以为墓石证明。二，《真福和德里行实记》上所记载的第三块古十字架石刻，说在仁风门外三里许，离东禅寺百余步，田侧泥泞中发现的，地位适与灵山回教墓相近，或即当时所谓城外近处所创建之修院（见《和德里行程记》第四十三章注中引西历纪元一三二六年，即元泰定三年，主教意大利人安德肋柏罗瑟由华致函本国之言）亦未可知。三，回教徒服从教规极严，团结坚固，在跟基督教徒同居泉州的当时，虽没有发生宗教上的争斗，但是不能证明基督教与回教有融合的形迹，因此就说他们的坟墓有同在一处的可能。

先贤墓坡下，回教徒坟墓极多。东侧山坡有短墙拦住，是敕赐承天寺僧的墓地。略阅一周后，同神父往观东门外市梢牌坊，接二连三的约有数十。两牌坊间的距离，远的约有丈余，近的只有四尺，密度如此，为向来所未见。其中道光、同治年间的节孝坊最多，本来闽省所谓节孝风气，提倡得很厉害，有搭台强迫儿女尽节的恶俗，闽杂记及福建通志中记载颇详。此许多节孝坊，不晓得坑死了多少儿女。真能使人一见为之惊心动魄！

进城饭于天主堂，某君今日却未见面，捶拓事只得以后再行设法。饭后回寓，匆匆整理行装，时已三点。锷风还要多住一日，计划如何着手东塔全部摄影，我同亮丞先行回校。遂携行李往访张苇邻先生，张已备席邀饮，不得已辞之。雇车出城，趋汽车站，随即上车，五时左右到安海。沿路所见房屋，都用红砖砌墙，仿佛新式村落，别成一种景象。到安海后，投宿任神父所介绍的天主堂，晤任主教，我跟他说起郑成功的事迹，他告诉我，本地平民医院郑君即系延平后裔，我就挽他同去访问。医院在安海大街，安海虽非县治，商业颇盛，有三里市街五里长桥之谚。到医院后，承任主教介绍，郑君谈论豪爽，说起关于延平传说，眉飞色舞，一座都为之动容。他说：

"延平故乡在石井，离安海有二十里，坐帆船半小时可到，从水头村去可以。现在村中有三点会，外面人去，恐怕有些不方便，最好有熟人同去。延平所用刀帽，从前都有，存在族长处。后来住在厦门的族人看见此种物品在日人手中，就问族长，据说遗失了。现在遗像还在延平祠堂里，安海照相馆中有一张影片，有人肯出过八百元，族中人不敢出卖。延平之母田川氏的墓地在石井，有许多传说。在阴天的时候，对岸白沙居民，往往看见坟墓上仿佛有一个人踱来踱去。民国十二年有一郑姓军官，京兆人，驻守石井，很不相信。有一天军官看见一个黑的东西在他前面，军官开枪轰击，黑影还是照样地走着，军官一路追击，直到墓地，却无影踪。不过这些话似乎有点迷信罢了。石井除姓郑的外，还有王张许吴等十姓左右。姓郑的都住在四围，约有二千余人，大半业渔。亦有往新加坡去经商的，姓郑的所以住在四围的缘故有两种传说：（一）王张许吴等姓先在石井，姓郑的后去，所以住在外圈。（二）姓郑的在当时恐怕为别姓压迫，所以取包围形势。大概以第一说为近似。台湾延平后裔很多，十几年前每年尚派代表到石井祭通谱。石井隔海白沙海滩，遗留当时所用巨炮五尊，乡民称为'五马跳海'。外面人不容易寻到，就是要问本地人亦不肯领你去，因为本地人很敬重他，当作一种神道看待。我在白沙看见过，炮身上还有伦敦字样，西历纪元不能记忆了。小炮一尊，已经被窃。总之关于延平的传说及遗迹，石井附近很多，将来有机会，可以同去调查。"

谈得彼此都很高兴，忽然驻军吕营长来访，我同亮丞即辞出，往照相馆定印延平遗像，遂购火炬燃之归寓。

六日，清早到汽车站，轮船就搁在车站南面浅滩上，候潮约两时余出口。下午二时到厦门，海军及关卡稽查，费时很久。下划船先到鼓浪屿白室用饭，饭后回寓。

漳州游记

民国十五年十一月二十七日，黎明到船埠，晤艾锷风君，同行赴厦，趁开往浮宫轮船，前游漳州。搭客已极拥挤，而续来的还是纷纷不绝。喜晤孟温玉霖和清玉苑昆季四人。后来因搭客过多，海关不许开船，船主特雇划船数只，分载搭客数十人，先往鼓浪北面海中等候，自此轮船始行开出，时已十时。过塔岛后，向西进海门内港，复稍偏南。直西系月港，现称月溪，为嘉靖间倭寇入寇之所，可通石码，因水浅，小轮不能直达，所以自汽车路通行后，都赴浮宫搭车，较为便利。十二时左右，到浮宫船埠，上岸就是漳汀龙始兴汽车公司车站，约候半小时开车，经海澄县石码水头三站而至漳州，费时仅一小时余。先到桥头，陈炯明在漳州时所修建，名东新桥，长过横跨晋江之新桥。出站雇车，往访吴神父（John Fernandez）于崇正书院（St. Thomas' College）。神父西班牙人，在漳州已四五年，说本地话颇流利，其与余等谈话则用英语。承其招待，以某教员所住卧室为余与锷风寄宿之所，遂即引导参观标本室。所藏以鸟类为多，据说美国派有专人，在平潭县（按平潭县治在潭南岛）一带搜集，所得材料颇富。兴化沿海贝壳，闻亦不少，但是标本室中所搜罗的，却只有数十种。图画成绩室，写实少而模仿多。神父复指示校中各种统计，可惜数字上的记载，很不容易使人有深刻的回想，尤其是我个人，并不是专门研究教育的，又不是奉命调查教育状况的委员，所以对于统计竟不想看，不想问，更无余暇抄录它占据我个人游记中的篇幅；在吴神父的殷勤指示，从一方面观察，或者是表示他办学的成绩，然而从另一方面想起来，假使他竟把我当作一般调查员看待，那么，似乎太幽默了。

崇正书院参观毕，复领导吾们到崇正女学，很欣快地参与吴神父所预备的茶点，并且因此认识了两位贞女（Sisters）。一籍西班牙；一籍厦门，但是她的父亲是葡萄牙人。

辞出后，神父复导余等参观天主堂附设之爱人医院。院长吴君，龙溪人，学医于台湾医专；据说漳州城内西医有二三十人，其为正式医学出身的，不过二三人而已。出院同锷风去访林氏昆季于东大街。稍坐，即回寓用晚饭，神父以西班牙 Anisado（一种甜酒）及 Vino Tinto（赤酒）相饷，闲谈颇久。

二十八日，早起，林氏昆季来访。九时同崇正毕业生江君到车站，乘车往游白云山。山距水头尚有二里，我们没有到水头，就下车了。从田垄间斜往东南上山，一路尽系松树，约五里到百草亭，有朱文公解经处石碑。后有殿三楹，额书"紫阳书院"四字，中塑朱子像，有朱子书"与造物游"匾额，旁悬"地位清高，日月每从眉上过；门庭开豁，江山常在掌中看"一联，亦朱子所书。壁嵌乾隆道光年间重修碑记，殿后为白云殿寺。寺僧出本山茶饷客。寺侧有一池，所产小螺，悉无尖端。寺僧说：当年朱子在山，曾以食余残壳，掷诸池中，是以有此异产云。昨日玉苑亦告我，当朱子读书于八卦亭时，为蛙所苦，有一天，获得一蛙，朱子以朱笔圈其头而释之，嗣后塘中所产之蛙，咸有红圈围绕。此外关于朱子的传说很多，当另行搜访记之。

山中树木极多，境颇幽静。下山后过汽车路，有一小塔，上缀榕树一株。昨天在车窗中曾经望见过，我立时就得到一种极深的印象，以为假使有机会走过此处，万不能轻轻舍去，果然今天白云归来，不到两里路，就可从容欣赏这撩人情思的小建筑物。这是何等的奇遇呀！塔的四围，都是稻田，它在很平泛的环境里，独标高岸，昂然耸立，大有气吞白云之势！塔尖树枝，扶疏掩映，助其婉丽；但是妩媚中依然可见卓尔不群的态度，仿佛看十三旦的《新安驿》，细腻处一往情深，豪爽处如试并州剪，如啖哀家梨，不由人不眉飞色舞，拍案叫绝。区区一小塔，足以移我情的，亦就在此。有诗景，有画意，所可惜的，我没有丝毫文艺上的天才，只有乞灵于机械的摄影器。黔驴之技，如此而已！对之徒增愧羞！二时三十分到水头站，候车，眼见一辆辆过去，竟不能得一座。有时于便利交通的工具上，所获得的观感，适觉其反，如数年前我在定州时所感到的，今天遭遇，亦不过加增我一重迷惑罢了。六时十分来车，尚有余座，因此买票回漳，先到保元药房晤孟温，决定明日往访唐代古墓，随即回寓。

二十九日，未明即起，六时四十分往车站，孟温后到，遂雇一专车回往浦南。一路重雾中，山树隐约可辨。八时二十分到浦南，孟温访其友，询问路径，约三十分间。出镇，沿九龙江西岸山坡往北。橘树香蕉，满目皆是。橄榄树颇高，结实累累，摘而啖之，颇异常味。此外松竹极多，江中时见白鹭立沙际，远处天宝山高耸于北，云气潝然，帆影数四，若远若近，宛如图画。锷风说：瑞士风景甲全欧，以拟九龙江不逮实甚。我在北方久，所见景物率粗野，前年游玄墓，始与故乡山水相接，今来漳州，明媚殆犹过之。锷风所告，或非过誉。约行十五里到吴仓，在孟温亲戚蒋君处休息一小时。蒋君出煮番芋，并吴仓柚子饷客。柚子虽小，皮薄而液多，远胜厦门市所通称之文旦。后蒋君导往访墓，约半里，果见石兽翁仲。但一按碑志，大失所望。盘桓片时，仍遵原道回浦南镇，已近三时。就趋车站，询站长，据说已无去车。本来在四时六时各有一次，现因车辆不敷，临时停止。我们就托站长通电漳州，拟专雇一车，复电说漳站已无余车可拨，时已四时。遂决计步行回漳。

按诸邮政地图，漳南间有四十里，通常说三十里。七时余，到漳州，回崇正寓所。识西班牙神父 Martinez 君，他晓得锷风在漳，特自天宅赶来相晤，善歌曲，和蔼一如泉州之 Moya。

三十日，七时早餐毕，同锷风往访孟温于东大街，孟温命其公子惠元导游。先到一古玩铺，看了许久，就去访开元寺遗址。其东关帝庙旧有照壁，镂刻人物鸟兽极生动，锷风处藏有影片，现在已无残碑可得，据说张毅修庙时所毁，锷风为之叹息不置。开元寺地基已改学校，旧时殿院，已无片瓦。按志书开元寺于贞元间移建漳州，元元贞间重建，寺极弘敞，为诸州禅林之冠。旧有唐明皇铜像，咸通经幢及宋仁宗御书经疏百二十卷，现在只存咸通经幢，余均散逸。

自此往南，到龙溪中学，有石刻罗汉四尊，跟公园事务前所陈列的四尊及石刻韦陀一尊，都是民国九年时由开元寺移来的。雕刻式样，与泉州开元寺东西塔石相似，疑系同时代的作品，但是志书上并无丝毫记载。十一时同惠元渡旧桥，乘轻便铁道往游新塘。村离南门约三里，邻近十余村，田中都种水仙花，上覆稻草，唯新叶透露于外，弥望皆是。据说每年出口往美国的，年有十万元，去年出口之后，在土壤内检出一种寄生虫，可以传播疾病，今年就无人来漳，坐庄收买，价值因之大跌云。遂同惠元进城，到国民党区党部，晤周君。锷风孟温已先在，偕往政治部，要求参观公园附设之美术馆，承他们慨然允诺，即行转知通俗教育图书馆，启封开锁。吾们就欣然辞出，往游美术馆。馆为陈炯明所创立，张毅退走前，军队驻扎于此，颇多蹂躏。正屋五间中，席草狼藉，门窗悉已毁坏。所陈列的物件，只有唐咸通经幢及铜佛一躯。幢上刻佛顶尊胜陀罗尼经，系咸通四年（西历纪元八六三）漳州押衙兼南界游弈将王峛建造，宣义郎前建州司户参军事刘镛书，后有朝议郎使持节漳州诸军事守漳州刺史柱国崔衮，大德僧义中等题名。志称："镛书结法遒劲，有晋人风致，漳南金石刻文，此为其冠。"可惜军队驻扎以后，毁损已多，原拓片又不易遽得，后当设法觅存。铜佛像，据志书所称是崇宁甲申年（西历纪元一一〇四），因营建万寿禅寺，于寺基正殿下掘土一丈，得此金铜无量寿佛一躯。按其形制，当系北宋初或中时作品。

出美术馆后，即回崇正，整理行装，并向神父辞别。匆匆趋车站搭车，直赴浮宫；稍待，轮船到埠，乘之回厦。计在漳前后三日，关于考古方面材料，所得甚少。本来漳州古迹中可记的，有开元寺殿后宋进士题名之千佛阁、普贤院南唐时李将军墨迹、开元崇福二寺所藏宋帝御书二百四十卷、开元景祐铜钟、净众寺内宋制佛光屏等等，自经倭寇发乱，两次浩劫，古物荡然无存。陈炯明改革市政以后，开元劫余取剩不刻，尚能保留若干，还算幸事。至于附郭景物，西溪我不得而知，北溪自浦南以上，处处可以令人流连忘返。最好雇一帆船，溯江而上，床头置远年绍兴酒一坛，得饱看闽南山水，是真乐事！

漳州附近交通，如将来汽车公司发达，车辆加增，车路展修，自极便利。但是照现在情形看来，恐怕还是一种理想吧？现在已成的车路，有东南西北四线，其路线略如下图：

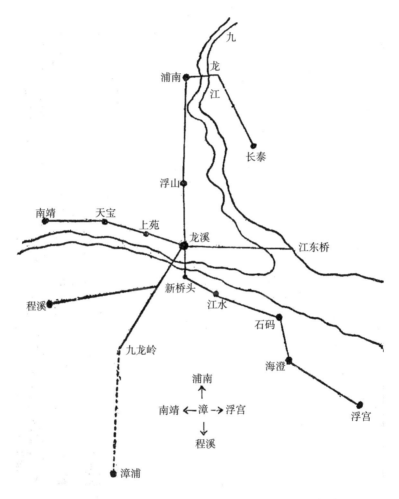

头等车五座，二等十五座，自浮宫至漳州头等每座一元七角，二等一元〇八分，包车照座位计算。轮船自厦门到浮宫每人三角，电船五角。

　　漳州城内通用小洋，系陈炯明在漳州时所铸造之民国八九年，及张毅时代民国十三年双角两种，每一银圆，约兑二十角。城中有人力车，但是车辆颇少。最热闹的地方，是东大街，妓女一到晚间，大都徘徊街市。第一公园已改为中山公园，张毅德政亭内碑石已取消，拟改刊孙总理遗嘱，镇守使署为东路总指挥留守营及政治部监察员办事处，府学明伦堂现为国民党区党部。马路均系拆城后所筑，颇宽广清洁。自浮宫到漳州，一路尽系稻田，正在收获中。打稻即在田中工作，用一木桶，三面围以竹制直帘，田忙以男子为多。女子大都缠足，与泉州风俗迥乎不同。泉州肩挑一切，十之八九，均系妇女。天足，青布裤褂带余身，反摺袖，简朴洁净，兼而有之。头插鲜花，或纸花极多，别具一种风情。这亦受中世纪泉州为通商大港的影响吧?

泉州第二次游记

民国十五年十二月十五日，未明，偕颉刚、孟恕到小学船埠，趁小船赴厦门，上安海轮船（船名后海），六时半开出。海中大雾，将近石井时始渐次清朗焉。到安海，仍由小船转运，赶乘汽车往泉州。至新桥头，复换人力车，趋西街开元寺，晤智远及转晤方丈，即将行李安置于慈儿院楼下车厢。刘君谷莘来访，刘君者早因君之戚串，受其嘱托，特来招待者也。饭后，同往私立中学访吴君。出至泉苑茶庄，晤莘邻霭人二兄。最后往文庙，陈君适往南安，即与颉刚诸人遍游庙内各处。

泉州文庙，两庑从祀者旧皆塑像。温陵事考云："元至治元年，总管廉忱始甃台塑两庑从祀像"，可征也。明嘉靖时改用神牌，与殿后别筑高垄藏之。垄前树一石曰"圣贤瘗像"。方池石桥为至正九年卢儒所筑，石栏母稚二象石刻，其为元代作品可以无疑问矣。晤曾振仲先生，闲谈泉州掌故，直至傍晚始辞别归寓。

晚，天阴，起风，颇有北方初冬气象。饭后，商定分工记载办法，神祀归颉刚，风俗说归孟恕，古迹则余任之。拟后日往游洛阳桥，并重勘灵山回教遗迹。

十六日，吴曾二君饬人送来《闽书》、《泉州府志》、《晋江县志》、《闽中摭闻》（乾隆丁未年刻，邑人陈云程孙鹏辑）、《青毡笔录》（晋江柯淳庵辑）诸书，自此可不虞无参考书矣。谷苇兄来，同往文庙，以陈君往南安未晤。遂到泉苑，同霭人兄往奏魁宫，拓十字架古石刻。十二时回泉苑，苇邻兄出示所藏书画，《黄道》《周立幅》下截已短两字，《蓝瑛》《小册》多虫蛀，殊可惜也。饭后苇邻兄为导，先至清净寺，许主教已出门，即去访吴桂荪先生于叠芳桥。吴公富收藏，为泉郡名进士，出示德化造像数尊，背有何朝宗印章，惜手指均有损坏，非完璧矣。铜罗汉像四，为小开元寺中物，寺僧售诸吴宅者；尚有十余尊，不知消息。云系唐制，实则衣褶像式确系赵宋雕刻。背有"心字"二字，其作者之印记欤？宋瓷碗二，一大一小，出土于涂门外马只乡之某山。山故有"宝藏"二大字石刻，乡人于此垦掘得之，殆宋末宗室欲渡海时，中途溘逝，殉葬之物也。大者与天水出土者相近，小者宛然巨鹿所见。国姓瓶一，高约近尺，口小，外附贝壳甚多，为郑延平装盛火药之陶罐；沿海渔民往往得之，市诸泉州，只三四元而已。余为之摄一影，斯亦延平事迹之可以记载者也。

辞出后，同谷苇往访铜佛寺于平民学校，寻游清源书院。书院为施烺府第之一，雅有园亭之胜，历年为北军所居，已十毁其九矣。经道口街育文堂，颉刚为风俗调查会购得泉州唱本数十小册，府志则缺页百余，且价亦不贱，却之。复往承天寺匆匆一览而出。经开闽王氏家祠，叩之不应，遂回刘宅小坐，归寓。

晚饭后，翻阅各种参考书。其与今日所游有关者：

（一）温陵事考于开元寺条下有"……历五代至宋，更创支院百区（一作二百一十七），元刘鉴义奏将支院合为一大寺……"云云。是则小开元寺之铜像，其为宋制可以得一旁证矣。

（二）府志（县志艺术门略同）"王弼小名盛世，晋江人，工诗文书画，尤喜塑土写真及诸仙佛像，独造其微，虽阿尼哥、刘秉元鬃帛脱活者，不能过也。同时又有何朝宗者，不知何许人，或云祖贯德化，寓郡城，善陶瓷像；为僧伽大士，天下传宝之。"此即今日所见建瓷造像之作者何朝宗也。

（三）承天寺，本为月台寺，五代节度使留从效之南园也。南唐时建，号南禅寺，宋景德四年赐今名。有七佛石塔，宋僧祖珍建，间植榕树，砌栏之。宋邱葵诗"堂外幡幢垂夜影，栏边榕树动秋声"者，即指此。元末毁于兵火，洪武初僧原辅建佛殿，道陵建佛堂，东西二经藏，智庄建轮藏及三门，永乐中建罗汉堂及山门，己未复被兵燹，庚申重建佛殿，万历二十四年重修东西廊；是以除石塔外，承天寺固一再被兵而重建者也。

十七日，早起，天雨；城外之游，只得作罢。与颉刚孟恕参观戒坛藏经，散缺甚多。戒坛以木栏围之，拾级而登，四面均有阶道，建筑极庄严崇焕。上悬"法净法身"匾额，为紫农山人洪承畯所书，颇挺拔。

考诸《闽书·方外志》，戒坛为宋时敦照禅师所建，关于戒坛建筑的内容记载颇属详细，其言曰：……

本州开元敦照禅师……览南山图经，因太息以寺之戒坛制度，椭陋不尽师古，其徒作新之。既成，恐来者诞之也，使崇灌者序表法刻之石，其略曰：按图，经坛五级者，五分法身也。位北向南者，生善灭恶也。第一级高一肘者，制心一处也。第二级一肘半法轮土坛量者，绍法王位也，第三级高二指者，直俗二谛也。覆方七尺者，七觉意也。下二级阔狭随宜，不表法也。四阶道者，便涉降也。中尊象者，佛在临其上也。上三珠中天建坛释梵所献者，戒珠莹也。佛后四位，一楼至，二定田邪，三马兰邪西土注立坛主，四南山师，北方弘律祖也。东西相望十坐者，十师位也。下级十金刚者，不坏也。四围神像者，护久住也，下列龛穴者。准灌顶经护三归各十二神合三十六护五戒各五神合廿五，有六十一龛也。上级四王环十六神者，并以本愿在处护法也。龛列廿八宿，出没照临同护也。栏柱金翅啖龙者，制除业惑也。栏柱下多狮子者，出家寓？其魔，外无敢犯，如彼威伏百兽也。内有九龙擎珠，效祇园钟台下龙沐水也，灌顶相也。中置法界轮者，以法界境量开悟受者，万法惟心，无始倒迷翻恶成善也。为屋而涂绘者，俾登之上敬也。

今之所见，或未必尽与宋制相符，顾大体尚不谬也。随以镁光摄飞天一幅，以备日后参考。

九时，似有晴意，遂与颉刚、孟恕往访谷苇兄于新府口，小坐，同游玄妙观。继往玉犀巷黄宅，晤吴君藻汀，园中老桂尚作花，盆兰颇多。出至李宅（世袭壮烈伯李廷钰后裔），因主人他出未晤。还访黄孙戴君，黄君出示旧藏黄山谷祝允明墨迹手卷，石章一刻，"帝许能文"为李家物也。辞出后，复至李宅，候久，主人卒不来，乃出。途经县教育会，观韩魏公石刻画像，系道光时周凯所摹。往南大街，颉刚为风俗调查会购件。遂往金鱼巷某宅，得见瓷器二三十件，顾德化精品极少，一水盂，瓷胎细而薄，刻龙亦颇生动，一侧有寸余长之裂痕，至为可惜。观音像一，双鬟后垂，斜倚莲座，衣褶细劲而飘举，惜叶复折其二。此外又见书十余件，仅有王渔洋《柳州话别图》手卷及杨西鹤《仿古册页》尚佳。二时同谷苇至玉兰亭午饭。

饭后，往清净寺，晤许主教，略坐即出。至三义庙武成殿，看诸葛鼓，又往南校场棋盘园，蒲寿庚府第遗址也。讲武坊，待礼巷，灶仔巷一带，当时均在府第范围以内，蒲氏声势可想。自此往南门，游天后宫。宫宋庆元二年建，永乐五年使西洋太监郑和奏请拓之，而宫宇益崇。殿前石柱，雕盘龙，极飞舞，此在漳泉两州祠宇大抵如是；顾此天后宫，则别有一故实焉。据闽杂记云：

> 两石柱……右柱者犹疑神工，相传师徒二人分制。师成，胜于弟，人皆誉师；徒耻之，闭门精思，龙降于室，凝视而默识之，遂成此柱，师亦束手。自叹不及，即今右柱也。

龙降之说，虽涉诞妄，而此二柱，其为名手所作，可断言也。出南门访陈泽山先生，云尚在南安，未获晤谈，至以为憾，遂往新桥，折北，过文信国祠回寓。

途中见有迎神问卜者，详情具见颉刚所记，兹不复述。沿街搭台演剧者有两处，勾脸扎扮，均在道旁。聆其所歌，音节简单，后场用笛色，亦用梆胡，有时和声合唱，酷类高腔班之帮腔。谷苇告我，此大班也。别有所谓七子班者，班仅数人，专尚小戏云。考诸闽杂记有"七子班……其旦穿耳敷粉，并有裹足者，即不演唱，亦作女子装，往来市中……"之语。民国以后，恐亦无此习俗矣。

十八日，早起，往访谷苇。至洪衙亭，寻洪承畯旧府遗址，仅存石阶，余则瓦砾一片而已。志称："承畯方贵盛，畯独偃蹇岩壑，夷然物外，自号紫农山人，以书翰篇什自娱，其兄不能强焉。"旁有唐忠烈祠，祀张巡许远，为承畯所建，匾亦山人手笔。闻泉郡新正有明糖一种，亦为承畯所命名，其志可见矣。出至朱文公祠，以门扃不得入，转至蔡巷。蔡巷者，因有蔡京府邸旧址，故名。遂出东门趋泉洛车站，候车，行半小时，乘之东行。约二十分钟，达洛阳车站。站在蔡忠襄祠侧，离桥约半里，桥口有"海内第一桥"刻石。

洛阳江，古名万安渡，界晋江惠安二邑，唐宣宗微时游此，谓山川胜概，有类洛阳，因以名江。江流迅而险，设遇风雨，数日不能渡，宋皇祐五年，郡守蔡襄为建石桥，翼以扶栏，并建石塔，以为桥饰。计在南者有二，中部椭圆，四面刻佛像，方础尖顶，与承天寺七佛石塔同式。中央有四，为民家所占者一，方形，顶部四角有突起，其一则四面分刻梵文经偈月光菩萨种种。在此者有三，作五层塔式，桥堍复有石像焉。北岸略有市集，有朱文公祠，塑像似漳州白云山所见，为有军队驻此，未获摄影。遂还车站，小憩蔡忠惠祠中候车回泉。

正殿两侧立洛阳桥记石刻二，其碑文云："泉州万安渡石桥，始造于皇祐五年四月庚寅，以嘉祐四年十二月辛未讫功。累趾于渊，酾水为四十七道，梁空以行，其长三千六百尺，广丈有五尺。翼以扶栏，如其长之数而两之，靡金钱一千四百万，求诸施者。渡实支海，去舟而徒，易危而安，民莫不利。识其事卢王实许忠浮图义波宗善等十有五人。既成，太守笛阳蔡襄为之合乐谦饮而落之。明年秋，蒙召还京，道由是出，因记所作，勒于岸左。"说者谓君谟此书，雄伟道丽，结法自颜平原来，束法用虞永兴云。台侧供一塑像，左手持小牌，上书醋字，即相传投文下海之隶卒夏得海也。犹忆洛阳桥杂剧中有下海一折，二十年前余曾向名曲师张云卿习之。唯此剧中有低四，音节近弦索调，唱虽难而动听异常。其间妙处，尽在顿挫得宜，若呆守工尺，则棱角显明，兴趣索然。七八年前，云卿走京师，笛锋锐退，仅有絮阁，佳期数折，尚能流利自如，不减当年，下海即远非昔比；今则云卿去世已五年矣，谁能奏此下海曲耶？兴念及此，不胜天上人间之感！

三时乘车至瑞枫岭，岭离灵山回教墓尚有二里余。到山后遍觅阿耐氏所称之基督教徒刻石不得。康熙间重修碑记，因风大亦不能拓，遂还大道。谷苇导游东岳庙，庙在凤山之阳，规模极阔大，惜为军队所毁。附记唐宋以来忠义者十人，有关岳，有张巡许远，有文文山陆秀夫等。又有三王祠。三王者，开闽王潮、王审知、王审邦也。国圣妈，即延平之母田川氏，泉人之好花摊者，多祈梦于此。余详颉刚所记。

将近东禅寺，忽发现古墓一处，石棺四五具，其偏近大道者，有阿拉伯文石刻焉，文字之下，复雕图案花纹三层，寺之后亦有石棺四五，唯无纸文字耳。拟明日来此，工作一切。遂进东门，往游崇福寺。寺在城东北隅，宋初陈洪进有妹为尼（闽书作洪进女），以松湾地建寺，名千佛庵，元祐六年，改名崇福。地有晋松四株，询诸寺僧，寺僧茫然不能答。荔树颇茂，相传亦宋时物。钟楼悬巨钟，能声开二十里，并附有一种传说，孟恕记之。至东街，饭于四海春。

回寓后，以日间被风，全身极倦怠，乃拥被而卧，竟发寒热。寓所中仆役入夜则哄然聚谈，未明即叩门，搅人清梦。半夜楼上，复有慈儿念经夜课，钟声并作。此外蚊也，蚤也，均能使人感受不快。颉刚日来，亦苦失眠，常于夜半披衣起，燃烛阅书。

十九日，谷苇来，同出西门。五里，西埔乡，访所谓十字架石刻，至则一释氏造像也。胸间刻卐字，乡人遂以误为十字云。又五里，至南安县学，有郑忠节焚青衣处碑石。进南门，小憩于南安高等小学校，校故南安书院，频年驻兵，毁损颇多。十二时，往游九日山，黄君为导。山在城西，离城约三里，重九日邑人于此登高焉。唐秦系，姜公辅，韩偓先后寄迹，宋为士大夫饯送雅集之所，朱文公曾载酒于此。山麓有寺曰延福，仅有一殿。山半有"泉南佛国"四字。其上曰秦君亭，为秦系遁迹处。闽中摭闻云：

> 会稽秦公绪系，避天宝之乱，居南安九日山：有大松百余章，为东晋时物。公绪结庐其下，穴石为砚，注老

子，弥年不出。姜公辅谪泉访之，与语穷日不能去，乃筑室依焉。公辅卒，公绪葬之山下，人为立亭曰秦君亭，号山为高士峰。

石佛岩在高士峰巅，有石佛一，为陈洪进所镌。此外晋朝松，妙墨堂，已无遗迹可寻，遂怅然下山。候车山麓，许久不能得座，复步行至南安站。最后得一车，客座已满，予与颉刚、孟恕、谷苇分立车旁。肩为车顶所压住，不能直立，极为狼狈。予笑谓颉刚曰：此马弁生涯也，个中甘苦，洵非局外人所能知矣。到西门，访大中经幢于站旁，剥蚀处已不少，不逮漳州、咸通经幢远甚。进城至南大街，购规宁锭，归寓服之，寒热复作，睡后又屡醒，深以为苦。

二十日，早同孟恕，往访谷苇。复至清净寺，晤许主教，十一时归寓用饭。饭后出东门至东禅寺，先在寺西工作。孟恕助予抚拓石棺上阿拉伯文石刻，拓后摄影，孟恕复一一为之测量石棺长短，层次高低，及其与大道并东禅寺屋角石阶之距离，予又为之助。如是约两小时，遂即转至寺后，次第工作如前。最后于大道之北，又得石棺五具，并有一阿拉伯文碑记焉。抚拓摄影测量绘图，唯与我与孟恕二人是赖，蔡仆童稚，照顾镜箱器具，又虑未周，安能望助，孟恕与余共同操作，此为第一次，颇得其力，予甚感之。

此古墓三处，予以在东禅寺西者，假定为甲区，寺后者为乙区，大道之北者为丙区。甲区石棺之显露于地面者有五，其有阿拉伯文石刻之石棺凡三，可拓者仅二，乙丙二区之石棺均无阿拉伯文石刻。

石棺第一级刻阿拉伯文，其不刻文字者以花纹代之，第二级花纹，作扁平宽阔之箭头形而略倾斜，第三级花纹回环，亦有作五瓣花式者，第四级略似如意，勾搭处颇见匠心，花纹之大略情形如此。石棺上面中央部，往往有长方形之空陷，其式颇似近代基督教徒石棺中央之种花部分。乙区，区域大而石棺少，其一上部已倾斜，微露石棺内部。丙区石棺排列极整齐，阿拉伯文碑记树于石棺面上之一端，其式亦常见于近代基督教徒之墓地。碑记文字阴文，以年代久，磨泐颇多。唯此丙区，四面荒冢累累，疑皆后代所侵占者，非一事也。

东禅寺志称在仁风门外东湖畔，唐乾符中建庵，广明元年改赐今名。《真福和德理行实记》所载之古十字架三石，其一即得自离东禅寺百余步之田中者也。今此甲区古墓，离东禅寺亦仅数十步，甲区之南即系田园，相去只数武耳。然则此古十字架石刻，其与古墓有关系耶？此可疑者一也。

据阿耐氏之所报告，灵山回教墓附近，有用阿拉伯文记载基督教徒姓名籍贯之残石；因此可以证明当时在泉州之基督教徒，有应用阿拉伯文字之事实。则此甲区所发现之古墓，其为回教徒耶？抑为基督教徒耶？此可疑者二也。

回教徒之墓地，其显露于地面者，底部边缘长方，突隆面作半圆形；雕琢者往往在长方部之一侧，此常例也。基督教徒墓地，显露于地面之部分，往往高至数尺，作层阶式，四侧常刻花纹，中央部空陷，便于种花，亦常例也。此可疑者三也。

中世纪在泉州之基督教堂，东门外有一所，屋宇华美，园林茂密，当时西洋教士致彼国教友函中，常称道之。其与前见之古墓相近耶？抑当时教堂之墓地即此甲乙丙三区耶？此可疑者四也。

所幸甲区石棺上之阿拉伯文，完好可读。丙区碑记，虽多剥蚀，尚能分辨。翻译之后，可以告吾人真相矣。

五时工作完毕，归寓晚饭，精神颇佳，翻阅闽书，得关于倭寇材料甚多，录之别册。

二十一日，谷苇来，同往西隅师范学校，参观日本教堂。有光绪二十七年郡守赵文敦所赠之"雅化作人"匾额，当时传教师田中善，为大谷所派，来泉州任新化学堂堂长兼主布教事宜。后有田中秀明及松本义成二墓。田中秀明者，田中善之女也。出至莲心庵，有"大无莲心"横额，款署两朝隐人洪承畯拜书。说者谓莲与良谐声，殆指其兄洪承畴欤？随往城隍庙，庙为五代留从效故宅，周显德三年舍为寺，名报惠，宋初名资寿，明嘉靖间始改为城隍庙，故院中有释氏石塔焉。往东，至小山丛竹书院，其地为一高阜，志称其地气独温，温陵之名始此，朱文公种竹建亭，讲学其中，自题曰小山丛竹。有朱子石刻像，为明通判陈尧曲所镌。嗣后亭毁于兵，像碎为三，书院亦侵作民居。康熙四十年通判徐之霖，庀材修之，石像亦经补缀，始稍复旧观矣。今则断垣残瓦，触目皆是。翠竹数株，摇曳于蔓草间，咸呈憔悴可怜之色！夫晦庵德泽在泉漳间，地方人民不应如此漠然置之，殆别有隐衷欤？（泉郡书院，均驻军队，小山丛竹若经修葺，当然亦不能免。）继至梅石书院，书院在郡东北，明嘉靖八年建，祀一峰先生（罗文毅公伦），故亦称一峰书院。已改为农科高级中学，晋江农会附设焉。去书院约数十家，相传为一峰读书处，已改建土地庙，称之为一封书佛祖，可笑也。

还至北鼓楼，经都督府街，俞大猷府第尚在。俞为晋江人，当其任千户守御金门时，以"海寇频发，上书监司论其事。监司怒曰：小校安得上书，杖之夺其职"（明史本传）。朱纨巡视福建，荐为备倭都指挥。嘉靖三十一年至三十七年间，倭寇沿海诸郡，大猷辗转苏浙击却之，后与戚继光合击蹂躏闽广海倭。迨倭平，复大破两广山贼，由是威名震南服，今闻其后已式微矣。复经生韩古庙，志称："当韩国华守泉时……衙中榕树生斑枝花，侍婢连理，取以奉国华，国华幸之，怀孕，为嫡夫人所逐，乃生魏公于庙，世传《斑枝记》杂剧是也。"庙中并有血石一，举以为证，殆齐东野人之语也。饭于玉兰亭，余仍畏风，脾胃亦不健，据案默坐而已。

饭后至忠所访蒲晋贤，叩门见一五旬余之妇人；据称晋贤去世已三年，仅留一侄，在南门外为商，族谱已为永春同族者取去云，仍然不得要领。乃至某宅，见德化瓷观音像一，底部虽有裂痕，却尚完善。主人云可割爱，索价二百金，非大腹贾不能得也。遂到泉苑，向苇邻霭人二兄告别，晤曾王二公，谈泉州掌故颇多，王公者，开闽王审知之后，近主持修志事宜，故于泉郡古迹，尤饶兴趣。

归寓晚饭后，搜寻关于蒲寿庚后裔之记载，竟不可得，唯连日来得诸传闻者，约有数种：

（一）南门外浦口黄姓，为寿庚嫡裔，即第一次所记载之吴姓也。泉州称黄为吴（吴音），因致此误。

（二）涂门外寻浦乡居民，男子在家照顾儿女，不与外间相往来；妇则对外买卖一切。说者遂谓明初蒲姓子孙，因太祖欲治其先世导元倾宋之罪，不得读书入仕，致有易姓者。易姓之后，复虑事泄，致终身家居，不敢外出。后乃相沿成习，有此特殊风俗焉。

（三）新桥一带渔户，以水为家，互联姻好，为"不齿于士"及所谓"终夷之也"之结果。

（四）忠所蒲姓，为一回教徒，且其地址，逼近棋盘园寿庚府第。

就以上四种传闻，加以揣度。自以第四说为较近。此后进行，应先从调查永春蒲姓家谱入手，复参酌《明实录》关于禁锢蒲姓之事实，或可得一线索也。

二十二日，早起，为东塔佛传图摄得十余片。东塔之由砖为石也，先仅一成为嘉熙间僧本供所建，嗣后僧法权造四成，僧天锡法权造第五成，至淳祐十年始竣工。佛传图之排列，依塔形而分别八区。今为列表如下：

1 逾城出家	2 雪山苦行
3 牧女献糜	4 天王争钵
5 连河澡浴	6 道树降魔
7 锡解关虎	8 钵降火龙
9 薄荷示迹	10 乳光受记
11 流水活鱼	12 口井狂象
13 三兽渡河	14 三车出宅
15 育王迁善	16 耶舍现通
17 童子聚沙	18 萨诃造塔
19 僧到赤乌	20 经来白马
21 云岩狮子	22 二龙争珠
23 三畜评树	24 斗勇金毛
25 玉象剃塔	26 金鹿代庖
27 天人赞鹤	28 田主放鹰

29 雉扑野烧　　　　30 禽警毒蛇

31 忍辱仙人　　　　32 独角大仙

33 舍身饲虎　　　　34 （已换）

35 童子求偈　　　　36 青衣献花

37 兜率求仪　　　　38 毗蓝诞瑞

39 太子出游　　　　40 沙门示相

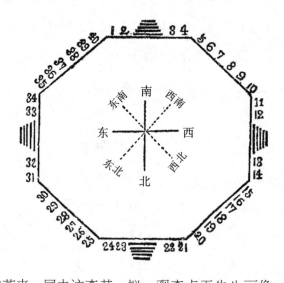

谷苇来，同去访李某，拟一观李卓吾先生画像，适遇于途，据说有两幅，一藏祠中，已毁于火，一则不知去向矣。遂回寺用饭，饭后雇车至车站，往安海镇。访谢君于养正学校，适回泉州，仅晤校中教员张君。遂将行李交付讫，复同颉刚孟恕至站，候久不得车，乃步行至灵水。约十里余，出泉州吴公介绍信，访吴君谱于后乡。承假楼屋，为余等寄宿之所，并介绍其戚属蔡君来谈。蔡君曾肄业于上海美专者，具述某氏图骗存款之事颇堪发噱，吴君大公子亦来谈，现在鼓浪屿英华书院，适于前日回乡云。谱珰君早年经商爪哇，回国已二十余年。建洋楼一，颜曰福寿堂，以西太后光绪曾赐福寿字故也。匾题同知衔吴景洲，想系谱珰君之兄。室内有民国四年十一月，福建巡按使许世英发结吴景津购买内国公债六千元之公字四百另四号奖状一纸。内国公债欤？大典筹备费也。入夜，风甚厉，极寒。

二十三日，八时余，蔡君偕一吴某来，导往华表山，探索摩尼教遗迹。山离后乡只三里，志称"两峰角立如华表，故名"，实则不如今名刀尖及石刀之为妥也。先越一岭，沿华表山腹往西北，至紫竹寺，自山麓至此计有四里。予以闽书所称草庵在山背之麓，实非今之紫竹寺，乃折至华表山腹，复由此下山，据吴君云，旧传有寺基两处，予等先后至其地。所谓基址者，并无残迹遗存，仅山地一片而已；但其旁有泉，后有石级达山顶。所谓玉泉，所谓云梯百级者非耶？随即摄取数影，复还原道，孟恕与蔡吴二君先行，予与颉刚则沿山麓小村，往北再行搜索，直至华表亭遗址，仍无踪迹，始返后乡寓所。饭后已三时，即赶至车路，始悉新章灵水并不停车。然则车站路程表，何以有灵水站耶？遂与颉刚孟恕步行回安海，晤谢李二君。少坐，复去访郑君于平民医院，谈往游石井事极畅，傍晚回校。

关于华表山摩尼教之遗迹,《闽书·卷七·方域志》云:

华表山与灵源相连,两峰角立如华表,山背之麓有草庵,元时物也。祀摩尼佛,摩尼佛名末摩尼光佛,苏邻国人也,号具智大明使。云老子西入流沙,五百余岁,当汉献帝建安之戊子,专形榛晕。国王拔帝之后,食而甘之遂有孕。及期,擘胸而出。榛晕者,禁苑石榴也。其说与攀李树,出左胁,相应。其教日明,衣尚白,朝拜日,夕拜月;了见法性:究竟广明,云即汝之性,是我之身,即我之身,是汝之性,盖合释老而一之,行于大食拂麻火罗波斯诸国。晋武帝太始丙戌,灭度于波斯,以其法属上首慕阁,慕阁当唐高宗时朝行教中国,至武则天时,慕阁之弟密乌没斯拂多诞复入见。群僧妒赞,互相击难。则天悦其说,留使课经。开元中作大云光明寺奉之。自言其国始有二圣,号先意夷数。若吾中国之言盘古者,末之为言大也。其经有七部。有化胡经,言老子西入流沙托生苏邻事。会昌中汰僧,明教在汰教中。有呼法师者,来入移唐,授侣三山,游方泉郡,卒葬郡北山下。至道中,怀安士人李廷裕得佛像于京师卜肆,鬻以五十千钱,而瑞相遂转闽上。真宗朝,闽士人林世长取其经以进,授守福州文学。皇朝太祖定天下,以三教范民,又嫌其教门上逼国号,摈其徒,毁其官。户部尚书郁新,礼部尚书杨隆奏留之,因得置不问。今民间习其术者,行符咒,名师氏法，不甚显云。庵后有万石峰，有玉泉，有云梯百级诸题刻。

《温陵事考》诸书记载较简，但何乔远当时所谓草庵者，是否尚在，无从加以证明，则明万历时此庵犹在之说，似有疑问也。呼禄法师之墓，云在郡北山下。按诸志乘，清源山在郡之北，故名北山，是其墓在清源山麓。惜山多伏莽，游者裹足，寻访法师古墓，当俟诸第三次调查时矣。

同时余于《古今图书集成·方舆汇编》第一千另五十二卷《泉州府部·艺文下》得朱文公诗一首：

与诸同僚谒奠北山

朱熹

联车陟修阪，览物穷山川。疏林泛朝景，翠岭含云烟。祠殿何沉邃，古木郁苍然。明灵自安宅，牲酒告恭虔。肸蠁理潜通，神蚄亦蜿蜒。既欣岁时举，重喜景物妍。解带憩精庐，尊酌且流连。纵谈遗名迹，烦虑绝拘牵。迅晷谅难留，归念忽已骞。苍苍暮色起，反旆东城阡。

证以陈援庵先生之《摩尼教入中国考》（《北京大学国学季刊》第一卷第二号）文中，引用沈继祖劾朱熹所谓"剽窃张载程颐之余论，寓以吃菜事魔之妖术"之语，则朱文公之所谒奠者所谓祠殿，所谓明灵，所谓名迹，似有谒奠呼禄法师之可疑。余复稽诸志书，关于记载清源山部分，在朱子当时，是否别有可以谒奠之祠殿及遗留之名迹足供纵谈者，曰无有也（仅有梅岩，为留从效别墅故址）。中峰有纯阳洞，有喜雨亭为祷雨之所，大休岩为唐欧阳詹、林蕴、林藻读书处，而清源山志又有"……又西为观音岩……相与琢像岩端，下为羽仙岩，在罗武二山之下，即老君岩宋时二山下，朱子尝游焉"之说，亦可供参证焉。

二十四日，早到平安桥，以风大，未能往游水头。后至能山寺，大殿药签筒，区别为外男女幼眼五科，殆亦仿效医院分科制欤？十一时回校午饭，饭后，别谢李诸君至船埠。上船，以候潮故，下午一时半始缓缓开出。照例自安海开回之轮船，每月阴历初六，二十为最晚，大概须在下午二时左右。初七，二十一最早，趁夜潮出口也。自此渐次递后，利用早潮。据闻近拟疏浚港口，果尔则厦安交通，便利多矣。

出口后略有风浪，到厦门已六时。关卡海军两次稽查，费时颇久。余等先由驳船上岸后，在太古码头，雇舢板，以浪大只能到电灯公司而止。复在黑夜中沿海岸步行归寓。

综计此次调查结果，关于风俗，神祇及传说方面，颉刚孟恕，所获成绩甚多。余则于东禅寺畔，发见古墓三区，差堪自慰。蒲寿庚后裔虽难证实，顾较第一次调查时，已有进步。至于宋代石刻造像，在泉州为特多。除万安桥外，均为南渡以后，即西历十二三世纪之作品；其年代及建造者，根据确凿，尤可信也。今为列表如次，留备异日作系统研究时之参考：

（1）万安桥

（2）安平桥

（3）顺济桥（即新桥）

（4）承天寺七佛石塔

（5）开元寺西塔

（6）开元寺东塔

	开始建筑年代	竣工年代	建造者	石刻种类
（1）	皇祐五年 （1053A. D.）	嘉祐四年 （1059A. D.）	郡守蔡襄	桥神石像，石塔，及石塔上之造像图案
（2）	绍兴八年 （1138A. D.）	绍兴二十一年 （1151A. D.）	僧祖派及郡守赵全衿	桥神石像，石塔，及石塔上之造像图案
（3）	嘉定四年 （1211A. D.）		郡守邹应龙	桥神石像，石塔，及石塔上之造像图案
（4）			僧祖珍	石塔及石塔上之造像图案
（5）	宝庆间（元年） （1225A. D.）	嘉熙四年 （1240A. D.）		石刻天王像及各种图案花纹
（6）	嘉熙间元年 （1237A. D.）	淳祐十年 （1250A. D.）	僧本供、法权、天锡	石刻天王像及佛传图雕刻

（造像之在附郭诸山者，如清源山天柱峰之释迦石像，赐恩岩（即观音岩）元祐间所镌之观音像，南安九日山石佛岩陈洪进及岱华山宋僧守静所镌之石佛，类此者尚多，兹不一一列入。）

此外城中之古物古迹，均能得一大概。自信此行，尚不辜负。后日者，匪患肃清，社会安堵，复能假以时日，或有相当成绩，是则余所希望者也。

泉州第三次游记

民国十六年一月十六日，未明即起，到模范小学，晤蔚深早因同赴厦门，趁江宁船往安海。六时半开出，一路风浪颇大。二时到泉州，先至泉苑，晤苇人。未几，谷苇来，遂同至潘宅，看瓷器，品均中下，仅有明瓷两件，尚可入目，然索价奇贵，付之一笑而已。五时回寓泉苑，晤霭人。

十七日，谷苇来，同至吴宅，得见所藏古物，乾隆刻瓷笔筒一，精品也。周天球手卷，何子贞字册均佳；伊墨卿联虫蛀已多。蔚深得一德化酒杯，质料细腻，色似乳白；何朝宗观音像一，视酒杯逊一筹矣。回寓饭，饭后往开元寺。东塔已支木架，据闻只此搭架费已二千元，修理完竣，非数万金不可。为一侨商某所独任也。仓促间，随为佛传图石刻摄二十幅，环而观者数十人，复托谷苇招拓手全拓之，约过阴历年后进行。后同霭人、谷苇直上东塔最高层，泉州全城，一览无余。塔顶铁缸已倾斜，空无所有，随摄数片，出开元寺。霭人诸君先回，余与谷苇往访刘君于市政局，交涉搬运大街上阿拉伯文残石至厦大国学研究院事。后复到天主堂，晤任神父；到泉州书社接洽代售朴社所出版书籍，然后回寓，应霭人、伟人二兄约。在座有曾振仲、吴桂孙、陈泽山诸先生，与泽山谈蒲寿庚后事颇久，约明日偕一吴姓者来寓晤谈。七时撤席，诸友即匆匆散去，缘近来泉城绑匪充斥，入晚后，除大街外，行人绝少，仿佛戒严状态。地方秩序如此可虑！

十八日，昨夜闻枪声颇清晰，质诸伟人云，此寻常事！同蔚深、谷苇、早因复到潘宅吴宅，无所见。饭后往访古董客林某；出至黄宅，同居林君出示赵文敏董文敏手卷。吕西村金书磁青纸临汉碑册页，并明无名氏山水手卷，皆佳，后以天雨即归。悉陈泽山先生同吴姓者来寓见访未晤，庄君送来家藏吕海山龙虎大幅，黄君石田立幅及洪承畯字轴，足饱眼福。

十九日，五时起，雨势已略止，决计回厦。七时同蔚深趋汽车站，往安海，十时开船，稍有风浪，下午三时到厦门，例受海关检查，即雇船回校。

旅厦杂记

余自民国初元入京，忽忽居十余年，其间一度作西北之长途旅行，顾仅数月即返；十五年八月三日始别京华，南下就事。十八日自沪赴厦，海行二日有半，因同行者有沈兼士、顾颉刚、黄振江、潘介泉四先生，时聚甲板谈笑，颇不寂寞。而余所不能去怀者，为十九日开始之个人作品展览会也。先是，余以历年所摄者，益以西北诸片，陈列于苏州青年会三日；既到沪，江小鹣君怂恿余在上海开一次展览会，乃由小鹣假得慕尔堂为陈列会场，日期定十九日，而新宁启行，适在十九日早晨，遂以陈列展览事完全托之小鹣。犹忆十八日晚，与小鹣、介泉自大马路北冰洋回到新宁船时，仓促间以所有应行陈列各片，检付小鹣，尚历历在目前也。后在厦校，得小鹣来书告我展览会盛况，上海各报均欲刊载揄扬，为之愧悚。国庆日，伟英、娴儿、孟甥来厦，即以此陈列于慕尔堂者，复陈列于大国学研究院之陈列室，一时参观者纷至沓来，自此遂有厦大摄影学会之发起。而厦门人士，竟有约余在鼓浪屿开一次展览会者，终以仅居数月，即离厦北来，未能一践宿诺，至今耿耿！

厦大背山面海，风景绝佳。中央群贤楼，礼堂在焉。学生宿舍曰映雪，曰囊萤，教职员之无家眷者，其宿舍曰博学楼，与眷属同居者曰兼爱楼，女生宿舍曰笃行楼，此外依山住宅已落成者，约有二十余所。生物院三层为国学研究院，其偏南者为化学院，计划建筑中者有图书馆等等，规模颇阔大，唯终嫌散漫无系统耳。

校址为前清时之南校场，僻处海滨，离繁盛市场七八里。船行，一遇风浪，颇不便，步去，则厦门港腥秽遍地，令人欲呕，是以终日在校，转觉处处晏然，不愿涉足尘市。逢星期，与同来诸友一游鼓浪，购置零件，有时在白室（为一夫一妇所开之广东餐室）用膳，然后回校。常日则五时以后，必至海滨拾贝。此事发动于余及振玉，不数日，兼士先生亦加入竞争，时步海边，以手杖拨检，不当意，则大踏步奋勇直前，冀有所获；余常尾其后，随检随拾。振玉选择极精密，佳品不易错失，往往株守一隅，反复搜剔，及至暮色苍茫，始各满载而归。匆匆晚饭后，即检理所得，洗水也，剔垢也，纷扰约一小时。于是罗列盘中，争相夸耀，如是习以为常课。振玉有时清晨即去，余亦不甘落后，尽力搜罗；及至兼士、振玉北归，搜寻者仅余一人，因此所获独多，而精品亦日有所集。娴儿孟甥来，拾贝兴趣益浓；此时南开转学诸君，亦时往来于南炮台附近，盖振玉有以发之也。嗣后莘田、士偶亦好之，顾佳者极少。振玉携眷来厦，海滨拾贝团体中复添入君之爱女北华、燕华二小友，拾贝精神，愈见发皇。自此陈廷谟夫人携其公子仆役，顾颉刚，容元胎并其夫人，均不惮跋涉，努力搜检，有沿海滨走数十里者，其间以元胎之搜索为最勇，廷谟之所得为最精，异军突起，我其退避三舍矣。闻入春后，贝类愈多，佳者亦复易得，惜已回苏，不参与比赛，同首昔游，曷胜怅惘！

余于授课及自己研究之余，除拾贝遣兴外，常与莘田唱皮黄为乐，操弦者为南开转学之某君。嗣后郑君嘱余授昆曲，早因恋人蔡女士则习《长生殿》之《定情赐盒》，未得曲笛，即以常笛奏之，其高亢激越，竟若梆子班中所习闻者，以海滨素不闻昆曲，遂亦假用之，不嫌憔杀焉。娴儿肄业附小，蔡女士授之舞，居然上台歌《月明之夜》，饰快乐神。振玉女公子北华、燕华，向在北京孔德，娴于歌舞，至此寂寞海滨，益增声色。尤可爱者，振玉三女公子常效其姊，作种种舞蹈姿势；振玉夫人则于其哄睡五女公子时，亦复高唱其"好朋友，我的好朋友……"之句。博学楼上歌舞承平空气，其浓郁也有如是者！

摄影机会，凡在旅行时，余决不让其放过，唯作画颇少；此数月中堪以入目者，只有雨后等数幅。其时余居博学楼三层，北窗外有走廊，廊有石灰制栏杆，雨后栏影，屈曲现于走廊之铺砖上，余即以此为画幅之中心，廊外南普陀山，蜿蜒向东，云气郁蒸，似尚有雨意者，作为画幅之背景，摄成后，以粗面 Bromide 纸放大，画意较从前作品，略见浑厚。泉州任神父肖像，由 120 号软片上放出，亦较从前所摄人像为有进步。此外十之八九，均系记载片，于两次游泉州时所得最多。

同事艾克君，好摄影，所常用者，为大学置备之 5×7 箱，镜头 Zeiss4.5，外有 Telephoo-tens。一余于复写院中所藏古物时，每借用之。艾克君对于泉州开元寺东塔之石刻，拟尽数摄之，编一专集，期于十六年春间进行，不悉曾否实现也。振玉原为北京光社中同志，但在厦门，摄影兴趣较淡，殆为拾贝所分心欤？学友中亦有数人好此。而成绩尚少，此无人提倡之故也。

在厦数月，除旅行泉漳二州外，曾一赴集美参观，一游龟屿。参观集美之日，为九月十四日，同去者，有兼士、颉刚、介泉、伏园、丁山五人。先是叶采真校长来信相约，及期叶君复来大学同去。船行约一小时半，到集美社。（集美社一名浔尾，厦门岛北对岸，地属同安县辖。）上岸，即在校长会议室午餐。得晤蒋孝丰、王世宜二君，皆出身北大者也。饭后参观科学馆，底层为化学物理博物标本室，与之毗连者为教室及实验室，二楼为商业部借用教室，三楼即校长办公室并会议室。出科学馆后，经植物园，参观最先成立之集美两等小学校旧屋。

集美乡初有私塾七处，各不相谋，陈嘉庚民元回国，倡办小学，乡民均不愿废私塾而就陈意；陈遂填平池塘，为建木屋十余间，四围复疏浚成小溪以养鱼焉。所入以四之一归学校，四之三归乡民，乡民始诺，是为集美学校开始之两等小学校，旧有木屋，现拟改建校舍，余力劝保存，以为纪念，未识当局对之曾否表同情也。随往图书馆参观，馆屋落成于民国九年，建筑费四万元。屋顶盖以绿色玻璃瓦，栋楹走廊，均加雕刻，饰以金箔，备极轮奂。二楼书库，三楼阅书室，现有图书约近四万册。继至男师范部，有立德、立言、立功、约礼、居仁、尚勇、渝智诸楼，东部校舍为水产部所借用。女师范部校舍曰尚忠楼，曰诵诗楼，曰文学楼，曰敦书楼，前有旷地为运动场，幼稚园方在建筑中。遂至小学部，近海处有郑成功旧时营堡，今存一角，特为留影焉。折至陈嘉庚花园及嘉庚回国后办事之小楼，然后回校长室略坐，经中学商业各部而至校长住宅休息，五时乘集美渔轮回校。

　　总计集美全校面积有一百六十五万余方尺，未经建筑之校舍及空地尚不在内。在校学生截至十五年暑假前止，师范部五百七十二人，中学部五百一十九人，水产部八十八人，商业部一百七十九人，女师范部二百七十二人，女小学部一百七十人，农林部九十五人，小学部三百四十五人，幼稚园一百四十五人，合计二千三百八十五人。广东籍者约占十之一，其他客籍约占二十分之一，余均本省学生也。十五年度经常费二十八万余，建筑费二十六万余。全校经费，陈嘉庚自民国八年起以在新加坡之不动产橡园七千英亩，并屋业地皮面积百余万方尺，向英政府立案，定为集美学校基本金生产地。

此次往游，仅得大概。若消费会社，储蓄银行，医院及农林部均以时间关系，未能参观。

游圭屿之日为十月二十四日。清晨先访许雨阶、李公瑞二君，同赴鼓浪屿，晤艾克及其友人某君，遂雇一帆船往游。屿在海中，系一荒岛，山尖有砖塔一，艾克即以塔岛（Pagoda Island）称之。近午泊岛岸，余等全由蔓草丛中上山，约行三里许，始达其巅。塔为八角形，已倾其半。底部有石造像，同时复于附近丛草中得二石刻，其一已折为四矣。按志书仅列圭屿之名，砖塔既无考，遑云石刻。以余度之，当与南太式之塔有关系也。当时即拟将石刻迁存国学研究院中，后以未得校中同意，暂缓搬运，此时是否尚在圭屿，我不敢知。

此外以南普陀寺离校近，常为课余憩息游览之所。方丈常惺，江苏如皋人，与莘田尤熟识。太虚法师自星洲归来，即在该寺居留十余日。寺有僧学校一，常惺实主持之。十一月中建水陆道场，演剧半月，香市称极盛，据知其内幕者云，靡费至五六万元，东南丛林，无此大功德也。

鼓浪屿为富商别墅所在，山巅有郑成功阅水师台，曾为黄氏园林所占有，因此而发生讼案者。间尝登之，鼓浪及厦门景物，尽在眼底，临风长啸，间足一洗尘襟。林氏菽庄，建筑未就，主人商业失败，遂致停工；然其所占形势，在别墅中，可谓最擅胜地。就海滨岩石，支架石桥，委婉曲折，极尽布置之能事；中途复有石亭二，可以凭栏远眺。惜为九月十日飓风所毁，今已不能通行矣。余于此桥，曾摄多幅，均以石亭入画，各有经营，质诸振玉，亦颇以不落窠臼为然。振玉就一圆洞中摄成一幅，取景极停匀，佳片也。

鼓浪有工部局，街道随山坡建筑，颇洁净。对岸厦门市繁盛区域，尚能差强人意，近城部分污秽不堪涉足，公娼所居小巷尤肮脏。余以往南轩（著名菜馆）应酬故，曾至其地，实一变相地狱耳！局口（地名）因有古董铺，数往游观，然为台民土娼所在，余只得掩鼻疾趋过之，不敢稍停留也。（十五年春间，局口实为腺鼠疫流行之处。）厦门港情形亦然，数年前友人告我厦门街市，人与豕相争道，今也目睹其景，不禁为之哑然。

余到厦门，适值虎疫流行甚剧，死亡颇多，因此同人往游厦门市街，心颇惴惴。但龙眼正上市，岂能轻轻错过。购归后，即浸入过锰钾液中消毒，然后剥而食之，幸均无恙。秋间苦于蚊，每晚必服奎宁数丸，会语堂及熟友中患 Dengue 者不少，颇以被染为虑，竟获平安。按厦门已多热带所习见之病，Dengue 于一八七〇年来自新加坡东航而至安南中国，一八七二年厦门大流行，被传染者约占全岛人口 75% 以上，Sir Patrick Manson（Tropical Diseases 著者）时在厦门，亲见之。Manson 氏居厦门十余年，为近代有名热带病学者。

厦门市并无市立医院，厦大医科，方在规划，医院设置，更在其后。此时厦门市应有一卫生局，海港船舶之检疫，不当操诸外人。传染病医院，为必不可少之建设事业。厦大医院，应分设于厦门市及厦门港，别立一研究所以研究厦门一带之地方病，并设寄生虫学热带病学特别讲座及学侣，以期有所发明，与世界学者相见，我意以陈嘉庚之财力，当能任此远大事业也。

厦门市无旧书肆，古董铺则在局口，珍品罕见，唯日人龟冢氏所设者，常有佳件耳。何朝宗制观音像，高仅五六寸，确系牛乳白，——德化瓷之精者，称牛乳白（Milk White），或称 Cream White，古法兰西之著作家称之为中国白（Blanc de China）（见 R. L. Hobson and A. L. Hetherington 著 The Art of the Chinese Potter）。——以千三百金脱售，惜未留影。私家收藏最富者，太古邱君闻名已久，余曾谋面一次，得见所藏蓝白瓷十余件，原约改日至其寓所，一饱眼福，终以北来缘悭，不胜遗憾！刘交涉员亦好收藏，匆匆仅见数幅，至今亦追念不置也。

国学研究院之成立，语堂先生实主持之。语堂热心任事，不辞劳怨，且胸无城府，坦白率直，因此不容于现代潮流，愤而去厦，余甚惜之！亮丞潜心于中西交通史者数十年，颉刚治学，事事求实际，其用功之刻苦，只有令人拜服而已，研究院得此二公，岂仅闽南文化之幸，不意竟连带去职。事之痛心，孰有甚于斯者！余以末学，参加其间，五阅月中往游泉州三次，极想继续努力，搜集材料，著《宋代石刻录》，并为何朝宗成一专集；何意北来后，消息日趋险恶，同人咸退出厦大，空负此愿，复有何说！唯旅厦数月中，拾贝而外，读书时间颇多。曾就云冈影片拓本，稍加整理，拟即付刊，草《云冈石窟小纪》一文，以为弁言；倭寇事迹，就图书集成，通志、明史、四夷馆考以及其他载籍中搜集材料，亦颇不少，而《中国历代医政考》一书，适于年前编就，亦一可喜事也。

川湘纪行

渝筑道上

　　民国三十二年六月二十四日，星期四，从今天起，又有两个月的旅行机会。并且从今天起，又要写一篇纪行的文章。我想此次所写的，不是游记，而是在旅途中想要写出一点在此战时旅行的艰苦，以及艰苦到怎样一个程度。其次是要写的行程中所见到的几件社会上的事情，无论是写抗战过程中一时的现象，或竟是病态的矛盾的，甚至不合理的都不妨事。再其次是各地方琐琐屑屑的物价，固然在写的时候，看起来没有多大意义，而在事后的翻阅，觉得有很深长的回忆。最后必要把一时所看到的几处卫生工作，不但是想要描画出一个轮廓，而是要把握住我在当时的一点感想。为了这么些的原因，来开始写川湘纪行，自然就不是一篇纯粹的记游文字，也可以说是一盘的杂拌儿。

　　早起到汽车站，趁七点公路车往小龙坎。先在三六九吃了早点，然后走到梅园，汽车尚无动静。等了许久，才开始动作，还是好整以暇地那样从容，所以开车已近九时了。

同时开出两辆车，一辆比较新，一辆是老爷车，说是曾经小修过，此次开往贵阳，是要进厂大修的；但愿一路能顺利过去，可是过了化龙桥，就抛锚，我所坐的一辆，先开到两路口等候。

在两路口有美国红会驻华专员沈儒立上来，与我同车。老爷车到此，又修理了一会，开往九龙坡过江，已十二点多了。到一品场，是两点四十分。在此登记，受检，我就买了三个烧饼，泡了一碗茶，作为午餐。烧饼每个两元，茶亦两元一碗，比之重庆还贵。

一品场的检查是有名的，今天却很客气，所以耽搁时间极短。可是老爷车不争气，开了一段停一停，后来后轮一个泄了气，既无工具，又无备胎，说是长途车而一无准备如此，真是一件怪事。我所坐的一辆，紧跟在后面，宛似看护带了一个病人小心翼翼地坚持着前进。究竟什么时候可以到达贵阳，谁都没有把握！

到了杜市，距离綦江尚有二十公里左右，病车的司机不肯走了，说好说歹，总算慢慢儿对付着，好容易开到綦江，已过六点。此处停车极多，招待所已无空铺，后到服务社开了一个房间，又为司机们开了一个，想一路哄骗他们，希望早一天能到贵阳目的地。

在车上认识了两位医师，一姓魏，即在綦江工作；一姓袁，是往红会总队部去的。另一齐君，与之同房间，就同他在扬子江菜馆用晚饭。糖醋鱼一盘，颇有北方瓦块鱼风味（四六元），青椒肉丝（二四元）亦佳，另加一个汤，一客客饭，我是吃面包的，共计九十六元。

回寓与何机师谈车事，允许他有何修理，尽可由伊设法。如有花费，我可负责，并为之付房间钱（三十五元双人房间），谈得颇融洽。我当说出门人第一要同机师合得来，否则给你停留几天，你也只好瞪着眼睛望天花板，干着急，有什么办法呢！

二十五日，星期五，昨晚上蚊虫仅有几个，而臭虫同老鼠太讨厌了。老鼠会到你枕头边乱动。电筒一亮，才"索"的一声逃去了，因是没有能够睡得好。

一清早旅客们一批一批出去上车，唯有吾们三位机师，还是高枕而卧。不得已我去叫唤了他们起来，不久他们去察看车子，有无重大病症，回来说只是要补轮胎，仅此一点，就费了许久时间。

一个上午没事做，顺便参观了当地卫生院的门诊部，附带着灭虫治疗站，一切设备很简陋。住院部分有十余病床，在北门角，看到门诊部的情形，也就懒得去请教住院部了。

午饭因胃中尚饱满未用，等候司机饭罢，车开到服务社上行李，忽然说是汽缸又出了毛病，于是重新修理，如此又费了两小时，等到开出，已下午四点了。

　　沿途时常停下来，加水修理，好容易挨到东溪，走了三点多钟。总之第一辆车，全身是病，加之司机嬉皮笑脸，不负责任，又无随车管理人员，只好吾们几个客人来伺候他们，所以到了东溪，先找好房间，决定明早由汽车修理司机来察看，再定明天行止。不过无论如何，即使第一辆车实在不能开动，第二辆车势在必行。车上因为带上好几条黄鱼，说是去遵义，自然黄鱼钱已经收下，不能不把他们送走。其次吾们几个客人对付得还好，所以有希望可以先开一辆。

　　晚饭在一家四川饭店，要了七客客饭（客饭十八元二十元两种），七菜一汤，有黄瓜炒肉丁，丝瓜炒猪肝，笋炒肉丝，红烧肉，反正都是猪肉罢。另要一个红烧鱼，已经臭了，调换一个炒鸡蛋，如此连小账，一共一百六十元，是我的东道。

　　綦江猪肉每市斤十八元，鸡三十二元，溪鱼二十八元。广柑此刻却要十余元一只，出产地是杜市，就是昨天要停留下来的地方。

　　今天一路是沿溪而行，颇似浙东云和龙泉道中。隔溪正在建筑一条运煤的小火车路，刻已开始凿石开道工作。

　　距离东溪尚有十八里之盖石沟，有新式建筑之石坝，为导淮委员会所做的几个石坝之一，一工程颇可观。闻将在此利用水力，开办电力厂，并闻附近出产煤铁，甚为丰富云。

　　东溪市面热闹异常，胜于綦江。晚上还有电灯，所以夜市亦颇可观。兼之往来汽车，往往停留在此过宿。餐旅馆独多，我所住的东北一家，三楼小房间有两铺，是二十四元。到了十二时，马路上是人声嘈杂，不易入睡。好容易睡着了，又被街上人声所惊醒，初疑火起，后知是捉贼，喧嚷了许久。

二十六日，星期六，七时起身，欣悉第一辆车尚无大病，不过汽缸上面一块铜板，另外补了两个轮胎小洞，到了十点钟开车。一路很顺利，只是在上坡前，往往停了下来，上上水休息休息而已。我只盼望能够维持此种情形，今天到了桐梓，明天也许可到贵阳，那就幸运不浅。

两点三刻到松坎，在此午饭，我是买了河南人所做的烧饼三个（每个一元），在袁君他们客饭桌上，揩了一点油，居然吃到一尾鱼，仅仅八寸来长，所以不见得怎样满意。据说此地鱼价每市斤二十元左右，死的还可以便宜些。鸡每市斤二十二元，猪肉猪肝同样是十四元。烟煤每百市斤三十来元，今早在东溪问过是二十六元，大约不相上下。杠炭是一百七十元一百市斤，因之此间的客饭，是每客十六元。

饭后正要开车了，发现第一辆车的后轮有一只漏气，想系未曾补好之故。临时决定在此停留，因为即使补好，亦不及赶到桐梓了。本来我想两天半或是三天可以达贵阳，现在走了三天，仅仅走了三分之一左右，还是刚刚跨进了贵州省境而已。长途旅行，真不能没有一点忍耐功夫。

川湘纪行

车既不能开行，就这样住下吧。川黔旅馆表面上似可居，即在三楼开了一个双房间，仍为同行齐君合住。房间虽小，面临街窗外，尚有树木，并且面对着山，空气颇好。

行装铺陈以后，同齐君到街上闲走。松坎原来市面是在旧街，现在新开辟出来的是中山大路。旅菜馆都在新市，房屋相当整齐。后在一家茶店里喝茶，躺椅都是新的，布置极为整洁，就在此处消磨了一小时。向店伙计问问此间的出产，谈谈卫生分站的工作，知道了好些当地的情形。

六点钟时回到旅社一趟，仍同齐君到一家标有鲜活鱼的菜馆里要了一条鱼，约半斤左右，做酸辣鱼（五十元），还要一个金钩白菜，各人又买了两个烧饼。袁君来了，邀之同座。鱼做得很不错，后来同行的陈君甘君都来吃鱼，今天虽则不能赶到桐梓，可是吃到新鲜的活鱼，似乎是旅中一件高兴的事。

晚饭后泡了一壶茶，于是大家摆起门阵来。我觉得松坎地方很不坏，东溪太闹，要找一个安静一点可以坐坐喝茶的地方，竟会没有。路上停满了汽车，菜馆里挤满了客人，会使你头痛。松坎地方比较是在一路上可以值得称道的地方，何况还有活鱼可吃呢。以久居重庆之江浙人，许久时候，不知鱼味，到了此地，真是要欢天喜地哉。

九时回旅社，休息。

二十七日，星期日，早起，吃了一碗豆浆，冲了两个鸡蛋上车。路上看山间出云，对于作泼墨山水，略有所悟。

十时余到新站，司机吃午饭，就在此处停车。我以饭店多苍蝇，不敢下箸，看到一家四川式的甜食店尚清洁，就要了两个荷包蛋，冲上一碗炒米，计费国币八元，吃得很舒服。又在小菜馆里，泡了一碗茶，等候他们。

开车时下雨，即在细雨溟蒙中，经过钓丝岩，上花秋坪，可惜云雾迷漫，不能观远。由此下坡，车行至为顺利。

二时半到桐梓，第一辆车的司机说要打气，我就趁此时机去公路卫生站，晤相主任，并且见到同乡原女士，在此工作（去年在河池公路卫生站见过）。谈了许久进城，其时已近四点。司机们说，今天即使开车，也不及赶到遵义，只得在此宿夜。好罢，反正路上要走要宿，司机有此权力，可以支配一切，乘客们唯有心中纳闷而已。

司机之命一下，于是大家就一窝蜂地去找旅馆。我为相主任所邀，住到站里去，因为有一单人病室空余；同时还可以同相主任谈谈。

晚饭在北平餐馆，吃荷叶饼、醋熘鱼。我又在奇珍买了十块钱的卤肝，奇珍女主人是苏州人，还同我客气了一番。

二十八日，星期一，四时半即起，五时到停车处，结果还是到了六点钟才开车。

经过娄山关，有一段因为雨后道路泥泞，汽车上坡颇为吃力。娄山关有数处坡度较急，倒是钓丝岩改道以后，并不见得难走。

十一时半到遵义，在一家北方饭店里要了一个跑蛋，结果是专用蛋清油煎，用油太重，不合我的胃口，勉强吃了一半，可是价钱很贵，要二十四元，堂彩捐钱又要四元八角，实在有点冤枉。

遵义城中，因下雨路极难走，未去大街。县卫生院院长徐君来，即同到院中参观。院有病床三十二，已住满。新建屋曾费三十万，一切设备当不在内。本年经常费有五十四万，县卫生院有此，确实是难能可贵的了。

一时半上车，路中忽晴，忽阴，忽而大雨，这是贵州的特别天气。过息烽后，车路泥滑，稍不留心，即可出事，曩岁我在京杭道中，就是这样出险的。

在乌江休息时，问得一点市价，猪肉每市斤十二元（刀靶水九元），板油二十元，鸡蛋每个一元，杠炭每百市斤九十元，米每斗（二十八斤）一〇〇元，盐每市斤十七元八角，鱼每市斤二十四五元，物价又较桐梓为低。

到贵阳正七时，天又下雨。我在威西门下车，雇人力车到公共卫生人员训练所，仅仅一小段路，竟要五元。同时在遵义半里路程，亦要十元。人力车费似乎又较重庆为高。

到卫训所晤苏教育长及姚处长，即宿卫训所内。

十日间的贵阳所见

二十九日，星期二，昨晚睡得极甜适。

午前写信，并与所中工作人员商谈所事。

午饭即在苏君家中，苏太太自己做的菜，我就吃了四个馒头。座中并无别人，除苏君外，布之兄一人而已，饭时，谈所事颇多。

二时将行李搬到青年会，布之为我预定的单人房间，虽则较小，但宿费每天二十元，要算是便宜的了。整理了一下行装，即到大众药房门口，等候红会的交通车，许久未来。因即雇车去卫生处，晤布之及叔豹，谈到四点半钟，同时叔豹去访郑晓沧先生于洪昌旅社。郑先生新自浙东来此，不久即去遵义浙大。郑先生略有不适，躺卧在床，为写一介绍片去中央医院，未敢与之多谈。

出洪昌，去访乐景武同学于其寓所。架上藏书颇多，不胜艳羡。其中居然有光社年鉴第一集一册，我的一篇小言以及摄影作品三张，赫然在目，即向其借归，预备把这一篇小言抄出。另假中国旅行社出版之《西南揽胜》，中间颇多静山作品。还借了贵州文献季刊三本，斯文赫定所著《我的探险生涯》上册一本，并与景武谈了一些家藏陶瓷，惜在乡间，未得一见，只是看到汉朱提高狼洗一件，系早年威宁出土，为有关贵州文献之古物。

别了景武同叔豹走中华北路，闲逛各商店，知道些贵州百货的市价。晚饭以叔豹游去。情不可却，但是今午多吃了一点东西，所以胃部颇感饱满，就在一家北方小馆里吃了四个芝麻酱烧饼，还吃了点菜，天又下雨了，雨中同叔豹回到青年会闲谈，甚久而去。

三十日，星期三，昨晚因胃部有一点不安预兆，所以睡得极不舒服，并且老鼠时来床头捣乱，因此起来了好几次。

上午八时半出门，仍到大众药房候车许久时间，不至，即雇人力车去羽高桥，是十六元。羽高桥以上，须走一山坡，然后到图云关，晤红会汤副总队长，后又去材料库各处参观。

十二时离开图云关，坐马车到中央医院访钟院长，因病在寓。未晤，晤钱医师，谈约半小时辞出，雇车回寓。胃里不安，吐了几口清水，因之不敢吃什么东西。

二时余雇车去卫训所，并写信发重庆。三时半第三届公卫医师班及公卫护产员班结业，我是代表署方参加的，所以还说了几句话。会散，同布之到其寓所，用晚饭。座中有叔豹、德鑫，及寿金二君范医师等，与范君谈美国近情颇多，回寓已近九时了。

七月一日，星期四，早起，发了几封信，去冠生园用点。回寓不久，苏君来了一信，说有要事相商，即去卫训所，又与工作人员会谈了许久，并确定了几个办法，即发去重庆一电。时间已十一点多了，小车轮胎已坏，改开一辆用木炭的卡车。决定今天仅去清镇参观。

早上用过点心还不饿，是以停止午餐，希望胃部可以休息一下。

同行的有布之兄、施魏二医师，及江西的张校长。

两点半钟到清镇县卫生院。此处原为卫训所的教学区，所以较有规模。院屋楼房一所，下面挂号处，诊疗室，药房，办公室，母婴卫生室，环境卫生室，儿童会等；楼上是职员宿舍。另有一所平屋，设置病床十五张（平常住七八人），普通房间两大间，产室，孕妇留产室各一间。中间是护士办事室，系二十七年建筑，所费不到一万，现在估计需要三十万元，至本年度该院经常费是十三万五千余元，临时费（防疫环境卫生药械）四万余元。

有分院一处在卫西镇，乡镇卫生所四（芦茨、五里、甘沟、鸭池）。卫生室二（桃花、垒场二乡）。保卫生员二十（现有十保卫生员，每月领药时，即开会检讨一次工作）。另有巡回医队一。所谓卫生室者，以一会在本院受训之卫生员主持之，设立在学校以内，比之保卫生员说的是可以多做一点工作。

院分医务保健、防疫统计、医生教育、妇婴卫生、环境卫生、总务等六股。分院经常费每月一千九百元，卫生所九百余元，内设主任一（薪给一八〇、二〇〇、二二〇），助产士一（一八〇），助理员二（每人八〇元），保卫生员二十九，年津贴每名三元，三十年五元，三十一年十元，三十二年八十元，均列入预算之内。

据院长说：（一）人民智识太差。（二）地方太穷。（三）环境内交通不便，不易监督各保卫生员，因此工作发展不易。他认为此后所当注意的是：（一）环境卫生，（二）卫生教育。

就我参观所见，各处均尚整洁。全院环境极好，唯厨房太差，厕所亦不够标准。这一点我总觉得一个卫生机关，实有亟须注意的必要。因为卫生院里的工作人员，一天到晚，要人家注意环境卫生，而自己的厨房厕所，还是依然如故，如何可以取信于人。记得我在浙东办理丽水卫生院，第一件事就是要昌儿把厨房厕所弄好，再谈其他工作，此种信念，到今天依旧未曾放弃。

四时五十分开车，一小时即到三桥，沿途时有攀车强登的，司机说，这一条路上开车，真费脑筋。

进城到富水路，看了几家书铺。晚间以胃部仍不觉饿，即在冠生园要了一个牛奶麦片（十二元），一杯牛奶红茶（六元）。贵阳的鲜牛奶，实在太坏，据说送来时，论碗而不论磅，牛奶就是这样，要不要，随便你，所以像卡尔登几家西菜馆，也没办法，只有这样忍受。

天又下雨了，即回青年会休息。

从今天起，电灯公司修理机器，停电二十天，因此晚上就不便看书，也不能写什么东西。

二日，星期五，早，苏君来，同去金龙用早点，并谈了许久所里的事。

九时一刻回来，钱、姜、许诸医师，刘医师及布之兄等均来访。后同布之去富水卫，于白岛书屋购得《稼轩长短句》一部四册，一百四十元。在从前如此高价，可以买一部很好的明版书了。巾箱本的《瓶花斋集》，要一百二十元，未购。另有《金石索》一部，要六十元。店里的某君说，旧书各处抢购，即如一本英文本的《金瓶梅》，以五百元购进，现在索价八百元。据说长沙湘潭各处，都感缺货，来源如此，书价只有看涨，不会看跌。所以要买书，还是趁早。

到省府，由布之之介，见郑秘书长，谈工会。吴主席已去绥靖公署，后留片而出。

去卡尔登吃了一杯牛奶，两片吐司，因为胃里还是呆滞，不敢多吃。后与布之去逛旧货店，见有捷克制红色玻璃水果缸，索价一千二百元。另有一家卖字画及杂件的小店，居然有毕秋帆何子贞吴毅人等信札四通，索价八百元，此外就一无可取了。有人以一只北京张寿山所刻姚茫父所书的方墨盒求售，要价四百元，其实还是翻版货，真是从哪里说起！

回寓，寿君来，谈了不少半年来西药的商情，又说了些贵阳的物价。据说，杠炭每百市斤一百七十元，煤五十元，米一百八十斤是一千一百元，生活困难，殊有同感。寿君去后，魏医师来，即同之去水口寺，参观伊所主持的中央防疫处贵阳分处。房屋四面叠砖砌墙，建筑得极结实，且各样设计，别具匠心。同时内部设备，亦至完善。工作方面，除了日常工作以外，研究空气，非常浓厚。而事务方面人员，只有五人，即能处置一切。此种情形，极合理想。魏君系一朴实之学者，而行政措施如此井然有序，我甚佩之。

此处山上，盛产杨梅，市上已有出卖，我却未敢尝试。又贵阳大理花极多，花篮上一把一把地出卖，六七朵只卖三块来钱，此为重庆所望尘莫及的。

回寓，途中遇雨。我自来贵阳以后，天天老是这样阴沉，并且时而下雨，至足闷人。

六时，钱、许、吴、姜、刘诸位来寓，同到桃园，他们真是太客气了。菜是笋烧鸡、金钩青菜、红烧肉等四大盘，中间一大锅汤，有蛋皮馄饨等，菜极丰富。

三日，星期六，早起，到金龙用点。九时半苏金二君来，就一同坐了救护车往惠水。惠水就是从前的定番县，是汉苗杂居之地，离贵阳有五十五公里，约走一小时半，即到县卫生院，晤陈院长。

惠水县院以外，有一分院，在拢金镇，三都、山雅、芦水三乡，各有一卫生所。去年度全院经费核定为二十二万余元。

院有病床二十，住院病人极少。今天我去参观时，就空无一人，据说是民众习惯不愿住院之故。是否如此，其实只要把以往的工作统计，一为比较，就可以立刻分明的。

农村妇女训练班民国二十九年时曾经训练四班，结业过九十余人，后又训练二班，不到二十人，训练期间三个月。另有幼稚生卫生员班，办过四班，每班亦是三个月。当年谷医师在此地时，办得很起劲，因为这是训练公卫人员的教学区，现在则训练班的房屋，都坍塌了。

参观各处，颇多感触。院长说待遇菲薄，因此工作人员相率求去，事实上的确只在药房间里，见到有一助理员而已。

到服务社午饭，我本来不预备吃什么，但是结果吃了五个烙饼。饭后去看赶场，见到许多的苗夷同胞，在一个广场上，约有四五千人，可惜道路泥泞，不便畅游。叶浅予兄曾在此地住了不少日子，所以画了许多画幅。此地木板极便宜，都是由苗民从山里肩来，卖到贵阳，可以赚钱一倍以上。据说近旁山上的树木，都砍光了。现在要到四十里以外的山上去砍，当然成本就要高涨上去。水果是花红、李子，正上市。黄李五角一斤，大红李子三四元一斤，番茄每斤八九元十元不等，贵阳城里就要二十四元。此外蔬菜当然要比之贵阳来得便宜，因为是不便运输的缘故。

三时离惠水，到青岩镇。此处有一卫生所，属于县卫生院。所址在城内庙里，一间诊疗室，一间妇婴卫生室，另外还有数小间职员宿舍，以及五张床位，都在庙的后面。门诊病人，每日约二十号。主任是一位在定县做过工作的医生，来此已有两年。我曾叩其如何可以推进此间乡村工作，惜未获得要领之答复。五时到花溪，此处有贵筑卫生院，晤马副院长。门诊部分去年已经参观过了，住院新屋的建筑，还在停顿中。即回贵阳到中央医院，访钱医师未晤，见到钟院长，托其代为设法搭邮车事。

进城已六点多，应寿君之约，寿君因我有胃病，特为我烧了一只神仙鸡，番茄烧蛋，花卷甜馒头等，盛情至为可感。八时半回青年会。

四日，星期日，八时到中央医院参加国民月会，并作一小时的演讲，我就把检讨行政三联制及国际救济善后会议合作事情，报告了一番。

进城看沈逸千画展，参观的人多极了，只能走马观花般走了一圈，说不到能有什么印象。不过我却爱好《哈萨克牧女》

及《塞北神枪手》两幅。后在企业公司看玻璃件，最近又涨价一次，有旧之隔盘，每只二百六十四元，水果缸二百四十元，比之一年前相差得太多了。

在卡尔登午饭，要了一个牛尾汤（一五元），番茄烩牛舌（二○元），火腿蛋（二○元），一个吐司，一杯牛奶，结果连小账等九十四元。

下午布之兄来，回到他所主持的贵州高级医事职业学校去参观。后到富水路，一个人在言茂源绍酒店试了一试筑绍，结果大失所望，还远不如渝绍呢。要了半斤，刚刚七小杯，是十四元，油炸豆瓣及花生各一盘是十元，最后走到冠生园吃了一碗绿豆沙，这是我的晚餐。

五日，星期一，在金龙早点后，即去卫训所与工作人员谈话。谈到十二时，我就在苏君的办公室里，写了几封信，后去看姚夫人，谈了一会。午饭因早点吃得较多，不想吃什么，就这样过去了。

二时后同苏君到高级医事职业学校，晤布之。三时参加该校毕业典礼，我又被邀上台，讲了半小时。因为教育厅代表以礼义廉耻勖毕业生，我则以力行党员守则为赠，并勉以有恒，预祝毕业学员的事业成功，倒也别开生面的说法。

今日见报，独山、都匀间公路被水冲断，最快须半月方能修好，如此我的行程，又要耽误了。即托金秘书为我打听自黔东往晃县一路有无邮车可搭。

近来我对于公共卫生工作，却有几点感想。

（一）吾们的公卫事业，在起初的时候，往往呈蓬蓬勃勃的气象；但是此种热烈的情景，真是只够五分钟，后来就慢慢儿懈怠下来。好的人另有高就走了，于是一个新的事业，竟是昙花一现，不到几年，渐次衰落萎谢下去。

（二）同时我以为卫生实验工作，必须继续不断地努力，方有成功的希望。工作人员尤应久于其事，不以短时间之实验所得，而沾沾自喜。至少要肯下十年埋头苦干的功夫，否则实验工作，不会得到什么结果的。

（三）卫生工作贵在能深入，并非仅仅装点门面而已，尤应效法欧美在吾国传教士的精神，如在苗厅工作，即应习其言语，明其习惯，以便与之接近，否则只是办一个卫生所，采取着一个爱来不来的态度，那么工作了十年，二十年，甚至五十年，是永远不会发生重大影响，而能有所成就的。

（四）在乡村的工作人员，须有一面工作，一面学习之精神。敷衍应付，是要不得的。

（五）公式化之卫生工作，急应设法改革。

六日，星期二，九时趁交通车去图云关卫训所，晤严林汤张诸君，即在季约兄处午饭。后与诸君谈了不少 X 光事，还约定明早到此摄照。

离云图关坐车到中央医院，晤钟院长，决定九日趁邮车去金城江，托由史君去购票。

回宿舍、理发、写信。

七日，星期三，趁交通车去图云关，因为今日七七开会，所以到十点半荣君才来 X 光室，承他详细检查，十一时半到季约兄处。

下午三时复去 X 光室检查，检查结果，胃部机能甚佳，并无病象，更无发生癌肿可虑，病系十二指肠头部溃疡云云。别了荣君，仍坐交通车回青年会。

今天算是饿了一天，可是非常高兴，因为 X 光鉴定，并非胃癌之故。回来以后，先吃了两个烧饼，后去金龙，要了一个清炖冬菇（二十五元），同油鸡饭（九元），吃得不甚舒服，出来走过聚兴园，又吃了一客汤团。此地汤团，比重庆的来得大，可是价钱也比重庆来得贵。（重庆六元六角，贵阳是十四元三角）

贵阳的大十字真热闹，小十字亦然。中山东路都是些大小菜馆，所以来来往往的人更多。大概菜馆的分野，广东人是去冠生园金龙的为多，下江佬集中于陆露春桃园几家，黄河流域的老乡，自然专爱到平津馆子里去吃面食。

八日，星期四，上午等候车票未来，去布之处，亦未晤见，即到冠生园午饭。下午把行李送到卫训所，同时车票也送来了。

六时进城，应钟院长之约在陆露春。菜甚漂亮，第一盘是热炒拼盘，有鸡丁、鸡什、青椒肉丝等四种。最后砂锅鱼头，只此一味须二百元以上，在座有好几对夫妇，及庐校长等。

晚布之来所谈久，始去。

九日，星期五，六时到邮车停车场，晤游副院长。今日邮局卖出客票六张。司机台二座，已有他人占去，我与游君只得坐在邮包上面，那就相当吃力了。

早七时余开车，午饭在马场坪，我是吃了两个淡馒头。

六时到独山，今日车中有黄鱼数尾，还有一宪兵，晕车大吐，因此车中空气，感到有些异样。

独山去金城江的火车路，为大雨冲毁数十处，一时无法修复，而每天从贵阳南下的旅客聚集在此，不得登车出发。旅客愈来愈多，自然旅馆就客满了。为什么西南运输公司不能在此期间，开几趟往金城江的车辆呢，说是火车通了，只是到独山为止，却不想到车路中断，非短时间所能修复，以致南下的旅客，逗留独山，进退维谷。交通事业之不为旅客便利安全着想，岂仅这一点而已！

途中遇见前在昆明接收站之某君，由其指示得晤卫生院陆院长，即将行李搬到卫生院，今晚睡的问题，总算得到解决。

卫生院偏于城北，离热闹汽车站约有三里之遥。院屋计有保健院，病室平房两座，办公室楼房一座。从前为卫生署的公路卫生站，所以一切房屋的建筑，都是中央的经费；迨公路站取消，遂改为县卫生院。院址极宽大，并有空地不少，足可展布。院中一切布置，至为妥适，而历年来工作统计，亦极详尽。

晚饭后，与院长谈院事至久。此刻每月经费仅五千余元，处处受到行政上的牵掣。陆君在此惨淡经营，真是煞费苦心，现正准备移交，不胜惋惜之至。

十日，星期六，三时半即起身，四时到停车场，尚未开门。

六时余开车，离开独山约一公里处，即有许多旅客等候，于是车就停了下来，讲价钱，说人情，喧嚷许久，竟带上了黄鱼约二十尾，车厢里塞得水泄不通。我与游君因到停车场较早，先占司机台的座位，较为舒适。黄鱼价钱，自独山到河池，每人六百元。到都匀时，还要预先下车，走二三里路，上车时亦然。本来邮政车最为规矩，每车仅售两座，昨天卖了六张票，已经破坏向例，今则公然搭载黄鱼，纪律之坏，达于极点，不晓得当局亦有所闻否。

午饭后到都匀，几家饭馆都是挤满了旅客，我是要了一盘炒蛋（二十六元），吃着带来的面包，对于我是较为合适的。

饭后开车极热，加上数日来没有洗澡，甚感不适。过麻尾后，已进广西界，与贵阳不同之处有三：（一）公路两侧颇多树木，（二）女人梳长辫，并见有穿挎绸衫的，完全是两广人的装式，（三）天气比较闷热。

下午二时半到河池，因为要整理邮包，在此停留两小时。就与游君去河边街上一看情形，冷落萧条，代替了去年我路过时候的一片繁华景象。招待所关门了，旅菜馆只有寥寥数家，支撑着河池的残局。吾们就在一家广东馆里，吃了一点点心。问问老板，为什么不搬独山，他说，不容易找房子呀！路上遇到江西的张校长，告以邮车即开金城江，可以附搭前往。

回到停车处，仍坐邮车。四时余开出，约三刻钟，到金城江。先到车站问讯，并无通车开往桂林。只好出来找旅馆，碰了四五家的钉子，不得已去找卫生分院，晤朱主任，承其留住院中，住宿问题，终算解决。

金城江天气极热，饭馆里看到涂脂抹粉的女招待，卷发穿挎绸衫的妓女，川流不息地说着、笑着、走着、立着，心里更会烦躁起来。幸而分院离市较远，尚觉安静，睡后毫无臭虫之苦，实出意外。

在临睡以前，还买了一个西瓜，很不错。瓜重七斤，计国币六十三元，还算是便宜的。

经过柳桂

十一日，星期日，七时到车站，二等车座已满，只得买头等票。待等吾们挤上车去，也就没有什么空座位了。看看车厢中的旅客，买卖中人，着实不少。就是同来的几位商人，当然也就坐头等位。还有看到不三不四的男女，居然也在头等车里。在他们眼中，以为多花几十法币，毫无关系，自然乐得坐头等了。

贵阳同来的某甲告诉我，昨晚上的住宿情形，因为旅馆是没有房间可得，不得已到一家茶馆里去喝茶，喝得时间已相当晚了，店伙计说要打烊关门，意思是要他走路，他说打烊好罢，我就借宿在这里了，结果是拼了两只方桌，睡了一觉。

这是一个确实的故事，并非笑话。吾们若是不做卫生分院的不速之客，怕的是也只有某甲的一个赖皮办法。

在车上识同乡陆、沈二君，均系路上工务人员。过宜山时写一片与恺臣，托出车上人员带去。

黔桂车中时有车僮扫地保持清洁，且查票员负责为旅客找觅座位，都是值得称道的事。我所最不要看的是从前京沪路上查票员的颜色，一副讨冷债的面孔，真要令人发生反感。

车上吃早点，有稀饭，有酱菜等小碟。先写票登记，然后按单送来，井然有序，并无京沪车中一片叫嚣之声，自属进步许多。

下午二时余到柳州，游君与张校长在南站下车，我到城站。先去乐群社，已苦客满，就叫挑夫过河，到省立柳州医院。是有五六里路，汗出如浆。

到院晤张院长，悉王大队长尚未来柳，或者已在县卫生院，亦未可知。即在张君处洗澡，极痛快。晚饭是馒头，佐以番茄炒蛋等几样，适合我的胃口，因此大有如归之乐。

晚同张君去县卫生院，访吴院长未遇，于是走了几条大街，开逛了一会，买了几本杂志回院。

就我今日所知此地的物价，猪肉每市斤四十元，鸡四十八元，米八百余元一市担，劈柴每百市斤八十余元，炭一百余元，蔬菜平均约八元一市斤，一切生活程度甚高。工作人员除薪给外，生活补助费二十元（限于二百元以下薪给之职员），技术津贴是薪给的百分之八十，公米一百二十斤，因是生活至为清苦。

十二日，星期一，得桂林来电，促余即往，因此南宁之行，只得作罢。

此处省立医院，面积颇大，主要楼房一座，可以布置床位八十，在从前是用以为职员宿舍，病房则在后面的旧屋，光线通气均极恶劣，自张院长来了以后，即将病房迁移大楼，旧楼略加修缮，改为宿舍，一切均有新气象。门诊部另有新造楼房一座，亦极合适，微嫌有点房屋不够分配罢了。

我为张君邀住宿舍楼上，窗外有兰树高过楼房屋檐，据说作花时极繁。前院中有不少沙田柚树，张君复为之整理培植，因此殊有园林之胜。十时后出门，到东大街购书。

下午二时复出门，到沙街一游，此处尽是匹头杂货行家。海味之自北海来的亦不少，开洋每市斤五十六元、六十二元两种，鱿鱼冬菇都是九十六元，干贝三百二十元，此外海参、鱼肚、鲍鱼，未曾问价。鲜荔枝每斤二十六元，香蕉二十元。

夜，县卫生院吴院长来谈，河南的新屋正在建筑中，计建筑费五十万元。

十三日，星期二，八时出去，逛了一回街，买了些应用物件回来。十时，与院中工作人员谈话约一小时。

见十二日桂林大公报，桂林肉价已涨到每斤四十六元至五十元。同时读者投函栏有"救救清寒的中学生"一函，说到私立中学下学期的缴费，是除了缴纳学杂费以外，书籍课本暂算二百元，制服费一千元，伙食全期一千五百元，教师学米十五斤（暂扣一千一百元），共计五千一百二十元，再加上捐款零用之类的杂支，起码要筹到六千元，才能入学就读，这个问题，实在太严重了。

饭后同张君出去到特察里一看房屋居住情形。大部分的木屋建筑在很肮脏的池塘边岸上，厕所也就在旁边。还要在池塘里洗东西，真可以说是人间地狱。鸨儿的势力听说非常大。有一次戏园要演占花魁，对于鸨儿形容得过于刻画尽致，特察里的鸨儿就不答应了。原来那家戏园，每天必有很多的妓女来看戏，忽然间一个妓女也不来了，于是乎戏园老板着了慌，挽托出人来向鸨儿疏通，条件是以后不得再有此种演出，其事才了。

参观特察里后，到大街上购件，遇雨甚大，最后雇车回院，衣履尽湿。

夜八时半，好容易雇得人力车往车站，卧车票还是昨天定好，今早才买到的。

此数日来，在张君处居住，张君不以客人待我，所以彼此相处得很合适，可以说是一见如故。吃饭是自己蒸的馒头，还有小米粥，北方风味，正是适合我的胃口。

十四日，星期三，早七时左右到南站，出站时有人力车票可买；顾车辆并不多，所以购票时，又显出彼此争先恐后的情形，有点美中不足。到南门城门口，办理登记后即到交通路医疗防疫第一大队部，遇事务员方君，随后书林兄赶来，同去东城川粤点。

九时到省府，晤阮张诸君，李所长亦来，谈了不少话。离省府后去访子正于其诊所，最后到爵禄用点，吃炸馄饨，颇似家乡风味。

到桂西路先逛书肆，后及百货商店，各种物品价格，似较柳州为高。

五时半去大华，识陈院长张局长诸人。

此间旅馆如乐群、大华、社会服务处，均告客满，决定寓书林兄处。

十五日，星期四，早起，发重庆函电多封。

八时到省府，先后去谒见朱民政厅长及黄主席。

到卫生试验所晤敦吾所长，又至省立医院访陈院长，参观传染病室房屋，已收容纳痢疾患者二十余人。我总觉得在房屋的结构上说，是颇相宜于办一旅社，收容传染病人，并不合适。

十一时赶到卫训所，应李张诸人之约。此处房屋刚合用，训练人员约七八十人，最为恰当。亲戚李君见报知道我在桂林，特从城外进来看我。

下午去五美路殷家巷后，即回寓休息。

十六日，星期五，本定今日去阳朔，船已雇好，而昨晚一夜大雨，至今早还未停，阳朔之行，应时中止。

午前访友好未晤，到丽君路亦未能觅得亚子先生住处，回到桂西路，书肆中闲游，天仍下雨，即到扬子餐室吃方糕，这是苏杭一带的点心，做得很不错。

下午到大队部，写一纸去熊家，问明白了亚子先生的住址，于是再往丽君路，才寻到了，谈了许久。吾们不相见，恐怕已有二十余年了。就是在杭州时候的通讯，距今也有十多年。从丽君路后，即回寓。

晚上月色甚好，日间机会竟因一夜大雨而错了过去，此后不知何日才能一偿夙愿！

十七日，星期六，早到公共卫生人员训练所参观，后去卫生处，与阮秘书谈桂省卫生工作。

十一时半赴宴，在座尚有林主席侄女公子，席间与苏厅长谈医学教育事颇多。

席散已一时半，到大华饭店访许教育厅长，他自重庆回浙途经桂林小住，我即日要离此。

到社会服务处看顾雷雨个人画展，像逛体育场小摊。旧货倒不少，就是要你有一双精明的眼睛，会挑选，会回价，才能不致上当。据闻当时为回来华侨的临时出卖小厅，宛如去年我在昆时所看见的情形一般。现是变质了，都是专做此种买卖的摊商。其中有穿西装的少年，亦有涂脂抹粉的妇女，形形色色，说不清是哪一路的角色，大概广东人最多，江浙人次之，北方人又次之。

十八日，星期日，出门已十时半，到大华晤绍棣先生，在其寓所，识梁君，看到他一幅画，是画了几匹马，许先生很称赞他。

出大华，去体育场，看夜萤画展，材料贫乏得很，就是几张木刻，也要买门票，可笑。

今日见报猪肉是每斤五十二元，牛肉二十二元，半月前一朵荷花要卖到五块钱，而某西药房里有照 X 光的 12×14 的片子，每张卖一千八百元，谁能照得起呀。

书林有一亲戚新自浙江卫县来，那边米价一百五十斤是一千六百元，猪肉每斤三十二元，鸡蛋每枚二元，青椒每斤卖到三十二元。卫县生活尚且如此，自然不能独怪桂林。买了一个马铃瓜回来，不见得怎样好，可是价钱十八元一斤。小摊上有香瓜，每斤也要十六元。

数日间任桂林所见到的，有三件事情，可以入我日记。

（一）猪肉问题　猪肉涨价到五十元五十二元，还不容易买到，于是报纸上天天讨论这个涨价的事情。据市政府社会科就七月一日到十三日之调查统计是：

日期	肉价	屠猪数目
一	三〇	一六〇
二	三〇	四七

续表

三	三六	一七一
四	三二	一五三
五	三四	一四八
六	三八	一五六
七	三八	一二八
八	四二	一二八
九	四四	一〇四
十	四八	一五八
十一	四五	一一七
十二	四八	一一九
十三	五〇	一二二

涨价的原因，据说：

（1）湖南来的猪，运费增加。

（2）吊肉每斤已卖到实价四十三元，再行销售市场，有时要转手三次，所以菜场的肉商非卖五十元不可。

（3）桂林附近猪瘟。

（4）湘桂交通，被水路阻，猪的来源减少。

（5）屠商故意操纵。

市府对于此次涨价，曾开会决定，不得超过四十八元。自此四十八元，即成为法定的价钱；以后就不容易跌下来了。为此报屁股上，竟有生子不如生猪之说，生子徒供消耗，如其母亲没有奶，则一磅代乳粉须八九百元，如何养得起！生了猪，则大利所在，哪怕不能得到高价。

（二）房屋奖券　桂林人口已经超过四十万，而房屋问题极为严重。公务员希望租到一两间房子，真是难同登天。并且房东往往要求以米计租，更为一般穷公务员所不能忍受。于是有人异想天开，发行房屋奖券，每张二十元。

头奖　一　　可得价值四十二万元洋房一栋。

二奖　二　　各得价值三十五万元房屋一栋。

三奖　五　　各得价值二十七万元房屋一栋

合计二百四十万元。七月一日发行，八月一日开奖，设计此事的人，把握着社会上（1）不易找到房屋，（2）是想发财两种心理；料想购券的人一定是很踊跃的。

（三）生活励进会所发起的饮食节约　桂林自被港风吹来以后，社会上浮靡的风气，一天一天加重。饮食节约，就是针对此弊病的办法之一。规定茶点每人不得超过十元，小费瓜子在内。中西餐每人以五十元为限，非喜庆婚丧，不得宴客。宴会时，不用烟酒。如违反此规定的，第一处罚一千至五千元，第二次五至十日停业，第三次永久停业，决定自七月二十五日起实行。

湘南之行

十九日，星期一，六时半即到卫训所，参加纪念周，讲了一小时。后来书林说，他也被我说得兴奋起来了。可是我自己知道我的说话，是不够感动人家的。因为既不能说得亲切有味，引人入胜，又不能激昂慷慨，振聋发聩，只能分出段落，这样平铺直叙而已，这是我的缺点。

同书林兄到扬子早点，胃部有点停滞，不敢多吃。回寓，写寄各处信件。

午饭时吃了三个卧果儿，休息了一小时，胃部觉得舒服一点。方邕兄来闲谈，并得德隆兄十三号所发的快信。

二时半同书林去车站，等了半小时上车，即与雨林兄作别，车亦随即开出。一路贪看风景，直到兴安，暮色四合，始进房间。

饭车里只有客饭，每客十五元，另要蛋炒饭，说要等一会儿，好得我在车站上买了五个鸡蛋卷，必要时可以充饥，因此索性今晚上决定不吃饭了。

睡在铺上看书，倒颇合适，可惜有小虫飞进来。

二十日，星期二，昨晚上的车，老是那样走一段，休息一段，不知何故！一早起来，车是停在井头墟，已经有两小时了。据说前面有一列货车出轨，所以挡了路，不能通过。九时三十五分才开始前进，走到冷水滩，又停起来了。

饭车上在井头墟买了一点蔬菜，居然可以开饭了。客饭是一碟细豇豆，炒了一点肉丝，加上少许青椒。豆腐汤简直是一碗盐汤而已，我却吃了浅浅儿两小碗。小贩摊上炒的鸡蛋，是每枚三块钱。饭车上又别无其他小菜可以加添。其实我对于黔桂路上的办法，是相当赞成的。馒头，白米汤，小碟儿是油炸花生，油豆腐，酱菜，油鸡蛋，此外就是蛋炒饭，就够了。总之，要合乎经济卫生，而又合乎营养的几个条件。要为全车上大众服务，不要为几个头二等客人的享受，预备了西菜，而把大多数旅客的福利置诸脑后。已往这种办法，在今日是应当变更的了。

在冷水滩车站上买了一个西瓜，国币十四元，我把它一口气吃了，可惜不十分好。

车是慢慢地开出了，究竟何时才能到达衡阳！在下午五点钟开饭的时候，我又不能去吃一点，明知淅淅敞落的硬饭粒与我近来的胃部颇不相宜，可是车的误点，一至于此不得不硬着头皮去吃客饭。一盘烧茄子，一碗汤，上面漂着几根空心菜，勉强吃了一浅碗。回到车厢，看旅行杂志。看得厌倦了，又睡，睡醒了，再看，如此就把时间消磨了。

十时半到衡阳西站，幸而天不下雨。出了站门，并无人力车，只能雇了一名挑夫进城。一路上走小街，极泥烂。叩了几家比较大的旅社，都是回报客满。最后在南门外，找到一家小旅馆。黑黢黢的二小间，点了几根灯芯油盏灯，蚊帐已成灰黑色，床上的被枕，是同样地肮脏。此处离渡口虽近，但是水涨江阔，如此深夜，我又不想一个人去冒这个险。好罢！就设法在这小旅馆中歇一夜罢。

挑夫人很诚实，他还说过江后可以找到好一点的旅馆，我也就回报了。

在这一个小旅馆中，将怎样度过此数小时的时间呢！好得到此已将十二时，而后来叩门开房间的，还是陆续地来，直到这家肮脏不堪的旅馆，也宣告了客满为止。

我决定不去跟臭虫搏斗，还是用我去年经过衡阳而在西站一家旅馆里的办法，就是伏在桌上，打一瞌睡算了。可是今晚上的一小间，只是沿窗钉上一条小板，算是一张桌子而已。伏了一回，手臂上感到发痒，这是被蚊子侵袭的结果。起来背靠着房门而坐，不一会儿，颈部又痒起来了，一摸就是一个臭虫。如此伏既不可，坐又不能，心中颇为烦恼。然而有什么方法！唯一的盼望，是东方发白的时间，能够早一点而已。于是一点、两点就这样挨了过去。好得夏季的夜，是很短的。远远儿听得鸡叫了，街上也有人们的声音，旅馆楼上模糊的破旧的木栏杆，渐渐儿也清楚起来，而赶早路的旅客，就有好几人起来出门去了，我也就叫了伙计，挑了两件简单的行囊，出了旅馆，走到渡口，果然湘江水涨很高，过渡时间，约二十分钟。

二十一日，星期三，到车站旅客已经很多，其时还不过五点半钟而已。询之问讯处，晓得开往耒阳的车是六点三十分。好极了，就此买车票，进月台。

准时车到，开车。坐在车厢里，有点倦累，可是合不拢眼。九点钟到耒阳车站，雇人力车，到卫生处，车价是十块钱。

公路两旁的早稻，据说秀而欠实，是雨水太多的缘故。

行行重行行，约莫走了三刻钟，才到南门外的卫生处，车站到此有八里路。

晤见杨秘书，晓得邓处长刚去车站，赶往南岳去开会。正在说话间，一麓兄回来了，说是坪石乐昌间车路，有一部分塌方，是以上午无车，于是就与代谈处事。承他的情，留住在此，说是旅馆里的臭虫，怕我受不了。

饭后休息了一小时，觉得精神振作了不少。张秘书来看我，即同他与一麓兄去晤楚珩兄于中正医院第一院。他在病中，滔滔不绝地告诉我四五年的挣扎困苦情形。不错，湖南的公医建设，是楚珩兄一手缔造起来的。

到了四点多钟，我怕他说话多而太兴奋了，即辞出，参观中正医院各部分。后到城内大街一游，觉得耒阳街道，甚整洁，比之浙东的永康，是相差得太远了。实在说，当时永康的环境太坏，虽然浙江省会是在县属的方岩山中，而一个省会所在地的县城，竟还是十八十九世纪的情景，未免太不像样。

出城到蔡侯湖，旁有祭侯祠，因为蔡伦是耒阳人的缘故。还有什么庞统张飞的故迹，我也懒得去看了。根本上近来的我，所谓思古的幽情，已成一缕轻烟，在若有若无之间，未必能唤起我往常热烈追求的豪兴。

回处吃了一个馒头，两浅碗稀饭，菜是几粒花生米，倒很适合我的脾胃。

七时起，与处中秘书科长座谈，交换意见颇多，一口气竟谈了两小时半。同人去后，在廊下洗了一个澡休息，觉得很痛快。

今天知道耒阳的物价是：猪肉每市斤二十六元，鸡每市斤三十元，鸡蛋每枚一元六七角。茶油每市斤十四元，次白糖三十余元，盐十八元，米一百四十五斤是六百元。卫生工作人员的收入，以技正为例，薪俸四百元，生活补助费一百十元，加成津贴是五十元，各加二成。

二十二日，星期四，早起，发了几封信。楚珩兄派人来速去，即往中正医院，与谈约一小时而出。

任君来，又说了许久关于农村高级职业学校的办理情形。复同一麌兄参观省立制药厂，该厂资金仅一百三十万，而工作努力，研究部分亦多成绩。最近为代替奎宁用的一种植物，分析结果，名之曰黄宁，说是正在临床实验中云。此外中药之制成锭剂的，如使君子、益母草等等，已替代山道宁、麦角而应用了。不过我觉得还是在形式上，以向来的煎剂，而代以现代的锭剂而已。事情绝非如此简单，不过人家一团高兴，我未便以冷水来浇背耳。

十时余到车站待车室，由一麌兄之介，识廖委员，未曾深谈。又识南岳中正医院第一分院李院长。原定十一时二十分可以开车的，到了时间，还无消息。后来李厂长也来了，同往衡山去开会。

下午一时半车才到车站，上车旅客极挤，只得在餐车中觅座。过了衡阳，始觉宽舒起来。

一路上看见货车中间，有专为运猪的几节车子，顶上铺着稻草，当货车停在站上的时候还有人上去洒水，怕的是猪中暑呀。因为运到桂林去可以卖得好价钱，自然要保证周到才好。

六时余到衡山站，走到江边，足有四里路。此处的湘江，比之衡阳要宽一倍，所以过渡的时间，竟费了三刻钟。及到衡山，已天黑了。在一家小馆子里，邓李二君各要一碗面，我是吃了几个淡的馒头。吃完走出大门，想去卫生院（离城有六里路），而长官部的大汽车刚开过，就由李院长的介绍，搭上该车，索性先去南岳市，回来时候，再到卫生院参观，我以为这个办法很好。

车行约五分，到南岳市中国旅行社，已无房间，决定在客厅里加了两个床铺，我与李厂长同寓旅行社，一韪兄则去其友人处过夜。

九时半休息，一切都很安逸。

二十三日，星期五，五时即起，整理了一点东西，一部分留在旅行社，一部分带到山上去。忽放警报，时钟还不过六点钟。即同一韪兄去中华旅社，拜访周民政厅长，谈了一会辞出。

拟游南岳市街，以警报未能进去，遂沿小街到岳庙。其时敌机已在衡山上空，即出右北门上山，目击一架敌机，被吾机击落，机身四散，向南岳市附近公路跌下。如此约五分间，机声渐远。李厂长改道上山去参加中等教育会议，一韪兄与我参观正在建筑中之中正医院，参观后，我就上轿开始登机。

南岳庙正门棂星门，两侧是东西便门，各有甬道，以通东西川门。与东西川门平行的正中南门，会被敌机炸过，现正在修葺中。再进，中为嘉应门，两侧为东西角门。嘉应门以内，本是正殿，有七十二支两人抱的石柱。正殿之后为寝殿，再后就是石北门了。就岳庙大体看来，要比泰安岳庙来得阔大。朱红色的墙，黄的玻璃瓦，更显得气魄雄伟。

出了西北门，就是上山的道路，路极平坦，汽车由此而上，可达半山亭。

上山约八里，有忠烈祠，尚未完全落成。进了石牌坊，从两边石级上去，是纪念堂，再上石级，为忠烈祠，两边壁上，嵌以当代名人的石刻祭词。

半山亭在香炉峰前，自岳庙来十五里。寺有电话电报收发处，一边的房屋已经租给忠爱社了。忠爱社的组织，宛如江西的陶陶招待所，广西的乐群社。寺外原有旅行社招待所一幢洋楼，今由忠爱社接办，尚未正式开幕。

从半山亭上山有郴侯书院遗址，铁佛寺、丹霞寺、湘南寺，而到南天门，一路都是很平坦的马路。虽系上坡，并不费力。而沿途风景，却无特殊、可以流连之处。只是在郴侯书院遗址的地方，山势已高，仿佛峨眉之大坪。在此可见湘江蜿蜒曲折之势，俗说五龙朝圣，就是五个曲折而已。登南岳而要高瞻远瞩，此处最为相宜。

过南天门后，转过山去，忽又开展另一局面。上封寺、观音岩、狮子岩、祝融寺，历历在目，道在未曾转过南天门以前所不能看见的。

到上封寺，时正两点，此处有日本印藏经，正在曝晒，略一翻阅，遂游祝融寺。此处有望月台，守身峰，别无可观，仍回上封寺。寺有客房，相当整洁。起初是开的后面房间，后来知客僧晓得我从重庆来的远客，就吩咐改开在前面，其实我并非达官显宦，这也是泡茶，泡好茶的意思，倒也怪有趣味。

夜间颇凉，竟盖厚棉被。

二十四日，星期六，黎明即起，到观日台，看日出。起初似有薄云，以为不能看到什么了，后来居然看得很圆满。记得我在泰山、黄山，以及天台山顶上，都能遇到看日出的机会，并且今天还能看到云海，自然满意极了。

回到寺里，吃了一碗山粉下山。到观音岩一游，此处有松树数株，姿态可以入画，还是明朝罗念庵所手植的，所以叫作念庵松。

经铁佛寺，由此分路，山路较狭，但仍平坦。至磨镜台，有唐大慧法师塔，前湖南何主席的别墅，即在此处。松林茂密，可谓南岳风景最为优秀之区。上有新建之游泳池，洵是山中胜景胜地。

自此下山，经福严寺看明代铁杏树。南台寺，亦颇幽静可居。及至山下，拟一游岳市，又因警报未能进去，即回旅行社，时过十时左右。知道昨日所毁之敌机，已于当日装去，敌人死尸，亦已埋葬。

十二时应李院长之邀，即在旅行社午饭，喜晤谷音志良夫妇，他们是来南岳度假期的。有人问我游南岳的感想，我说单从风景立场来讲，衡不如岱，但嵩与恒却不能与衡争胜，华则尚未去过，未敢妄加揣测。若就山下的建设来看，衡山应居第一位，此后进展更未可限量也。

饭后已一时半，赶乘人力车与一毵兄回衡山，即到县卫生院。

县院僻居城外，离城约有三四里，为当时衡山指定为实验县时所建筑，房一幢，余屋甚少。如为收容病人计，实在不敷分配，门诊则地点较僻，亦不相宜。经由院长导引参观各处，对于此间工作情形，我已知其大概。

晚宿楼上，极热，久久不能成寐。

二十五日，星期日，夜二时二十分即起身，主人还预备面食，我只吃了一个荷包蛋。乘轿穿城而过，渡湘江，始天明。及到车站，原来五点多钟一趟早车，已改为半夜三时，今天是误了一点时间，但是四点多钟已经开出了。除此以外，是九点多一班慢车，以及下午三点多的寻常快。不得已即就车站附近一家小茶店休息。

八时后有警报，未几即听得机声，始终在附近盘旋，约有一小时。我在竹椅上打瞌睡，慢车无消息，但是时间已十一点了。

邓君与赵院长即在小茶店中午饭，我还是吃了三个鸡蛋。

饭后警报刚刚解除，又有警报；三点钟时候，并见吾机往北飞去，有十七架之多。

本来九点多钟的慢车，直到下午六点解除警报以后才到站。车中旅客极挤，站长说如此晚点，不晓得何时可到湘潭，也许要在深夜，或是天明，索性还是等寻常快罢，大约晚上十点左右可到。站长意见甚是，仍回小茶馆吃了一点面，想在竹椅上睡一会，蚊子极多，颇以为苦。

二十六日，是期一，两点半钟车站上的人来叫了，即到车站，购票上车。这是应该在昨天下午三点多钟往北的寻常快，误点到今早三点才开。而吾们几乎是二十四小时，就是一个整天，在车站附近小茶店里等车，真是困惫之至。

车过两小站，即天明。到朱亭后，时钟还不过五点四十分，即有警报，车遂停在路上。而昨日六点多钟所开出的慢车，还是停在此间，不知何时才能到达湘潭。

停车约半小时复开，八时到湘潭，过江，江面原较衡阳为宽。渡口进城，还有好些路，坐人力车走狭窄的石板路，时虞倾跌。到县卫生院晤林医师。一毽兄去其岳家，我则由院准备一房间，吃了一块发糕，两个甜包子，即洗澡休息。

下午二时晤吴院长，由其导观各处，并畅谈一切县卫生院工作困难情形。

此处县卫生院在乡间所设立之卫生所，每月经费五百元，主任薪俸一百十元，助理员五十元，工役三十元，此外办公药品事业等费，就摊不上多少钱了。本院有住院部分，平均每日不到一人。住院费用，房间费每日六元，菜钱每月八十元，米是一人交三斗。门诊每日二三十人，本院费月支八千一百元。

一趟兄来了，同去景惠医院参观。景惠在此已有数十年之历史，是一个教会办的医院，在当地颇负声誉。院屋甚宽敞，现多空余未用。

复去公医院，晤杨医师，从前曾经主持过县卫生院，布置亦佳。

辞出后同邓君去城外大街游览。湘潭热闹市场在南门城外，大街一条约有五六里之长，商业极为繁盛。先到望衡酒家，看湘潭所在处，就近并去一看陶侃墓及何腾蛟墓，是在一处地方。

邓君邀至祥云斋吃脑髓卷（每件二元）。此为湘潭的名点，尤其是祥云斋所做的为最有名。当年湘绮老人修湘潭县志住在湘潭，祥云主人每日必送去一份，湘绮极为赞许，于是就把祥云的脑髓卷，载入县志。吃来确实可口。吾们还要了两条鱼（约八寸长），一清蒸，一红烧，每盘三十元，吃得非常痛快。最后我又买了一个西瓜，可是没有什么味儿。

此间物价：猪肉每市斤二十六元，牛肉十六元，鸡二十四元，鱼十六元，鸡蛋每枚一元五角，蔬菜平均每斤一元五角。茶油三十六元还不到；谷价二百元左右一市担，米六百元一百四十斤。卫生工作人员的待遇，以医师说，月薪二百六十元，加四十八元为三百零八元，生活补助费一百一十元，米贴八斗（五十五元计），四百四十元，合计八百五十八元。普通助产士月薪一百四十元，生活补助费一百一十元，米贴三十岁以下的六斗，是三百三十元，合计五百八十元。

本地产盐，凿井在五十丈或一百丈以下，有石膏，过三年将盐卤熬盐，成本现约每担五百余元，而缴税要一千二百余元。

湘潭大街商业区域有三层楼之大商家，如油盐花纱面粉号、磁铁号、伏酱油（此处甚著名）。糕饼号，花粮饼行则在河边。街路上有许多羊角车，推着货物。此处伞店同钉靴店颇多，下雨用明钉鞋，也是此地著名产品之一，所以有一"湘潭钉鞋衡阳伞"之谚。酒酿冲蛋的小挑也不少，碗盏放置得很整洁。菜市上多活鱼，冬瓜、南瓜、豆芽、青椒、空心菜等等，都不少，鲜藕又独多。

二十七日，星期二，四时半即起身，伺林医师出城搭乘开往易俗河的轮船，很不巧，刚刚开出了，于是在河边一家米行里等候一小时，趁八点钟开的一班。

轮船平岸后，客人一面上岸，一面又是争先恐后地抢着上船，秩序极坏。

小轮走一小时到易俗河，问谦吉栈，就在市梢头，没多路，寻到了。见着潜修兄，他很惊讶，想不到自从二十六年大家离开杭州，今天会在此地晤见，因是彼此一开始谈话，就没法停止下来。

他所居住的一间书房尚宽大，壁上挂着朱昂之的小联，汤雨生的梅雀，顾鹤庆的山水屏，还有何子贞的楹联，配以钱大昕在铜器拓片上所补画的兰竹，这样一个闲雅的布置，我是久已没有看见了。遂又谈及杭寓友朋间一切古物的命运，不禁感慨系之。

后看徐俟斋册页，系密老词宗上款，是画给方密之的。俟斋先生的画，自有他一种气息，可是这本册页，颇见空灵，另有一副面目。在杭时曾见过，是时形诸梦寐，今来易俗河，想要看看这本册页，亦是此行目的之一。

潜修兄殷勤留我勾留一宵，无奈为时间所不许，将近十一时辞出，参观当地的卫生所，即趁十一点半的小轮回湘潭，在祥云吃过脑髓卷及千层糕后，赶紧会钞出来，而邓君等已坐了人力车赶来了，即到码头上船，极挤。在大餐间里得一座，客票以外，须另购座位票。

船开后，一路甚热，同邓君等吃了一个西瓜，不见佳。大餐间里，客人甚多，挤在一起，正是热得走投无路，汗出如浆。

六时到长沙，雇车进城到大东茅巷仁济医院里的县卫生院，此处未毁灭于火，一切仍旧。晤方院长，决定即住此间，以便谈话。

同邓君去二美酒家吃饭，空心菜炒虾仁，汤爆子鸡，炒白菜，冬菜汤，结果连小账在内共一百六十四元六角，并不便宜。

回院后与邵医师同到大街一游，一切物件，比之柳州为贵。三星黑人等牙膏，竟无货陈列，其情形一如重庆。可是在水果店里见到奉化种的水蜜桃，卖到三十元一只，不能不为之惊骇。而长沙有名出产的鸡绒鸭绒被，已经卖到三千元，从八月份起又要涨价百分之三十以上，一年里头，竟要涨到十倍左右。

理发回院，又洗了一个澡，顿觉快适。但是上床，久久未能睡着。半夜醒来，还是出汗颇多，据说这几天，是长沙最热的天气。

在长沙

二十八日，星期三，早起，天阴有雨意，邓君来，一同出门，在伯陵路上见有一古玩铺，识其主人陈君，因此见到一件出土的唐代白釉，有绿彩的瓷碗，颇精。约于下午详谈此间以往出土情形。

路遇刘医师，同去吃酒酿冲蛋。又遇市卫生院的曹院长，决定先到市卫生院参观。路经公园，见有一幅卫生宣传画，颇佳。

与曹院长谈市卫生工作如何进展情形，颇多意见上之交换。

后去湘雅医院，晤邓君令弟及萧院长，参观各处劫后情形，并畅谈第二次第三次长沙会战时医院所处之地位，及其所遭遇之损失，颇多珍闻，即在该处午饭。

二时回东茅巷，陈君来访，同往李家坦某处，见到出土物品甚多。本来此处在抗战以前，即有陶器出土甚多，二十三四年间，潜修兄自长沙回杭州曾经带去多件。其时青社诸友，正在研究越器，而长沙出土的，与之颇相类，其烧造时间，当在唐代或其以前，因为证以绍兴各处所发现的晋陶，可以如此假定。我于当时即想有一机会，可以一游长沙，以便研究此种物品与越器的关系。去年读了商承祚先生的长沙闻见记，并且在展览会上见到楚墓中所出土的漆器，更为之神往。顷据陈君说南门外、北门外此种古墓之发掘甚多，现均填塞，无法进去。所出土的东西种类确实不少。即如今日匆匆所见到的，如石器、铜器、漆器、陶器、木器、烧料、玉器以及玛瑙水晶等种种。我以个人精力有限，不欲扩大研究范围，仍以陶瓷器为主，购得小品数事，大件的只有博物院可以罗致，吾人值此离乱，无法携带，此实为研究上唯一的障碍。一个下午就这样匆匆地消磨过去，获得新的见识不少。

夜陈君来谈久，欣悉上海戴君，有人在此，已住两年，所得出土物品颇多云。晚饭应刘君之约，在玉楼东，菜极丰盛。清炒虾仁一大盘，这是好多年来未曾见过的珍品。记得今年在新桥松鹤楼，说有活虾，于是爆了一小盘，大约每只须要两三块钱，哪能供我大嚼呢！

二十九日，星期四，早五时出门，到市卫生院，因为今天集合了市县两院同人见面，讲演了一小时半。

回东茅巷，陈君来，同去访问戴君派在此间收购古器物之刘君。见到烧料精品多件，因是虽有警报，亦不之顾，依然看他暂放在城里的物品，并约定下午再来看一件越器，遂与辞而出。

下午二时去织机巷，即在大东茅巷之前，此处尽是瓦砾，尚未建筑。大约沿马路的店面房屋，都已盖齐，街巷里面的，还是一片劫后凄凉景象。刘君出示瓷器二件，其一确为唐代越器，釉色与制作跟我所藏的葵花式碗无异，据说是此间出土之唯一越器。本地人不之识，今为葛君所得，葛君亦为上海之业古董的，常去龙泉，所以对于龙泉颇有眼光，越器尚不能肯定，我一见之，即毫不迟疑地断定它为唐代越器。另一件黄灰釉盘，加赭赤彩两处，葛君拟携之龙泉复窑，作为龙泉窑变。我对于这件物品认为有邛窑之可能，但是未敢有所决定。这两件东西，看得非常满意。

晚应曹君之约，在新怡园，座中都是些生客。

三十日，星期五，六时到织机巷，与刘君坐人力车出南门，过渡，雇轿经金牛岭，学生桥，黄家坳陈宅已十点多钟了。自渡口到此，说有三十里。刘君所收集的精品，大半储存于此。他说有楚漆盒一具，完整如新，去年已经带到了金华，后因战事紧张，复携之搭乘最后一次列车离开金华，不幸毁于龙游，至为可惜。

今天所见到的有漆器奁、镜匣、羽觞等多件，还是潮湿，所以尚未经过危险时期。铜器中有壶两件，一有花纹，一是素地，都是满身铜绿如翠。铜镜有好些面，除了三山镜以外，有四凤镜，制作式样，均极精美。曾于匆促时间内，拓出一部分。我常说铜镜之为吾人所习知的，曰汉、曰唐，自从绍兴发现吴晋古圹以后，于是镂刻人物的晋镜，遂为世人所瞩目。此次来长沙，得见战国秦镜，其所镂刻的又迥异于两汉及晋唐之作风，此为研究铜镜方面开辟出来一条新的途径，确是一件重要的事。

二时启程回来，进城已黄昏时候。先到大东茅巷寓所，老友槐荫兄及原在杭州之立均均来访，即到新怡园用晚饭。要了一盘炒虾仁，一碗新鲜莲子羹，还喝了一点本地绍兴。槐荫在湘乡，因事来长沙，见报方知我在此间。立均亦然，现在此地与友人合伙开一拍卖行，大约生意还好。

饭后回寓，刘君来谈，许久才去。

三十一日，星期六，今天决定停留一天，一韪兄因耒阳有事，先回去了。

早六时立均、申生，及徐君均来寓，同到功德居士林。此处离市街稍远，附近并多空地，往往有人到此避警报，吃着点心，喝喝茶，倒是一个最好的疏散方法。

葛君亦来，忽而说龙泉，忽而说越窑，忽而又说长沙出土的器物，虽则漫无边际，可是很有兴趣。又从立均那里知道一些杭州朋友的近况，以及二十六年后熟人中间的生活情形，即在居士林用素菜，极好。

下午二时后出来，遇阵雨，后到葛君处，复看他所购到的那件越器。少坐即出，同申生去购皮箱，回寓。

晚赴葛君之约，在建华，惜以胃部不纳，吃得极少。

回寓后某君携来沈归愚字幅，比之我在杭州时所收藏的两幅远逊了。其他字画，均属赝品。

槐荫来同寓，预备明早一起乘轮船去湘潭。此次我在长沙匆匆仅有四天，除了参观卫生机关以外，探访长沙出土古物，费去我的时间不少，因是市区方面，却少游览。就我所知的，现在繁盛商业区域，还是在八角亭。商店里的布置，所谓壁橱也者，形如多宝柜，极为美观，为他处所未见。酒菜馆，旅社，布匹批发行家，都集中在大东茅巷。黄兴路，伯陵路，则拍卖行不少。此间拍卖行中杂件较多，不相干的假字画，假古董，亦所在都是，不像桂林重庆拍卖行中，类都西装衣件以及舶来物品也。大西门是油盐棉花纱号、粮食行的集中地。城中各处，都可以看到中古式的堡垒，这是三次会战以后所残存的遗迹。至人口方面，据说有二十四万，是以地方着实热闹。

衡阳印象

九月一日，星期日，二时三刻即起身，整饬行装，赶到轮埠头班轮船已无座位，不得已改搭第二班。总算在舵房里得到一座，后来移到舵房后面的平铺上面，可以随便坐卧，我就睡了两小时。船于五时开出，十一时到湘潭。先同槐荫去兵站医院，后到祥云用饭，居然要到一尾鳜鱼，红烧是四十八元，恐怕除了湘潭，再不能比此地为便宜的了。湘潭一切吃食似最方便，价钱亦尚低廉，可说是此刻一个理想的住家地方。

饭后买了一点零件，到轮埠，渡轮已开出，即雇一划子赶到车站，时间尚早，所以很是从容。槐荫还送我到车上，至为可感。

车开后，一路气候殊闷，过株州后，遇大雷雨。

七时半到衡阳东站，过渡，去仁济医院，谷音以日来衡阳多警报，等我三天未来，是以仍回衡山去了，由其留片介绍识盛医师。先将行装安置好了，同他往大街一游，并在冠新饮牛奶，是一杯糖水而已，坏极坏极。

晚宿谷音寓所楼上，可以得一安适的睡眠。

二日，星期一，早访市卫生院，徐院长晤之，随到电灯厂，晤吴运宪君。不相见已二十年了，当时在北京，他还在小学里念书，现在自比国回来亦已好多年。当即告诉我他的祖母及其父亲病故情形，而他的老弟，都因公死于独山乡间，这是很可惋惜的。现在他的母亲在遵义，并悉励安老友（就是他的母舅），亦已作古。二十六年以后，只此六七年，而亲友间的变动，着实不少。承他留我在其寓所小住，遂回仁济取行李，交付吴家来人。我又去市卫生院与徐君晤谈极久，即在院中用饭。饭后稍可休息，然后同徐君去参观门诊部及县卫生院。此处市县卫生院同在城内，与长沙情形相同。我以为如此重床叠屋的办法，似有立即改善之必要。就是市区里的卫生工作，应由市卫生局或卫生科来担负，不必兼办医疗。而县卫生部分，即使卫生院由于县政府尚未迁出市区的关系，还在城内，但是一切工作，应该置重点在县这里的各乡镇，何必要在市区以内，跟市卫生的工作相重复呢？所以我觉得长沙同衡阳的办法，是不甚妥善的。后由某君之引导，同去市民医院，以杨院长已往桂林。晤钱医师，参观一周，辞出。

同张校长到冠新，后徐吴诸位都来，即饭于此。

饭后同运宪闲游各处，略悉此间物价情形，如三星牙膏卖五十，黑人绝迹，此外的物价，与长沙相似。归途中，遇阵雨。

见报惊悉林主席于昨晚七时〇四分逝世，因之今日下午街上商店满挂国旗，其实是半旗志哀，听说市府特为此事，还派警察分头出来纠正悬挂方法，这是一个可笑的资料。其实我以为挂半旗者，一定平常是每天挂旗的机关或是学校，于是这一天挂半旗；并非向来并不挂旗的住户商店，到了那天，反而要挂了国旗起来，这原本就是一件够滑稽的事情。

三日，星期二，昨住运宪处，极为安适。

六时到珠江，用粤点，徐张诸人均来谈。晤医疗防疫队麦队长，他告诉我米贴的积欠情形。民国三十年六月、十月至十二月，民国三十一年一月至六月，民国三十二年六月、七月均未到；战时生活补助费，民国三十一年四、五、六三个月未到，因此工作人员的情绪，非常不好，这也难怪他们。吾们家乡有句老话，就是你要马儿好，又要马儿不吃草，这是不可能的事，然而事实上却是如此。

回电厂，运宪以外间闹霍乱，所以在家里特备名菜数事，如清炒虾仁、鲜菇脊髓汤、烧江鱼、清炖鸭、鲜莲豌豆西米羹等等，均极精美。

下午稍稍休息，未曾出门。

四时余，运宪送我到车站，买到卧车票，遂别运宪上车。

在衡阳仅三日，琐事之可记的：（一）霍乱已流行，尚未见有积极的防治办法。仁济市民两医院，充其量不过能收容一百病人而已，还有病人将如何处置？此外饮水消毒、取缔冷饮食品等等，均未做到。我总觉得防治霍乱，远较防治鼠疫为容易。可是近来以卫生机构未能健全，防治经费需要临时募捐，加上实际工作起来，人员不敷分配等等，都可以影响及于防治。衡阳目前未能例外。（二）衡阳有三多，老鼠臭虫与妓女。老鼠臭虫先不谈，妓女方面，据说最近有十姊妹的组织。她们赌起来，会有二十万的输赢出入，吃起来，起码是三千元一桌的酒席。有人粗粗地为她们统计一下，说她们每个人每月的消耗，可供平常人 50 至 100 人的用度。最近一次举行结拜典礼，在半仙乐，吃的筵席是每桌两千二百元，爆竹费用达六千元。又在新时代拍结拜纪念照，全是二十四寸的美术放大，算起来，又要一万五千余元。如此阔绰，真叫人为之咋舌不语，这是当地报纸上登载的一点新闻，我以其太骇人了，把它记入行记。

回桂小住

四日，星期三，火车误点四小时，十一时才到桂林站。即住福旺街，会见林兄，悉此间霍乱流行甚剧，一切工作之开展，亦感困难异常。

下午得各处来信，即在寓作复。

五日至十日均在桂林。

先是想要坐飞机回渝，后来晓得班机并无准确时间，即使有机来桂，机票亦颇费周章，不得已决定仍循原路回去。

在此一星期小住的时间里，对于桂林的里面，曾经下过一点透视的功夫，深觉与去年初来时之观感，显有不同。至少在卫生工作方面，是有如此显著的差别。当然这个问题，有点复杂，不是三言两语所能说得了的。即以此番霍乱的流行来说，每天报纸上都是登载着如何传播的情形，而在街头上，确实也时常遇见竹榻上抬了病人送医院，虽不能断定全是霍乱患者，然而其中一定有霍乱病人在内。省立医院传染病室仅有八十张病床，早已住满。东江的第一防疫医院，还在布置中，就有病人送去，在医院的门口一放，抬的人掉头不顾而去。又据私人诊所里的报告，每天终要看到十来个病人，而且都是不肯进医院的。

传染的情形确实严重，所以各报上天天指摘市卫生当局事前之未能防范，事后之不能急起直追，迅赴事功。

但是按之实在情形说，市卫生局只有四五位工作人员，机构之不健全，经费之没办法，处处都会使主管的人碰壁，因之拖延复拖延，耽误又耽误，疫势就一天一天地增剧。市长声色俱厉地当面斥责市卫生当局，然而防疫之没办法也如故。我以一个过路的客人，适逢其会，自未便有所表示。霍乱流行了将近半个月，据官方的报告，病人有四百余例，死亡的已有七十余人。而大街小巷里很多挑井水的人，就这样随便喝生水止渴。最简单的漂白粉消毒，都没做到。大摊小担上的凉面粉条、发糕、粽子，以及推车的食品，触目皆是。总之最起码的防疫条件，似乎还未能推动。如此要想疫势减退，自然谈何容易。症结所在，我以为力行的力量不够。因为防疫工作，总是这么一套，重心是在于能否力行。不过话又要说回来了，力行的先决问题，还在经费。最近我看到《东南日报》上登载着福建刘建绪主席对于参议会的报告，中间有一段说："环境卫生添两名清道夫，盖几间公共厕所，开掘几道沟渠，在平时算一回事么，但如今就非一笔巨款不可。……卫生工作看起来似乎不过技术问题而已，但现在都与经济问题裹在一气。我们要把公共卫生办好，那么不由政府花一笔很大的钱，就是使人民忍痛牺牲。……"以这几句话我衡量桂林的防疫工作，显然经费不够是第一件事。因为政府不肯花一笔大钱来做事前的预防工作，事后的紧急处置，而又不能使人民忍痛有所牺牲，即知取消冷饮食品，是要人民有所牺牲的，结果因循寡断，以为这与平民的生计有关。一切工作都作如此观，不能见到做到，疫势之蔓延，天然是意想中的事。其次我还感到士大夫阶级，对于公共卫生的认识，实在太不够。平时以卫生事业为一种点缀品，未能有所重视，如此平时准备得不充分，不能独怪卫生工作人员，而衮衮诸公要负重大的责任。因为防疫事情，不是一件临时的应付工作。吾们可以知道，假使平时未能预备好救火车，临到火起，说要去买灌水皮带，说要临时召集救火人员，成么，这是一个最浅显的比喻。所以事后的慌张失措，实在不能独责卫生工作人员。总之防疫是应该看作经常的事，万不能临时抱佛脚，唯其如此，所以必须有经常的经费，以及经常的人员，否则无论如何，不会能够措置裕如的。报纸之指摘，长官之辱骂，我都觉得仅仅倒霉了一个市卫生局，问题却并不如此简单。

上次来时，天天闹猪肉的涨价，此番霍乱来了，猪肉的涨价，就没人提起，所以有人说猪是被虎（虎疫）吃了。诚然是一句笑话，亦可见得社会上的注意力，只是顾及目前而又最为浅显的事实，决不肯对于任何事物，来把一个彻底的研究。所以目前而又最为浅显的事实，一经过去，也就淡焉若忘，不再注意了。这种社会心理，似乎有予以合理指导的必要。

在此霍乱流行期间，一支食盐水注射液，500毫升的需要一千二百元，后来算是便宜了，每100毫升也要100元。一个病人要注射到一万或五千毫升，其所需要的费用，着实可观。这岂是下层阶级的人所能担负得起的么！同时制造食盐水，也很感觉困难似的，未能大量供应，未能免费注射，这在此次霍乱流行期间是一件很可遗憾的事情。

饮食节约这件事，在我停留这个时间中，曾经处罚过好几家饮食店，所以执行颇为彻底。如其你到甜品店里吃了一碗绿豆沙五元，再来一碗莲子羹，那就超过了十元的限制，伙计自会同你来说明的，只有改换一碗也是五元的芝麻糊。我想如能继续下去，多少可以达到节约饮食的目的。不过社会上一种浮靡的风气，还是笼罩着整个的桂林。因为港风的波动是外来的，而内在的因素，却已支配了桂林市民的心理，所以不必谈抵挡外来波动的袭击，内在的因素不除掉，港风是没法可以避免的。此外我深深地感觉到吾们医务卫生工作人员，在这滚滚怒潮之中，食住都成问题。米代金久久发不下来，可是不能一天不开火，于是需要张罗些钱来买米买菜。居住没有宿舍，对付了租到一间屋子，不到几个月，房主要来请你出去，否则就是加租。你要是一赌气说是搬罢，房子在哪里呢！踏遍桂林市，不容易得到你所认为相巧的房屋，所以住的方面，真是成了一个大问题。主人公如此天天愁着米，愁着房子，工作还有心思么，自可不言而喻了。我自从去年到了昆明以后，我曾发过这样一个言论，吾们的医务卫生工作人员，处此一方面生活维艰、一方面纸醉金迷的两个矛盾的社会之中，不是挨饿不了，离去昆明，就是趋向于做生意，找外快的一个方法，否则还有第三条路么，我恐怕桂林方面，也要遭遇到在昆明的同一命运。

好了，感想实在太多，就此搁笔罢。

在此期间，我是住在书林兄处，大家谈谈家常，倒也不易。有时去逛逛地摊，会会朋友，写写信件，整理整理旅行的记录，日子是飞快地过去。总算几天的小住，没有夺去我一点时间。

途中的烦恼

十一日，星期四，托友人所定的卧车票，到下午一时尚未购得；后又另托他友设法，大概可没问题。如此买一张卧车票，还要这样托人情，吾们真是一个重人情的社会呀。

下午四时应子正之约，与在桂同学聚谈于其诊所。赤裸裸的大家谈得很高兴，可是大家对于事情又看得太彻底了，所以深感到各人的人情世故的滋味，似乎嫌深了一点。离桂东路，已过七时。吃了好些新半斋的包饺同干丝，这就是一顿很好的晚餐。赶回寓所与书林诸兄告别，即雇车去车站，与靳君同行。

购得卧车票上车，准时开出，在车上极热，恐要下雨。

十二日，星期五，早六时到柳州南站，靳君去提取行李，购车票，扣牌子，费时颇久；我则为了几件零星行李，守候在站台上。

乌黑的云推上来了，大雨是不免的，而车站上仅有两丈多一段的木棚。下雨后，起初只是随风飘来的雨点，打湿了一点衣服。随后木棚漏雨，积水成渠，行李尽湿，堆上雨衣，撑起雨伞，还是弄得很狼狈。半条裤子为烂泥水所污，沈归愚的字幅，也受湿了，但是有何办法。

九时左右黔桂车开到，雨亦慢慢停了下来，这仿佛天公故意与一班旅客开玩笑似的。

开车后，尚有雨，但不甚大。一时到宜山，下车，换坐开往九龙岩工程局的交通车，约有六七公里，所以一会儿就到了。

到局访老友王君恺臣，适病痢在床，不获与之纵谈一切，至怅。当晚寓局里的招待所，有四个客房，八张床铺，中间是大客厅，后轩亦可宴客，下房卫生设备，一切布置得很不错。晚饭在九龙饭店，吃了一碗面，两个葱油饼。

十三日，星期六，早起与恺臣为别，坐交通车去宜山，把行李寄存在站长室，然后到省立庆远医院，晤姚院长及靳君。

姚院长在此已有十余年了，院屋系关岳庙所改，一切都显着不合医院之用。而院中白兰花两株，为姚君于民国十八年时所植，仅仅十余年，已经长得高过楼房，只此一点点缀，倒足够使我为之流连。

后与靳君进城一游，大街房屋，刚刚改拆，街道系用城砖竖起斜砌，极为整洁，苍蝇亦不多。一切百货物价，较之柳州略高。有一家广东馆子做的菜还可口，我与靳君即在此用午饭。

十一时到车站候车，东来车居然准时到站。

在车中所见旅客，仍以商人为多，并有司机者流，躺卧着，一人而占据了两座，好得客人并不拥挤。

从商人的说话中，知道他们从郁林跑广州湾的，已经是当作家常便饭了。他们一开口就是二三十万，四五十万，一批货物在柳州脱手，就可以赚上十来万。至于他们的生活，一个月要用上二三万不等，以我一个穷公务员听了，自然是望尘莫及的。

到金城江已五时半，即到铁路宾馆，询之问讯处职员，竟直接回报说没有接到九龙岩的来电，当然房间是没有的了。不得已去看夏主任，他说工程局是有电话来的。于是复去问讯处，才知道已把我所预定的房间卖了。好容易再行腾出房间，位置前客，而以所卖出的一间还我，如此今晚上，我可以有一安适的睡觉。

开往独山的车，据说还是不通，只能到南丹，我就决定去河池，设法邮政车去筑。

十四日，星期日，金城江已有霍乱发生，早上别的不敢吃，就吃了一碗豆浆，两个烧饼同油条。午饭在铁路宾馆，要了一盘炒蛋，仍旧吃现做的烧饼，来得保险。

　　午前先到中国运输公司询问开桂河池的车辆，回答说有，但是时间未能确定。后去看中国银行社的金先生，他从金华撤退来此，卫生分院的朱主任也来了，就由他们介绍认识了吴站长，他是吴县同乡，才知道如有班车从河池开来，即有空车要放回河池。

　　下午二时班车开来了，就买票上车，司机有事去，等了一点多钟才回来，开到河池已过五时。

　　即去河池卫生院晤麦院长及吴医师，同去邮局晤阎君祥云商量购票事，承他的情说，明早即可搭车去贵阳，心中至为高兴。

　　晚与麦吴二君谈卫生工作事至多，即宿院中。

　　十五日，星期一，五时半即去邮局购票，才晓得从八月一日起票价又涨了，从每公里一元八角改为两元五角，所以自河池到贵阳须国币一〇三七元。

　　行李是小箱二，小布包二，公事包一，以我已往乘坐邮车的经验，小包及小箱各一结行李票，其余即可随身携带。阎君说，现在除能手提之行李外，均须过秤。即以小箱及公事包各一，自行携带，其他三件均照行李计算。除免费十五公斤外，实超过十三公斤，以每一公斤需缴费一四九元计，就要一九三七元。这是出乎我意外的一件事情！去年不必说，就是上次来时，并无如此情形。此刻的问题，如要今日搭乘邮车，即须缴纳此款，否则只有回转金城江，另想他法。但是到了金城江以后，不论是坐火车去南丹，或是登记公路车，均属费事麻烦。而且还要多花川旅费用，不如忍痛一下算了。可是身边所带的钱，已因车票涨价而多花了好几百元，如此一笔巨款，更是无法凑出。临时即向麦院长借了钱来缴付行李费上车，此为我从来所未曾遇到过的。

今日班车是四一〇九号，另有加车一辆为四一三二号。我乘班车于七时开出，大雨倾盆，约有半小时之久，才渐渐小了起来。

十一时半到南丹，邀了张司机的助手同吃饭。

饭后开车，离南丹约两公里处，由于钢板断了两截而抛锚了。张司机忙于回南丹打电话，去河池设法派救济车来修理。

半小时后，四一三二号加车来了，说是把班车上的邮包，装上加车上去，而加车上的邮包，则卸在路边，等待明天的救济车开来。于是临时雇用土人，帮同装卸邮件，约一小时而毕。

四一三二号车上原有客票两人，即在河池上车的。司机是一个大胖子，满口天津话，一见了我，就说，你是不能到独山了。我倒不以为意，我总觉得无论如何，总可以挤上去的。同时张司机也为我去同天津大胖子说话，而他居然说出这样几句话来："咱们干什么的，不是要吃饭呀，你的客票来了，不是我要少了一个黄鱼的地方么！"张司机还说，"人家是局里卖的客票，不能搭，是很难为情的。"天津大胖子竟回答着"我可管不着局里卖的客票"这一句话来。在他说话的时候，总是绷着脸儿，仿佛跟客票有什么冤仇似的，真是可笑！后来张司机同我说了"你随便送一点香烟钱好了"这么一句，那是最后可以设法圆通的意思，也就是是否我要今天到达独山的最后需要决定的办法。

我当时就想着张司机的车，既然不能开出，如其决定搭乘明天来的救济车，或是修理好了以后的原车，那么今晚上非在南丹过夜不可。与其如此要多一番周折。同时我已花了一笔行李费，自以缩短途中行期为最要。因此决定搭乘四一三二号的加车，虽则大胖子的脸色是在我的心田中，已经引起了很不愉快的反感，反正能够赶到独山，不过是大半天的时间，所以我就回答张司机说："我是惯于走路跑外的一个人，什么门槛，我都知道。"于是张司机即将我的行李放进车厢，我以该车客票已有二人在前，并且还看到一个穿军服的也坐在司机台上，天然我是现在成了一条变相的黄鱼，只有蜷缩在邮包上，赶路要紧。此时在邮包上的，另有三个人，当然是黄鱼啰。

一路开出，都很顺利，约走一小时光景也抛锚了。大胖子修了许久，恐怕他的技术也不见得十分高明。我心想今天将不知如何办法！要是在中途停留住宿，这个天津卫司机的气焰，是不好受的呀。

后来车是修好了，竟费了两小时。司机忽然向坐在司机台上那位穿军服的客人某甲要钱。原来他也是一条黄鱼。某甲与以一千元，大胖子很不高兴，就说本来应该先付了钱，后上车的，何况你的东西又重，大家应该摸摸良心。我在心里暗好笑，究竟大胖子的良心在哪里呀！当时某甲回答他说，另外的钱，到了独山再付。如此争论了许久，自然大胖子气愤愤的很不高兴。如此轮到了我，我与以二百元的香烟钱，他收了钱，也没说一句话。嘟起了嘴开车前进，我又怕他因为不高兴开起车来，会在一路上出什么乱子，所以心中老是提心吊胆着。

如此一路无话，开过卜司，离开独山只有七公里，其时已是晚上九点钟了。前面有人招手请停车，说是路上有一洞，所以翻了一辆车，并且死了一个人，重伤一人，轻伤了一人。胖子司机开过了这一段，就停车在车路旁边。好些在翻车上的客人，跑了过来，要求搭车到独山。这是胖子司机一个最好的机会，岂能就此放过！所以他开口就说："你们知道可以随便搭车的么！"其中有一客人回答他道："自然，吾们知道。""知道就好了！"胖子接着这么一句。跟着他们一群人就同到肇事的地方去。我在车上懒得下车，只是听到他们正在讨论价钱。我心想重伤的客人，不知怎样了？我就本能地下得车来，走到肇事那里去看看，一辆车是整个儿翻倒在路边的泥塘里。据说死者是一个高中毕业生，湖南人，投考大学未取，特去都匀看他的哥哥。重伤的一个人，躺在路旁呻吟。我就主张雇两名夫子轻轻地把他抬到独山卫生院里去，我又写了一张介绍片，总算把重伤的人就如此处置好了。此时的胖子司机呢，自然忙着指挥装运行李为第一。车厢里当然塞满了许多的客人，上面是抬不起头，下面是没处立足。

行李同客人统统安置好了，可怜一个死者，不知道什么时候才能草草地入土埋葬，而家乡的父母，还盼望他在外升学呢！

车开到独山郊外停止，一切黄鱼都在此地下车。在此深更半夜的时候，居然有挑夫同榻车，可见这是一个司空见惯的勾当。坐在司机台上穿着军服的客人也下来了，司机问他要钱，他大概给了司机不过数百元，未能餍其欲望，于是胖子竟大说其良心话。就是说："你是带了多少东西，你要自己明白天理良心。"我听了，不禁嗤之以鼻。此时胖子要彼此掏出良心来，为什么我在南丹抛锚时候，胖子却是要硬着头皮说不能搭车呢！难道说彼时却不可以掏出良心一问么？

原来穿军服的人跟着胖子讲好两千元，半路上付了半数，此刻竟要赖皮了。结果仅仅补上了几百元。而所带的东西，除行李外有篾包一个，是运的河池的块糖，一包约有一百公斤，如以每一公斤一四九元计算，需费一四九〇〇元。

另一客人也下车了，他是广东人，从柳州运牛皮到独山来贩卖，一共带了六大捆，每捆该有七八十斤罢（只少不多）。算他三〇公斤，合起来就是一八〇公斤，我在车上曾经问过广东佬，花了多少钱给司机。回答说，是不到三千，后来有人说是两千七百元。但是如以一八〇公斤乘一四九元，结果是要二六八〇〇元。

此外的黄鱼以及出险地方所上来的客人行李，我也无暇为胖子计算收入。他们一切都是忙着付，忙着收，总之是钱的买卖，私的勾当。而我这个过重了十三公斤，需要花费一九三七元的天字第一号傻瓜，独自个儿以冷静的头脑，来观察这个恶浊的一幕。然而在我的良心上，是可以自傲地说："我是一个守法的国民。"

车子开了一回，又停了下来，说是司机要到家里去喊人。回头就来了一个女子，提了几篾篮儿同箱儿，原来胖子带了一〇〇斤的块糖，放在车厢前面的木箱里面，需要装回去呀！

块糖取去，车子才开进车场，时已十一点半，就在对面昭陵旅馆开了一个房间，茶役是睡眼惺忪的爱理不理的神气，叫他去取行李，他却回答你干脆一句，"你自己去拿！"好罢，今天一天的气是够我受的了，到了最后气还没有受是么！我有两只手，求人不如求己的一种人生哲学，勉励了我。我就一声也不响，自己把行李逐件搬到楼上。写到此处，我对于邮局的办法还又有一点不满意处。就是结了行李票的行李，到了宿站，还须客人自理，而在每次上下邮包的时候，总是把客人的行件，东掷西丢，满不在乎。总之钱是要收的，此后就不负什么责任，这本来是国人一般的心理，也不能独独责备邮局的员工。

旅馆的房间小，倒不成问题，灰黑色的蚊帐同被褥，没法可以安睡。不得已取出凉席，睡了一半，四周洒了许多臭虫粉。仿佛筑起了一条防线似的，要想借此躺一会儿稍稍恢复我一天的疲劳，因为明早就要继续启程呀。

躺下只几分钟，颈间觉着有物蠕动，电筒一照，坦克已出阵，马奇诺防线再也不能产生什么影响，躺是不可能了，只好以白布被单，铺在靠椅上坐一会儿罢。可是一个臭虫追踪而至，真是使你坐卧为之不安。同时蚊子也很凶，隔着被单吸吮你的血液。但是无论如何，必须挨到天明。自此一点，两点，三点，靠着背椅，支持着一个疲劳的身体。居然天亮了，五点过的时候，我又是把行李一件一件的亲自搬到车场，如此受了半夜的罪，还要付出二十元的代价（房金）。

十六日，星期二，在车场上识宋主任，梁站长是见过两次了，今天居然我与一位女客可以坐在前面，我又要感激王管理员的支配。司机是一位山东人，坐在他旁边的，还有一位局里的观察员。

车是六点开出，车厢里都是在站上登车的客人。沿途并无黄鱼上车，是否因为有视察员随车的缘故，那我就不得而知了。

视察员在不到马场坪的一个小地方下车，吾们就到了马场坪午饭。此处亦有霍乱，我在一家北方馆子里要了馒头，炒了一盘鸡蛋同白菜，沏了一壶自带的香片，还是运宝世侄送给我的，在那里休息一回。本日适有赶场，所以见到苗人不少。

昨夜虽则未曾合眼，今日精神却还不错。就是昨天一天里所受的闲气，所见到的黑暗，使得我的胸中，时时会引起不平。我以为邮局与海关的办理，向来是为一般人所称道的，今却如此腐化，似乎我应将此目睹的情形，有报道的必要。

到贵定同我在前面坐的女客，在此下车了。带了一双黑木箱，还有零星行李，可是我很留心木箱上并无行李结票，难道说站上有了熟人，就可以通融么，这是一个不解的谜！

今天的司机，凭我良心说还不错。因为有人请求搭车，他却并不完全拒绝。就是搭上来了，也不见得一定要收受香烟费。我就对他说："许机师，钱在你倒看得很稀松呀！"我心里其实还有一句，却未曾说出来，就是"昨天的天津胖子，他的心眼里只认识法币，有了法币，才能谈良心的"。

可是话虽如此说，到了图云关，有人下车，同时把行李搬下去了。到了大南门外面亦然，是否黄鱼，或是早已接洽好的搭客，我因为未曾目睹他们讲价付款，我就不敢说什么！不过中途卸下行李是事实。

五时到威西门外车站，我将行李取下，忽然有一人前来检视。说我的手提小箱，未结行李票，应该重行过秤缴费，我却为他呆住了！

他还说，要将所有我的行李，搬到办公室一一复秤，我真瞠目结舌不知所对！

行李搬到了办公室，先把我的手提小提箱一称，几乎是称肉称鱼那样仔细，一点也不肯放松，说是八公斤。一算，以加倍罚款，就是每公斤须二九八元，八公斤是二三八四元。我说在河池的时候，阎站员除了过重十三公斤取费以外，此小提箱是允许我作为手提物件。他说："我一切不管，没有通融余地。"

好神气！一副似乎秉公办理的颜色！我并非要求通融，为什么在河池可以允许手提的，到了贵阳就一概抹杀要处罚呢？莫非我是经过了另一个国界么？我竟茫然了！

最后我一想，他是一朝权在手的一位职员，看他那副嘴脸，是没法可以以法与理所能抗辩的，我就说好罢，我先将其他行李取去，我再筹款来取这一小箱。他竟绷着脸儿说，不可以，一定要全部行李留在此间，态度的傲慢，十足是一个在已往租界里帝国主义教育所陶冶出来的走狗。我就说，我的被席，不能不拿去的呀，难道叫人家不要睡觉么！终算取出了一件，此外存在站上，并且说好在七时以前去接洽付款，可以取件，否则就要待之明天了。

我就到了训练所，见着布之德隆二兄，第一件事是向德隆借了两千四百元，赶回车站，即将行李取出，交付所役，先行挑回。我以有种种理由，不甘缄默，而且昨天所见到的黑暗，似有一吐的必要。于是我就将一切为我所要说出来的，不管那一副铁青色刮骨脸的站员爱听不爱听，我应该表示我并非一个弱者。同时我更要把这一段经过，正式地报告给总局。现在归纳我的理由同意见如次：

（一）除了免费行李十五公斤有规定以外，并未将客人手上所提之重量，有所规定。如此我在手上所提之小箱及公事包各一，未曾违反何种条文。为什么要将此手提小箱重行过秤？此种行为，我认为没有法文的根据！

（二）同时手提物件，亦无明文规定。究竟何种物件可以手提！何种必须结票！今则一任到站站员的意志，重行过秤，此种毫无法文可以根据之办法，就是侮辱旅客。

（三）一件行李被扣，其他行李均须留置，根据何项条文。

（四）即使退一万步说，万一有认为行李之件而未经结行李票的，其责任当然属之上车时之站员，不应责之旅客。何况我所手提之小箱，经过河池站员之许可。所以万一要重结行李，至多是补缴每一公斤一四九元，不应处罚以每一公斤二九八元。并且即使要补缴，要处罚，就法理上讲应该由河池的阎站员负责才对。

（五）对于守法的旅客，如此斤斤计较。为什么对于沿路的黑暗，公然地带黄鱼，带货物，置之不理！是否上下相蒙，或是上下相谅，自难免于局外人之质疑？

（六）或者说沿途黑暗，在稽查方面，因路线太长，不易肃清。但是带黄鱼，带货物，为一种公开的秘密。不能说是偶然事件。

（七）即使说路线过长，稽查不易，自是事实，但在到站以前，距离车站约一二公里之处，往往为卸货下客之一定场所。为什么这样近的地方，这样容易为耳目所及的地方，而站上稽查竟充耳不闻，视若无睹，我更不能不发生绝大的怀疑！

因此以上种种，我的重行过秤八公斤是：

（一）没有法文根据（因为手提究竟多少公斤、哪样物件不应手提，均无明文规定）。

（二）罚款二三八四元，更是一件违法的处置。

我的积极的意见：

（一）必须规定手提物件之种类（如小提箱之尺寸等等）。

（二）必须规定手提物件之重量。

（三）稽查人员之眼光，应该放大放宽，就是说对于取巧违法之奸商，应该尽量予以检举，不法讹诈之司机，应该尽量予以惩戒。

（四）站上稽查人员之措置，应该根据法文办理，所谓执法者，第一自身须知法，须守法。

这两天来我所遭受到的是强凶霸道的存在，无法无理的处置，都是说明了一种黑暗势力的弥漫而已。

金筑候车

在筑勾留，不知不觉地已过十日（十六日到二十七日离开），原因是专为候车。公路车怕常抛锚，邮政车要看站员的嘴脸，称行李时的麻烦，还要跟你半斤八两那样锱铢必较，对于司机，须赔着笑脸来应付，能否坐在司机台，还是问题，说不定是做准黄鱼，到了最后碰到什么稽查等人员，又可以随意处理你的手提物件，有此许多困难，我实在没有这份精力来对付，还是另想别法罢。本来搭乘邮政车之唯一目的，在于迅速，能按日到达。可是我在南丹的经验，不幸抛锚起来，也许未必能尽如人意。同时我也并无急切必须回去的必要，搭乘别的车辆，是同样地可以到达重庆。迅速与否，倒在其次，第一个条件，要在比较安全，所以曾由布之兄设法想趁国际救济会的车回渝。等候几天，借此可以休息一下，亦甚得计。想不到救济会的车辆，从曲靖开来，说是坏了要修理，于是不得不再去想法邮政车。仍由布之兄处一位殷君去接洽，局长当然很客气，可是到了车票抬，问题又来了，说是要捐助二百元。殷君就告诉车票抬上的某甲说，这是代人买票，不能做主的。如此一来，某甲就很不客气了。忽而要殷君进去填什么，忽而又要殷君退出去，反正是种种设法来麻烦你罢了。最后明明可以排在二十六号动身的，却给你排在二十七号。殷君回来后，把这一段受气的情形告诉了我。我真想不到现在邮局，对于客人的搭车（现在本有运货汽车通行公路附搭旅客办法）竟有如此的情形！为什么要客人捐助二百元？没有答应了，就可以这样的刁难，实在太可恶了！

至于此番回到贵阳以后所见到的物价，较之四十天以前为贵，比之柳州桂林又高得多了。三星牙膏每只六〇元（桂林四五），黑人牙膏六十五元，力士香皂每块九〇元（桂林六〇、宜山六五），固龄玉大号的每枝六八〇元（桂林三六〇，我第一次到桂林时是三二〇），镜子每面（长的圆的）三八〇元，新光衬衫每件九〇〇，其他牌号的八〇〇（桂林新光六五〇），深口橡皮套鞋每双五六〇元，香港女皮鞋二一五〇元，勒吐勤奶粉半磅装八〇〇元，半磅装可可亦八〇〇元，洋铅罐装宣威火腿每罐二〇〇元，Klim 五磅装奶粉六五〇〇元。其他如猪肉倒不过二十八元至三十元，鸡每斤三十二，米二十二市斤是一二〇元，油酥烧饼，还是每个一元（也有地方卖两元）。卡尔登的大菜，每客七〇元（果盘、乡下浓汤、猪排、炸鸡、点心、红茶、牛奶、吐司、糖酱），价格倒也平常。而六朝居的零吃，却是相当地贵，一杯清茶要五元（冠生园是二元），南瓜子八元一碟。冠生园的月饼，已上市了，豆沙的每只三十二元，莲蓉三十六，咸肉四十五，可是贵虽贵，每天都能卖完。我还记得去年在重庆一个广东月饼卖十六七元，当时还嫌太贵，此刻贵阳的物价如此，重庆又不知如何。

有一天我买了两块钱的盐花生一小包，回来一计数，恰恰五十粒，每粒计法币四分。本地出产的梨很多，个儿亦大，每斤十二至十五元，大的约每只十元左右。水分虽足，有点酸味，不如浙东的云和梨。地瓜到处都是。还有一种山中生长的刺藜，苗民穿了一串，沿街叫卖，据说酸而带苦，没有尝过。

还有一件特别而古怪的事，似乎有记载的必要，就是所谓"培养正气"。就此四个字面看，自属不易明了，即使再加上所谓"培养正气鸡肉粉馆"也未能了解。究竟是怎么一回事呢？原来有一位姓张的，曾经做过小官，后来冷官不做了，住在贵阳，自己别出心裁，开了一家小铺，每天仅卖三四只鸡，以原汤粉条为号召。也可以吃原只的，自然是原汤最要紧，这就是"培养正气"的来由。此种号召，纯属迎合社会上一种好奇的心理，也可以说是开门见山，使得人家容易记得，不会再有人来冒牌。至其做法，以先一晚隔水蒸熟，明朝六时起开堂，卖完就算。如要全鸡，必须先一日预定，以铜牌为约。这一小铺原在大十字，后来着实赚了几个钱，于是自己买了房子，就在铜像台的大同路。

大同路一进口，都是些铜铁小店。"培养正气"的鸡肉粉铺，系朝南一个住家门面，门牌是九十号。走进去一个院子，正屋三开间，当中是祖先堂，主人的一张放大照片，就插在一扇屏风里，因为主人已经故世了。

右手一间，有几张桌椅，就是吃粉条的地方。墙上挂起一镜框，是主人当年的亲笔，有这么几句话：

> 鸡汤放酱油，放辣子，不好吃，是自寻上当。如吃两碗，以一碗放酱油，以一碗不放，便知优劣。勤于研究者，为进展之基，切勿妄疑主人来乱吹可也。

原汤粉条每碗九元，素哨（即不要粉条只是汤同鸡块）十四元。原只的鸡，八十八元，连小账九十六元（鸡的大小大约二斤多重）。每天蒸三四只，预定的不在内，所以到了上午十一点，就没有了。本地人说，现在的培养正气，已经不如从前，因为吃的人多，汤鸡不够分配，于是掺了水，味儿就差得多了。

后起之秀，是在普定路一八一号，江西人所开的一家。并无牌号，所以不是熟悉知道的人，是不会晓得的。地方仅是一个一开间的门面，两张桌子，可以坐上七八个人，已经没有回旋的余地。屋子的一面靠墙，是一个灶，大铁锅里面一个大砂锅，就这样隔水蒸鸡。上面罩以蒸笼，亦有一锅鸡汤，两三大碗的鸡丁。另一火上是一锅开水。粉条的做法，先把已经洗干净的碗，在开水里旋转地烫着，一手以竹匙把粉条在开水里烫上一二分钟，即放在碗里，于是加上一匙鸡油，冲以鸡汤。最好知照不放酱油，自己撒上一点盐，汤极清鲜，粉条一无黏滞，吃上口很滑润。每碗九元，如来一碗素哨（十五元）（是一碗鸡丁清汤），汤里撒盐，鸡丁可以用酱油，加上红辣，味儿极佳。这比之广东馆子里的原盅鸡汁要高明得多，还可以专吃鸡汁。这一家铺子每天卖鸡五六只。早上正是门庭若市，十一点过后，就没有了。此外在各处大街小巷里，吾们时常看到的原汤鸡粉，那都是不值一顾的。

我去贵阳的时候，也闹着霍乱，可是不严重。而最严重的问题，却是远征军病兵之如何处理，成了贵阳卫生工作人员可以焦虑的一件事。虽则报纸上提倡节约月饼钱，来捐款帮助病兵，究竟为数有限。同时经费方面，倒也已有办法。问题在于必须足以收容一千人数之场所。医务方面，如何分担责任！场所在何处！应该如何可以迅速布置起来！此外管理给养种种方面，在均须有办法，所以这是一件很重要的工作。我因为病兵这件事，就联想到吾们体格水准的太低。固然他们从湖南，从广西，甚至从江西开拔过来的兵士，一路没有好好儿地吃，没有好好儿地住，自然这样的长途行军，当然有好体格的，也会磨成了有病的人，何况根本上的体格，是不够水准的。所以到贵阳，经过严格检查的结果，自会有许多病兵，不能继续前进。于是在贵阳如何收容医治，遂成了必须解决的焦点。但是我还觉得有一个整个儿的问题，明白摆在吾们的面前，就是如何可以改良士兵的待遇，如何可以增进国民的体格，吾们应该急须研究，并且必须切实进行的实际工作。

在此十日之勾留期间，还有可以记述的事，是在同学乐景武兄家里看到一本乡先贤文衡山先生的墨宝。计金钱楷书《洛神赋》十开，每开八行，每行十五十六字不等，后有跋语：

> 或传子建得甄后玉镂金带枕，感叹不已，还济洛水，忽若有见，遂为此赋。初名感甄，后因明帝见之，改名洛神。余谓不然，子桓猜忌，必无与枕之事，即与而子建敢斥名赋之乎？果尔，则无异桑濮之注辞。至逸少父子，晋代名流，何偏好书之也。盖子建师法屈宋，此直摹宋玉神女赋耳。逸少书今所传二本，子敬书多至数十本，亦爱其辞之工丽而有体也。友人属书此赋，因记之。嘉靖甲寅十月长洲文徵明。

金钱楷书和石田先生落花之什，六开，亦有跋语：

> 弘治甲子之春，石田先生赋落花诗十篇，首以示余，余与友人徐昌谷，相与叹艳，属而和之，自是和者日盛。先生亦从而又和之，累三十而未已，皆不更宿而成，成益易而语益工，其为篇益富，而思不穷益奇。今先生仙去已久，每录是诗，未尝不神往也。长洲文徵明。

这一册写得极秀逸，自是先生得意之作。还看到一册巴尔氏在上海开过一次中国古瓷展览会（一九〇八年）以后所编印的《中国古代美术谱》，拟另写读后记，不再在此地有所说明了。

　　同时亦因景武兄集邮有关系，而认识了好几位在贵阳集邮的新朋友。我虽对于集邮，是十足的外行，可是我喜欢看看人家的收藏。即如希特勒与墨索里尼会晤的纪念邮票，的确可以在这次世界大战史上占有相当的地位，因是增加了我的集邮见识不少。

匆匆北归

二十七日，星期六，一早即到邮政车场，直等到九点钟才开车。我以前几天胃病复发，胃部颇感不舒，反正两天就可以回家了，总可以忍耐过去的。

下午五时到桐梓，即到公路卫生站，晤相主任，今晚决定在站休息。

二十八日，星期日，昨晚上一晚未能睡着，天还未明，就去邮政停车场，时欲作吐。以时间尚早，场门未开，即在路上躺了一会，头里依然感觉疼痛异常，极以为苦。

九时开车，一路上勉强忍耐，终未呕吐。到了东溪，司机他们在此吃鱼颇高兴，我则要了一盘炒绿豆芽，吃馒头，可是结果只吃了半个，就不能再咽下了。

车到綦江，停了约一小时，所以到海棠溪已经是晚上九点多钟。即雇挑夫过渡，码头正在修理，并无滑竿可雇，就走到林森路，又无人力车。挑夫说到了南纪门，可以雇到的，于是就勉强地走罢。及至到了那里，依然无车可雇，只得命挑夫走南马路，经两路口到重庆村，时间已十一点多了。

我因到贵阳以后胃部即不适，最近几天里，饮食极少，尤以今日一天劳顿，带着一个病躯，只吃了半个馒头，结果到了重庆，还要走上许多路，自然身体就感觉得非常困惫。我想回到新桥以后，需要相当休息，方能恢复健康。原因是值此战时，一切交通，未能预定，为此往往无谓地熬夜，不能休息。同时一路回来，各地方正闹霍乱，饮食方面自然受到影响不少。在我本是久惯行旅之人，至此仍不免感到行路之难，可见此时行路，真是不容易呀！

在这一次旅行中间，每天所有的感想，已经详细地记载下来了，不过此刻要结束这一册纪行的最后一页，还有点对于卫生方面的意见，想一并附记于此。

（一）各地的霍乱防治，我以为最值得吾人注意的一点，就是始终以临渴掘井的方式，来应付一时的现状。本来此种防治方法，是很简单的。有了上一年的经验，足可以给下年或以后的依据。换言之，就是说有了已往的成规，只要按部就班地做去，就可以用不着年年要另起炉灶重开张，另打锣鼓重开场的。现在各地情形则不然，年年都要忙着这一套。仿佛永远不会记得过去的经验，永远不会接受已往的教训，而是永远要急来抱佛脚的这样忙乱，这样的手足无所措地慌张。我在《国家总动员与卫生业务》的一篇文章里，曾经这样说过："……

吾人可以时常看到的所谓时疫医院的办法，此实一极大错误的见解。站无论其临时设立，有类乎抱佛脚之举动。而设立了两三个月以后，一切粗具雏形之设备，任意散失，不加保存，明年疫起，又来一套。如此办理，事之不经济，还有甚于此者没有！同时时疫医院之设置场所，往往假借庙宇，因陋就简，略事布置，即告成立。所以言隔离，严密不够，言收容，庶几近似。霍乱患者的病室，可以呕吐与排泄物满地皆是，苍蝇群集，如此收容，几等地狱。……"这还是所设时疫医院，其他的事情，何曾不如此呢？至于此种临时收容所的处置，要是你跑到东，看到如此的情形，那么你跑到西，跑到南，跑到北，不见得会比之东而有所进步。所以去年我在昆明看见所谓隔离医院里是"呕吐物与排泄物满地皆是，苍蝇群集"的那种情形，今年所见到的，还是那样一般无二。

（二）县卫生院的普遍现象是：（1）不整洁。（2）没有秩序。（3）住院病人极少，就是门诊病人也不过二三十人，足见不能为一般民众所信仰（当地教会医院总是病人很多，两相比较，显然可见）。（4）工作人员水准太差，有时只有一合格护士。（5）一切卫生工作，未能推动。（6）院长敷衍因循，或则另有企图，兼营商业。（7）全院暮气沉沉，毫无精神。至于乡镇卫生所，更属不堪设想。一两间破破烂烂的房子，摆上十来种如红汞碘酒等类药品，还说得不好听些，安置下二三个黄毛丫头。人家看了，真不像样，还有人来请教么！所以即使每月仅仅五百元的经费，在我看来，都是白费的。此种情形，再不设法改善，卫生机构的声誉，必致破产而后已。此非故作危词，耸人听闻，实在有此趋势，是一件大可忧虑的事情。

（三）训练妇女卫生员的机关，却没有产房，住院生产，就是出外接生，亦殊寥寥。如此仅仅以几十张油印讲义所训练出来的人才，是否适合社会需要，可以不问而知。此种作风，应该彻底觉悟，予以改善，否则将一无所成，可以预料。

（四）我在上面已经提到了"公式化之卫生工作，急应设法改革"。此刻我的感想，以为不只是改革而已，简直此种公式化的工作，是要不得的。因为工作必须要问效率，效率就是工作的结果。如无效率可得，那么又何贵乎有此工作，徒然耗费了人力与物力罢了。所以我的意见，索性干脆地革除此种公式化工作的方式。似乎应当因地制宜地规定出几件，必须努力地工作，严定进度，切实执行，最后必须稽考其所得之成果，如此实施，才有意义。否则形式上填具一张表格，假造了几个数字来敷衍上方，此种公式化的工作，我可以不客气地说，就是官样文章。

（五）地方上办卫生工作的人员，似乎所谓地域观念、学校派别，此种封建思想，还是根深蒂固，未能泯灭。譬如说，一个医院换了院长，于是医师护士长护士助产士等等，就要随之变动。一朝天子一朝臣，这种风气，在卫生医药界里波动得很厉害。而且后任接手的人，总是要骂前任交代的，这当然是社会上一般的病态，不能独独责备吾们卫生工作人员，可是此种情形，几乎成了一个惯例了。

最后我以为卫生事业，在此抗战期间，确然呈现着一种蓬勃的朝气，同时县地方机构也建立了不少，所以就量的方面讲，该是可以说有了很大的进步。不过就质的方面看来，相差得很远。因此有待于吾人努力的地方尚多，吾人处此环境，自当反复检讨，力尽改进，正不应以数量之扩展，沾沾而自喜。同时我更以量的方面，已足够了，不应再从而扩充量，急应从质的方面来补救。但是有人却主张，没有了量，就谈不到所要改进的质，所以第一步必须先从量扩展起，再来求质的充实。不过卫生事业，不比其他工作。所需要之人员，需要更长期间的养育，断非几个月的短期训练所能造就出来的，为此量的扩展，须与人员之量相配合，尤须与人员之质相配合。如以粗制滥造出来的人员，想要来适应这个理想中所欲扩展的量，结果必致偾事而后已。求治不能过急，这是一句至理名言，卫生工作自亦不能例外，我将以此小小的见解，贡献于执政的当局。

附录

民国纪年与公元纪年对照表

民国纪年	公元纪年	民国纪年	公元纪年
民国元年	公元 1912 年	民国二十年	公元 1931 年
民国二年	公元 1913 年	民国二十一年	公元 1932 年
民国三年	公元 1914 年	民国二十二年	公元 1933 年
民国四年	公元 1915 年	民国二十三年	公元 1934 年
民国五年	公元 1916 年	民国二十四年	公元 1935 年
民国六年	公元 1917 年	民国二十五年	公元 1936 年
民国七年	公元 1918 年	民国二十六年	公元 1937 年
民国八年	公元 1919 年	民国二十七年	公元 1938 年
民国九年	公元 1920 年	民国二十八年	公元 1939 年
民国十年	公元 1921 年	民国二十九年	公元 1940 年
民国十一年	公元 1922 年	民国三十年	公元 1941 年
民国十二年	公元 1923 年	民国三十一年	公元 1942 年
民国十三年	公元 1924 年	民国三十二年	公元 1943 年
民国十四年	公元 1925 年	民国三十三年	公元 1944 年
民国十五年	公元 1926 年	民国三十四年	公元 1945 年
民国十六年	公元 1927 年	民国三十五年	公元 1946 年
民国十七年	公元 1928 年	民国三十六年	公元 1947 年
民国十八年	公元 1929 年	民国三十七年	公元 1948 年
民国十九年	公元 1930 年	民国三十八年	公元 1949 年